이야기는 진료실에서 끝나지 않는다

A FORTUNATE WOMAN

이야기는 진료실에서 끝나지 않는다

폴리 몰랜드

리처드 베이커 사진 이다희 옮김

바다출판사

이 책의 주인공이 되어준 R.

그리고 불꽃을 당겨준

팻 윌리엄스(1931-2020)에게 바친다.

목차

이제 환자가 주인공이다.

—《행운아》, 존 버거

풍경은 모른다.
누가 그 속의 골짜기, 그 굽이에 살게 될지,
누가 그 속의 오솔길을 걷게 될지,
누가 그 공기를 마시게 될지 풍경은 모른다.

창밖에서 새들이 노래하는 이곳에서 누가 태어나든 누가 죽든
풍경은 상관하지 않는다. 누가 여기서 자라나 비 온 뒤 숲 향기를
사랑하게 될지. 숲의 측면으로 그림자를 드리우며
떠오르는 태양에서 누가 희망을 발견할지 상관하지 않는다.
그것은 오로지 그 사람들의 사정일 뿐.
풍경은 책과 같다. 누가 읽을지도 알 수 없고 그 속의 이야기가
어떻게 타인의 삶을 바꿔놓을지 그 또한 알 수가 없다.

들어가며

책을 한 권 발견했다. 거의 50년 동안 아무도 펼치지 않은 책이었다. 반백 년 전에 부모님 책장 뒤로 빠진 책. 그러나 바닥에 가닿지는 못하고 금속 지지대에 걸려, 떨어진 것도 아니고 떨어지지 않은 것도 아닌 상태로 공중에 멈춰버린 책. 오래전 펭귄 출판사에서 나온 존 버거John Berger의 《행운아A Fortunate Man》(국내에는 2004년 김현우의 번역으로 발행되었다—옮긴이)였다. 당시 가격은 45뉴펜스, 즉 9실링이었다.

때는 2020년 여름이었고 나는 부모님 집에서 짐을 정리하는 중이었다. 아버지는 세상을 떠난 지 오래였고 당시 팔십 대였던 엄마는 알츠하이머병을 앓고 있었다. 엄마에게 집에서 보낸 마지막 몇 해는 두렵고 혼란스러운 시간이었다. 그 시간을 채운 일련의 의사와 구급 대원, 간호사, 사회복지사 등은 저마다 악의가 없고 전문성이 뛰어났지만, 그 모든 일이 벌어지기 이전 엄마의 모습을 알지 못했다. 이제 와서 알아갈 수도 없었다. 그럴 정도로 오래 머무르지 않았기 때문이다. 뒤이어 엄마는 입원을 반복했고 결국 코로나19 사태가 벌어졌다. 코로나바이러스가 퍼지기 시작한 중증 노인 병동을 나온 엄마는 요양원으로 옮겨졌다. 그래서 나는 부모님이 공유했던 집을 비우고 팔아야 했다.

종이 상자와 나무 상자, 그리고 긴 생애의 파편들에 둘러싸인 나는 책장 뒤에 끼어 있던 종이책을 건져 올려 먼지를 쓱 닦았다. 초판은 1967년에 나왔지만, 이 책은 1971년 판이였다. 엄마가 이 책 《행운아》를 샀을 때 내가 배 속에 있었다는 의미였다. 표지에는 "어느 시골의사 이야기"라고 쓰여 있었다. 그 아래에는 흑백 사진이 있었는데, 움직여서 흐릿하게 찍힌 한 남자의 모습이었다. 셔츠 차림의 남자는 양손에 길고 구부러진 겸자를 하나씩 들고 있었으며, 남자의 뒤로 침상에 누운 환자의 윤곽이 보였다. 첫 페이지를 넘기다가 두 장에 걸쳐 있는 사진을 보고 나는 소스라치게 놀랐다.

사진 속에는 강이 보인다. 다듬어지지 않은 풀이 빽빽한 강둑 위로 산울타리가 에워싼 넓은 벌판이 이어진다. 잎이 무성한 잘생긴 참나무 한 그루가 골짜기의 경사면으로 시선을 끌어올린다. 나무가 우거져 거뭇거뭇한 경사면의 숲을 밋밋하고 창백한 영국의 하늘이 덮고 있다. 아침 햇살에 윤곽만이 어렴풋한 두 남자는 작은 배 위에서 낚시를 하고 있다. 한 사람은 노를, 다른 한 사람은 낚싯대를 잡고 있다. 강물은 마치 거울처럼 두 남자의 모습을 비추지만, 그 주변으로는 표면 아래의 물살을 가늠할 수 있는 작은 소용돌이들, 미로처럼 어지러운 조각들이 보인다.

내가 아는 강이었고, 내가 아는 벌판이었다. 내가 아는 나무였다. 150마일 떨어진 미들랜드에 사는 엄마 집으로 가기 위해 새벽같이 집을 나선 그날에 나도 똑같은 사진을 찍을 수 있었을 것이다.

우리 가족의 온갖 문서와 서류 뭉치가 무릎 높이까지 쌓여 있는 그곳에서 책을 훑으며 익숙한 지명을 찾아봤지만 찾을 수 없었다. 그래서 휴대폰에 책의 제목을 입력했다. 아니나 다를까 《행운아》의 배경은 지난 십 년간 내가 살고 있는 외딴 시골 골짜기였다. 이 책은 평론가이자 작가인 존 버거와 사진가 장 모르Jean Mohr가 1966년, 한 지방 의사의 일을 6주간 지켜보며 기록한 내용이다.

이 사실을 깨닫자 내 심장이 잠시 멈추었다 다시 뛰는 것 같았다. 우리 동네, 우리 골짜기가 배경이었을 뿐만 아니라 나는 그 의사의 후임 의사, 즉 오늘날 우리 동네 사람들을 돌봐주고 있는 여성을 알고 있었다. 나와 나이가 비슷하고 내 손에 든 책과도 나이가 비슷한 의사였다. 의사가 20년 동안 일해온 의원은 골짜기의 양쪽 등마루에 각각 진료소가 있었다. 내가 알기로 동네 사람들은 이 의사를 무척 신뢰하고 이 의사도 애정을 갖고 일하며 쉬는 날이 드물었다. 사람들은 이 의사 같은 가족 주치의를 만나는 게 요즘 얼마나 힘든 일인지, 이 의사가 마치 지나간 시절의 흔적인 양 말하곤 한다. 이 의사도 책에 나오는 의사와 같은 행운아일지 모른다. 하지만 나는 곧장 이런 생각이 들었다. '맙소사, 요즘 같은 시절에 의사로 사는 게 과연 행운일까.'

뭔가 급박하고 거부할 수 없는 일이 벌어지고 있다는

사실만은 분명했다. 사랑하는 엄마가 집중적으로 의료상의 도움을 받아야 했지만, 그 도움이 이상할 정도로 비인간적이었던 지난 몇 달은 엄마가 떠나야 했던 집에서 내가 우연히 발견한 책 한 권과 어쩐지 연결되어 있는 것 같았다. 이 책의 저자와 나, 책의 배경, 풍경, 이야기 역시 어쩐지 연결된 듯했다. 무엇보다 책의 표지에 실린 의사의 모습과 그 의사의 뒤를 잇고 있는 의사, 내가 알고 있는 오늘날의 그 여성을 단단히 묶어주는 무언가가 있는 것 같았다. 어떻게, 왜 그런 일이 일어났는지 아직 알 수는 없었지만, 강이 풍경을 꿰듯 이런 일들이 서로 얽혀 있는 것 같았다.

《행운아》에서는 그 배경이 된 지역의 이름을 밝히지 않았으며, 이야기의 주인공인 환자들의 신분도 드러내지 않는다. 저작권 페이지에는 이렇게 적혀 있다. "이 책에 담긴 개개의 병력은 특정한 환자의 병력이 아니며 여러 가지의 사례를 종합하여 재구성한 것이다." 의사의 이름 '존 사샬'도 가명이다. 버거의 작업은 본질적으로 저널리즘이라기보다 시골 의사의 인생과 마을 공동체의 모습을 강물에서 사금을 찾듯 샅샅이 체로 치는 일이었다. 그 결과물은 의사와 환자 간 관계의 성질에 대한 명상록이었고 '사샬'을 공감과 헌신의 모범으로 그려냈으며, 덕분에 책은 유명하지는 않아도 고전이 되었다. 오늘날까지 《행운아》는 의사들의 많은 사랑을 받고 있으며, 의학 서적에서 자주 인용되고 수련의들의 필독서 목록에 빠지지 않는 책이다.

이처럼 중요한 씨앗을 뿌린 책이지만 《행운아》 이후 반세기 동안 세상은 변했다. 의학이 달라졌다. 시골에서의 삶도 달라졌다. 사회, 계층, 젠더 모두가 1960년대 이후 급격히 탈바꿈했다. 의사들도 달라졌다. 특히 1차 의료 종사자의 경우 족히 절반 이상이 여성이다. 팬데믹이 창궐하고 있다는 사실을 차치해도 이 우연한 발견이자 의도치 않은 엄마의 선물은, 나에게 시골 의사의 이야기를 새로운 시선으로 돌아볼 기회이자 의무를 제공하고 있는 것 같았다.

나는 책을 잠시 치워두고 우리 동네 골짜기 의사에게 이메일을 보냈고 한 시간도 지나지 않아 답변이 왔다. 버거의 책을 알고 있다고 했다. 자신의 인생에서도 그 책이 특별한 역할을 했으며 자세한 이야기는 나중에 하겠다고 했다. 일단 만나자는 제안에도 기꺼이 동의했다. 날씨가 괜찮으면 교회지기가 동네 교회를 보수할 당시 버리지 않고 남겨둔 낡은 의자에 앉아 이야기하자고 했다. 이 의자는 진료소 뒤쪽 습초지에 솟은 작은 언덕에 자리 잡고 있었다. 습지 난초, 흰 아네모네, 새들의 노래 사이에서 의사와 나는 그렇게 시작했다.

앞으로 나올 이야기는 우리가 그 후 열두 달에 걸쳐 이어 붙인 이야기이다. 초지에서의 첫 만남은 코로나바이러스 팬데믹의 첫 물결이 잠시 잠잠해진 시기에 이루어졌다. 그리고 머지않아 그다음 물결이 밀려왔다. 의사가 일하는 모습을 어깨너머로 보고 싶었지만 어쩔 수 없이 말로 전해 들어야 했다. 일반의General Practitioner, GP(영국 보건 의료 체계에서 환자가 가장 처음 만나는 의사로, 각종 질환에 대한 포괄적인 진찰과 치료를 하고 필요에 따라 큰 병원이나 전문의와 환자를 연결해 준다—옮긴이)는 상대의 말을 잘 들어야 한다고 배우기 때문에 말하는 것이 익숙지 않다고 의사는 말했다. 하지만 바로 그런 이유에서 대화는 당면한 응급 상황을 넘어서 더 광범위하게 확장될 수 있었다. 우리는 골짜기의 숲속을 몇 시간씩 거닐었다. 때로는 머리에 부착한 전등으로 어두운 겨울 길을 비추면서, 몇 달이 흐른 뒤에는 봄볕이 숲 바닥을 점점이 비추고 의사가 키우는 개들이 발치에 노니는 동안 우리는 걷고 또 걸었다. 의사는 자신의 삶에 대해 이야기했다. 이런 곳에서 이런 시절에 의사로 사는 삶은 어떤 모습이고 어떤 의미인지에 대해서 털어놓았다.

의사는 자신이 특별한 것은 아니라고 힘주어 말했다. 여러 가지 면에서 의사는 열심히 일하는 다른 일반의와 다를 게 없었다. 다만 운이 좋아서 이 골짜기, 이 진료소, 이 마을로 오게 된 것이다. 이곳의 지형과 풍경, 그리고 이곳을 보금자리로 삼은 사람들의 요구에 따라 형성된 이곳만의 진료 방식은 다른 지역에서는 빠르게 사라지는 중이다. 엄마와 나는 이걸 뼈저리게 실감한 터였다. 간단하게 말하자면 이 의사는 환자들을 잘 안다. 환자들의 이야기를 여러 해에 걸쳐, 대를 이어서 지켜주는 사람이다. 그들 삶의 무한히 다양한 양상의 목격자이다. 의사는 자기 일이 바로 이 환자들의 이야기와 뗄 수 없다고 한다. 이처럼 힘든 시절에도 그들의 이야기가 자신을 지탱해 준다고 말한다.

이 이야기는 실화이다. 앞으로 나올 모든 내용은 의사가 근무를 시작한 이후 어떤 형태로든 실제로 벌어진 일을 담고 있다. 하지만 진료 내용에 대해 비밀을 유지하는 것은 신성불가침이고 윤리적 의무일 뿐만 아니라 법에 의해 보호받는다. 따라서 진료 내용의 세부 사항들은 특정한 환자의 것이 아니고 서로 합쳐 재구성함으로써 누구의 기록인지 알아볼 수 없도록 했다. 세 가지 사연만은 예외이다. 익명성을 지키는 것이 불가능했던 이 세 가지 경우에는 환자의 동의를 얻었다. 이 경우를 제외하고 그 어떤 병력도 특정한 환자와 관련성이 없다. 이따금 외출 제한 조치가 해제되면 나의 오랜 동료인 사진가 리처드 베이커가 골짜기로 찾아왔다. 그의 사진에 등장하는 환자들과 이야기 역시 아무 관련이 없다는 점도 강조하고자 한다. 모든 과정에서 가장 중요시된 요소가 바로 비밀 유지이다. 의사는 이렇게 해야만 자기 일의 중심에 있는 인간관계들을 진실되게 드러낼 수 있다고 설명했다. 우리가 처음 긴 산책을 하기 전에 주고받은 이메일에서 의사는 이렇게 적었다. "전 이 일을 정말 사랑합니다. 그래서 환자들의 신뢰가 제가 상상할 수 있는 그 어느 것보다 중요합니다."

이야기는 여기서부터 시작한다.

환자 이야기

남자는 절룩이며 들어온다. 양들이 풍기는 독특한 냄새가 희미하게 뒤따른다.

"안녕하세요."

남자는 무뚝뚝한 인사를 건네고 쇳소리 나는 숨을 뱉으며 책상 앞 의자에 앉는다. 의자는 남자의 몸무게에 삐걱거린다. 남자는 웬만한 통증 갖고는 의사를 괴롭히지 않는 부류의 환자이다. 그런 환자의 방문이니 물론 걱정이 앞서지만, 의사는 축축한 날씨에 대한 가벼운 이야기를 건네며 근심을 숨겨본다. 그런 다음 회전의자를 굴려 남자와 마주 보며 앉는다. 이어서 두 손을 모아 무릎에 얹은 편안한 자세를 취한다. 이런 자세가 환자를 편안하게 만든다는 것을 경험으로 알고 있다. 의사는 남자에게 어떤 도움이 필요한지 묻는다.

"가슴이요, 선생님." 남자가 잠시 머뭇거린다.

"가래가 끓고 기침이 나요. 통 멎질 않네요."

의사는 목을 들여다보고 가슴을 청진해 보겠다고 말한다. 남자가 입을 벌린다. 때운 치아가 많다. 남자의 시선은 벽에 고정되어 있다. 그가 차가운 청진기 앞에서 체크무늬 플란넬 셔츠의 단추를 푸는 동안 의사는 아내의 안부를 묻는다. 메리는 "훨씬 나아졌고 다 괜찮아요"라는 남자의 말을 듣고는 다행이라고 대답한다. 하지만 남자는 웃지 않는다. 의사는 남자의 얼굴을 보면서 귀를 기울인다. 청진기를 먼저 둥그런 흉곽의 한쪽에 대고 이어서 반대쪽에 갖다 댄다. 남자의 숨소리는 평생 건초와 지푸라기, 양을 씻기는 화학 약물을 다룬 노인의 폐에서 날

법한 소리이다. 좀 시근거리기는 해도 지나치게 이상하지는 않다.

"집사람이 여기 와보라고 해서요."

남자의 얼굴은 잿빛이다. 평소 트럭을 모는 남자를 길에서 마주쳤을 때와는 딴판이다.

"걱정되니까 그렇게 말씀하셨겠죠."

의사는 이렇게 말하며 남자가 셔츠에서 한쪽 팔을 빼도록 돕는다. 그리고 남자의 넓은 등을 보고 앉는다. 털이 수북하다. 남자는 잠자코 있지만 경직된 어깨는 편치 않아 보인다. 의사는 청진기를 대고 등의 왼쪽, 오른쪽 소리를 듣는다.

"별거 아니면 그냥 갈게요."

남자는 두 손을 팔걸이로 가져가더니 일어설 채비를 한다.

의사는 남자의 어깨에 손을 대고 저지하더니 시간을 끌어본다. 언덕 위 사정은 어떤지 물어보면서 혈압과 맥박, 체온을 측정한다. 의사는 종종 농담 반 진담 반으로 농부들이 언제나 보기보다 부유하고 예리하다고 이야기하곤 한다. 요즘에는 환자 중에 농부가 많지 않다. 사실 의사는 전통적인 교육에서 벗어난 지성을 동경하고 그 때문에 자기 일이 힘들어질지언정 농부들의 극도로 절제된 예스러운 금욕주의에 감동하곤 한다. 골짜기 능선에 부는 바람이 떠오른다. 바람이 가지들을 잔뜩 구부려놓은 덕에 그곳의 나무들은 극한의 날씨를 견디어낸다. 가까운 응급 의료 시설에서 일하는 한 의사는 환자가 농부일 경우 전문의의 진료를 받지 않으면 퇴원을 시키지 않는다. 농부가 응급 의료 시설까지 왔다는 사실 자체가 무언가 심각하게 잘못되었다는 뜻이기 때문이다. 남자가 두둑한 상체를 다시 셔츠 안으로 욱여넣는 동안 의사는 그가 진료실로 들어올 때 다리를 절었다는 사실을 언급한다. 평소에는 다리를 절지 않는데 어디가 아프냐고 의사가 묻는다. 의사는 남자의 이름을 부르며 친근하게 눈을 맞춘다. 남자는 아주 미세하게 어깨를 으쓱한다.

"좀 그런 것 같아요, 선생님."

남자는 무의식적으로 오른쪽 허벅지 위쪽에 손바닥을 댄다.

"울타리 문에 걸려서 애를 먹었어요."

의사는 야금야금 이야기를 끌어낸다. 남자는 애를 먹은 게 두 주 전이라고 했다. 그때 이후로 고통이 가시지 않는다고, 다친 다리가 반대편 다리보다 짧아진 것 같다고 했다. 의사는 뼈에 실금이 갔을 가능성을 배제하기 위해서 엑스레이 촬영이 필요하다고 했다.

"근데 지금 양들이 출산하는 시기예요. 아직 받아야 하는 새끼가 몇백 마리는 돼요."

의사는 암양이 새끼를 낳는 헛간을 떠올려본다. 마을에서 능선을 따라 반 마일 정도 가면 숲에 둘러싸인 곳에 헛간이 있다. 그렇게 다리가 아파서 어떻게 새끼를 받느냐고 의사는 묻는다.

"기어서요." 남자가 말을 멈춘다.

의사는 기다린다.

"암양이 새끼를 낳으면 무릎으로 기어서 우리로 가요. 거기 옆에 작은 사다리가 있으니까 그걸 타고 우리로 들어가면 됩니다."

남자는 의사의 눈을 똑바로 바라본다. 지난 20년간 자신의 주치의였지만 아직도 어딘가 여학생 같아 보이는 의사의 눈을.

"좀 아프다고 하늘이 무너지지는 않아요, 선생님."

의사는 바퀴 달린 의자를 밀며 책상 앞으로 돌아가 상냥하지만 단호한 태도로 엑스레이 검진 예약을 잡는다. 그리고 두 시간 후 검진이 이루어질 숲속 병원으로 가기 위해 구급차가 필요한지도 확인한다.

"꼭 받아야 한다면 우리 아들이 데려다주면 돼요. 지금 트럭에서 기다리고 있어요."

의사는 남자를 돕기 위해 자리에서 일어나지만 남자는 손가락을 흔들며 의사를 말린다. 비틀거리며 일어선 남자는 다리를 절며 천천히 진료실을 나가 복도를 걸어간다. 의사가 멀어지는 남자의 뒷모습에 대고 조심히 가라고 말한다.

그날 오후 의사는 병원의 영상의학과 의사로부터 전화를 받았다. 남자는 우측 넓적다리뼈 경부가 골절된 상태였다. 이것이 너무 놀라웠던 의사는 남자가 진료 후 넘어졌을 가능성에 대해 물어봤지만 넘어진 적은 없다는 대답을 들었다. 농부는 고관절이 골절된 상태로 보름을 걸어 다니며 양 떼의 출산을 도운 것이다.

고관절 수술이 있고 몇 주 뒤 의사는 농부가 잘 회복하고 있는지 알아보기 위해 집을 방문한다. 남자는 병원에서 가르쳐준 물리 치료에 대해 군소리를 한다.

"정말 말도 안 돼요. 무슨 고무줄을 쓰라고 줬는데, 콘돔인 줄 알았네. 나처럼 덩치 큰 사람한테 말이 돼요?"

하지만 의사를 배웅하는 남자의 태도에는 어떤 무례함도 없다.

농장에서 1마일쯤 들어가면 강물에 깊이 팬 땅이 아래로 꺼진다. 초지는 절벽과 가파른 골짜기로 바뀌는데, 여기 곳곳에 아주 오래된 숲이 옹이처럼 박혀 있고, 지난 과거의 삶의 파편도 흩어져 있다. 오래된 돌담이 미로처럼 굽이지고 뒤얽힌 오솔길은 어디로도 통하지 않는다. 이제 사슴과 오소리만이 사용하는 낡은 철길 옆 비탈에는 가시덤불과 산마늘이 무성하다. 인간의 시간이 아닌 나무의 시간에 맞추어져 있는 듯한 이 골짜기는 사람들이 들고 나는 와중에도 좀처럼 자기주장을 굽히지 않는 자연의 힘을 보여준다. 골짜기 안에 있는, 또는 그 위쪽 능선에 자리 잡은 몇 안 되는 마을은 초록의 바다에서 잠시 빌려 온 개간지처럼 보인다.

1967년 3월 BBC에서는 존 버거의 《행운아》 출간에 맞추어 다큐멘터리를 방송했다. 흐릿한 도입부 영상 속에서 작업복을 입은 시골 의사가 랜드로버를 타고 골짜기를 누빈다. 차는 가파른 숲길을 내려갔다 볼록하게 올라온 다리를 넘는다. 앞에는 어두운 숲이 우거져 있다. 차가 향하는 마을은 가느다란 밭뙈기를 사이에 두고 은빛으로 굽이치는 강물과 분리되어 있다. 빗물이 흩뿌려진 차창으로 드러나는 풍경의 윤곽뿐만 아니라 여러 세부적인 모습이 50년 이상 지난 지금에도 놀랍게도 익숙하다. 다리의 난간이나 밭을 둘러싼 울타리 줄, 도로 표지판의 위치나 지붕의 기울기, 강물에 비치는 빛, 길게 뻗은 나뭇가지. 그 당시의 세상은 지금도 변함없이 그대로인 것처럼, 풍경은 시간의 흐름에 무관심한 것처럼 보인다.

50년도 더 지났지만, 이 지역은 적어도 명목상 여전히 농촌이고 삶은 느린 속도로 흘러간다. 바쁜 날에도 그렇다. 전보다는 수가 적어졌지만, 농부들이 살고 있으며 임업 종사자들도 있는데 요즘은 자칭 "나무 의사"라고 말한다. 누구나 양 몇 마리쯤은 키우고 벌을 키우는 사람도 있지만, 이걸로 생계를 유지하는 사람은 많지 않다. 이 골짜기는 한 번도 농업 중심지인 적이 없었다. 더 북쪽으로 가면 나오는 범람원의 거대하고 부유한 농장 같은 곳을 여기서는 찾아볼 수 없다. 많은 사람이 골짜기 채석장에서 생활비를 벌거나 가까운 도시에 있는 작은 공장에서 증기 보일러나 라디에이터, 과일주, 트럭 타이어를 만들며 생계를 꾸렸다. 집 근처에는 기껏해야 작은 농장이나 주스용 사과를 재배하는 과수원만이 강둑으로 이어지는 비탈에 자리하고 있었다. 사람들의 기억 속에 남아 있는 너무 멀지 않은 과거에는 뒤뜰에서 소를 키워 젖을 짜 먹거나 돼지도 몇 마리 키웠다. 다 함께 모여 건초를 만들거나 추수의 기쁨을 나누기도 했다. 하지만 이제 그런 삶은 아주 드문드문 남아 있을 뿐이다.

현대 사회가 그 안으로 슬그머니 치고 들어왔다. 골짜기에는 잘 보이지 않지만 4G 통신탑도 있고 지붕 위에는 위성 안테나도 보인다. 이 골짜기를 고립시킨 익숙한 보호막도 이제 거의 해제되었다. 물론 여기서 대를 이어 살면서 매년 봄의 오월제를 기념하는 기둥maypole이 어땠는지 기억하는 가족들도 있다. 그 사람들은 언제 폭설이 내렸는지, 어떻게 엄청난 눈보라가 시골길 위를 지붕처럼 덮었는지 기억한다. 참전했다가 돌아온 어느 동네 사람이 다른 사람들과 연을 끊고 절벽 아래 동굴에 틀어박혀 살았으며 그의 수염에 이끼가 끼었다는 사실도. 하지만 오래된 가문들 말고 새로이 터를 잡은 사람들도 있다. 그런 사람들에게는 각각의 사연이 있고 타지에 생업이 있기도 하며, 집을 떠나는 자녀들이 있다. 바깥을 향한 삶이 있다.

골짜기 의사가 마을을 가로지를 때 선호하는 길은 묘지를 에둘러 사라진 지 오래된, 중세 아성이 있던 작은 언덕을 지나는 길이다. 더 가면 문 닫은 우체국 뒤편으로 신축 주택들이 나온다. 자전거를 타고 이 길을 지나던 의사의 눈에 한 청년이 들어온다. 의사는 가던 길을 멈추고 청년을 지켜본다. 구겨진 셔츠를 매만지며 축축한 잔디밭을 건너 교회로 향하는 청년은 아이 때부터 의사의 돌봄을 받았지만, 이제는 키도 크고 어깨도 벌어졌으며 의사보다 머리 하나가 더 컸다.

의사가 이름을 부르자 청년이 방향을 바꾸어 길과 묘지 사이에 있는 담장을 향해 걸어온다. 의사는 청년이 와서 정말 다행이라고 말한다. 청년은 기말고사가 아직 몇 주 남은지라 선생님의 허락을 받을 수 있었다고 설명한다.

"제가 빠지면 안 되죠." 청년이 말한다.

의사는 오느라 힘들지 않았냐고 묻는다. 청년이 다니는 대학교에서 먼 고향 마을까지는 오랜 시간이 걸렸을 것이다.

"새벽에 기숙사에서 나왔어요. 여섯 시 버스를 탔어요."

의사가 청년에게 무엇을 연주할지 묻자 청년은 악보가 들어 있는 쇼핑백을 들어 보인다.

"바흐랑 휴버트 패리의 애가, 그리고 당연히 찬송가도

있고요."

청년은 다시 한번 셔츠를 매만진다.

"제 옷차림 괜찮아요? 버스에서 구겨졌어요."

의사는 청년을 안심시키며 어차피 오르간 앞에 앉아 있으면 보이지 않을 것이라고 말한다.

"그냥 좀 긴장이 돼서 그런 것 같아요."

청년이 연주하는 것만으로도 할머니가 정말 좋아하실 거라고 의사는 말한다. 청년은 고개를 끄덕이며 입술을 깨문다. 의사는 아직 방문 진료가 몇 건 더 남아 있지만, 예배 시간에 맞추어 가겠다고 말하고는 자전거 핸들에서 두 손을 떼고 검지와 가운뎃손가락을 꼬아 행운을 비는 손짓을 한다. 청년은 낡아 삐걱거리는 교회 정문을 밀고 안으로 사라진다.

의사는 다시 페달을 밟으며 머릿속으로 청년의 이야기를 되새긴다. 청년이 열 살 때 아버지가 갑자기 집을 나갔다. 엄마와 두 형제는 정서적, 재정적 혼란에 빠졌다. 그래서 도시에서 이곳으로 거처를 옮겼고 그 후 여러 달 동안 의사는 진료소에서 청년의 식구들을 자주 만났다. 의사의 또 다른 환자 중에는 평생을 마을 건너편에서 살아온 한 육십 대 여성이 있었다. 수년 동안 함께 해온 남편을 갓 여의고 외로움과 싸우는 중이었다. 의사는 양쪽을 소개해 주기로 했다. 혼자서 아이들을 키우는 엄마와 새로이 혼자가 된 할머니가 그저 서로 알고 지낼 수 있도록 도울 생각이었지만 그러던 중에 새로운 생각이 싹텄다. 피아노를 팔아야 했고 피아노 레슨도 더 이상 받을 수 없는 상황이 된 남자아이가 할머니 집 거실에 있는 채플 업라이트 피아노로 연습을 하면 어떨까?

뜻밖의 우정은 여러 해에 걸쳐 꽃을 피웠다. 할머니는 어쩌다 피아노 레슨을 해주기도 했고, 즉흥적으로 아이들을 위한 다과회를 열기도 했으며, 생일 선물을 주기도 했다. 이 모든 것은 홀로 아이를 키우는 엄마와 아이들에게 생명줄이 되어주었다. 이후 할머니가 더 이상 운전을 할 수 없게 되었을 때 역할은 뒤바뀌었다. 아이들의 엄마는 할머니의 장을 봐주고 집을 청소해 주었으며 할머니를 진료소에 데려다주기도 했다. 이제 청년이 된 그 어린 소년은 오늘 할머니의 장례식에서 오르간으로 바흐와 패리를 연주하게 된다.

NHS(국가보건서비스National Health Service를 뜻하는 말로, 영국 국민은 NHS를 통해 일반 의료, 치과 의료, 병원 또는 전문 의료 분야의 도움을 무상으로 받을 수 있다—옮긴이)는 이를 사회적 처방 혹은 환자의 참여, '동네 돌봄 네트워크' 등으로 부를지 몰라도 의사는 뭐라고 하든 상관치 않는다. 동료 의사 중에는 이런 일이 일반의의 직무에 포함되지 않으며 1차 병원들이(일반의 진료가 이루어지는 곳, 환자들이 제일 먼저 찾아가는 곳이 1차 의료를 제공하는 1차 병원이다-옮긴이) 이미 허덕이고 있는 상황에서 환자들의 사회적 결핍을 채우는 데 휘말리는 일은 재앙으로 가는 지름길이라고 하는 사람들도 있다. 그런데도 이 시골 의사는 마을 위 너도밤나무 숲 사이로 자전거를 타고 지나가면서 떨리는 감정을 느낀다. 양측이 주고받은 도움이 얼마나 단순한 대칭을 이루었는지 떠올려본다. 이 시골 의사가 이상주의자는 아니다. 불평등과 슬픔으로 가득 찬 세상에 거창한 만병통치약이 없다는 것을 안다. 그런데도 의사는 지역 사회를 이해하고 환자를 이해했을 때, 그리고 힘닿는 한 이 둘을 이어주었을 때 찬란한 빛의 순간이 찾아온다는 사실을 깨닫게 되었다. 의사들은 이런 방식으로 환자가 맡겨둔 믿음을 활용할 수 있다.

10년도 더 지난 과거에 그 남자아이와 피아노를 이어주고자 했던 충동이 이런 생각을 형성하는 토대가 되었다.

의사는 칠십 대 초반 여성의 종잇장처럼 연약한 골반을 검사하고 있다.

"계속 아팠어요." 여자가 말한다.

의사는 손가락이 차가워 미안하다며 연신 비벼댄다.

"정말 차갑네요. 아이스크림 같아요."

손이 얼음장 같은 사람이 하필 의사가 됐다며 둘은 같이 웃는다.

"내가 장갑 하나 떠줘야겠다." 여자가 진료실 침대에 앉아 말한다.

의사는 여자의 다리를 올렸다 구부렸다 하면서 밖에서 안으로, 안에서 밖으로 회전시켜 본다.

이미 몇 년 동안 보아온 이 환자는 언제나 밝고 수다스럽다. 이웃에게 스펀지케이크를 구워다 주고 크리스마스에는 주치의에게 초콜릿 한 상자를 선물하는 그런 낙

관적인 사람이다. 하지만 의사는 이 환자의 다리를 진찰한 것이 이번이 처음이라는 사실을 깨닫는다. 한쪽 다리에 특별한 사연이 있는 것처럼 보인다. 환자의 무릎에서 왼쪽 골반까지 새하얀 흉터가 울퉁불퉁 이어져 있고 의사는 손가락 끝으로 이 흉터를 더듬는다. 여자의 다리는 마치 대충 꿰맨 봉제 인형의 다리 같다. 의사는 환자에게 다리에 대해서 묻는다.

"열 살 때였어요. 아마 한 번도 선생님께 얘기한 적은 없었던 것 같은데, 우리 아버지는 집집마다 기름 배달을 했어요. 강 건너에서요. 나도 학교 가기 전에 아버지를 따라 배달을 하러 간 적도 있어요. 골짜기에 주유소가 별로 없을 때였어요. 아버지는 오후에는 주유소에서 일했지만, 오전에는 트럭 뒤에 기름을 싣고 동네 사람들의 차나 트랙터에 기름을 넣으러 다녔거든요. 지금은 어디서 주유하세요? 시내로 나가시죠? 다들 그렇죠. 아무튼 어렸을 때 아빠가 기름 배달을 했고 나도 따라 다니며 대문을 열어준다든가 잔심부름을 했죠."

여자의 얼굴에 구름이 드리운다. 의사는 그 모습에 하던 일을 멈추고 여자의 하체를 종이로 된 진찰대 커버로 덮으며 "다 됐습니다"라고 읊조린다. 그러나 커튼 밖으로 나가지는 않고 잠시 귀를 기울인다.

"그날 아침에는 골짜기 안개가 커스터드 크림처럼 자욱했어요. 골짜기를 따라 안개 속으로 들어가면 내 손을 내밀어도 안 보이는 그런 날 왜 있잖아요. 내가 그때 아버지 대신 차에서 내려 대문을 열어주고 있는데 파란색 포드 앵글리아 한 대가 쏜살같이 골목을 돌아 나왔어요. 운전자가 아빠 트럭을 피해서 핸들을 돌렸는데, 그 바람에 내가 치였죠. 울타리 기둥하고 차 사이에 끼인 거예요. 운전자는 나보다 나이가 별로 많지 않아 보였어요. 아직도 기억나는 게 다리를 내려다보니 범퍼가 있었는데 번호판을 보니 허름한 상자 조각에 페인트를 칠해서 줄로 묶어놓은 거였어요. 어쨌거나 여기 큰 뼈가 부러졌어요. 아주 심하게 부러졌죠. 병원에서 견인 장치를 달고 12주 동안 있었는데, 엄마가 같이 있을 수가 없었어요. 그때는 그랬어요. 그다음에도 1년 동안 집에만 있었어요. 걸을 수가 없어서 학교도 못 갔죠. 요즘처럼 빨리 고쳐서 다닐 수가 없을 때였지."

여자가 갑자기 조용해진다. 그게 본인에게 어떤 영향을 미친 것 같은지 의사가 묻는다. 여자는 질문을 듣지 못한 것처럼 한동안 가만히 있다가 대답한다.

"일단 골짜기 안개가 싫어졌죠." 여자는 다시 말을 끊는다.

"선생님, 있잖아요. 아무도 저한테 그렇게 질문한 적이 없었어요. 그래서 한 번도 제대로 생각해 본 적이 없는데요, 생각해 보니 그 일 때문에 제 인생이 아주 폭삭 망한 것 같아요."

오전 진료가 계속되는 동안 의사는 여자의 이야기가 남긴 불안감, 막막함을 도통 떨쳐버릴 수가 없다. 우리의 시간은 10분 단위의 진료로 나뉘어 있는가 하면 또 한편으로 어린 시절부터 노년까지 가차 없이 굴러가고 있다. 의사는 이 사실이 당혹스럽다. 물안개에 에워싸여 있는 기분, 그 무엇도 손에 잡히지 않는 기분이 하루 내내 이어진다.

남자가 돌아왔을 때 의사는 정원 담장 위에 앉아 있었다.

남자는 토요일 새벽 다섯 시가 좀 넘었을 무렵, 뜨는 해가 골짜기 반대편 집들의 지붕에 막 닿기 시작할 때 잠에서 깼다. 봄날 새벽의 소란보다 더 크게, 아래쪽 들

판에서 들려오는 외로운 숫양의 울음소리보다 더 크게, 귓속에서 피가 요동치는 소리가 들렸다. 남자의 잠을 깨운 것은 이 소리였거나 이상하게 답답한 가슴이었다. 어제저녁에 먹은 닭 요리를 몸 안의 누군가가 잡아 비틀고 있는 것 같았다. 아내가 기척을 하자 남자는 "몸이 영 이상해"라고 말했다. 아내는 남자를 찬찬히 뜯어보았지만 남자는 괜찮으니까 신경 쓰지 말라고 말한 뒤 아스피린을 먹고 다시 잠자리에 들었다. 아침을 먹으며 아내는 그러지 말고 혹시 모르니까 병원에 가보라고 고집했다. 남자는 손사래를 치며 "아냐, 괜찮아"라고 말한 뒤 옆 동네로 일하러 갔다. 슬레이트 지붕을 교체하고 건초를 수거해 올 예정이었다. 남자가 집에 돌아왔을 때 의사는 주말 평상복인 청바지와 등산화 차림으로 집 밖 돌담 위에 앉아 있었다. 의사는 종종 두 집 사이의 숲에서 개들을 산책시켰다. 남자와 20년 가까이 이웃이었던 의사가 남자의 집에 들러 담소를 나누는 일은 흔했지만, 오늘은 개들이 없었다. 남자가 승합차를 끌고 들어오는 걸 본 의사의 미소는 일종의 결의에 차 보였고 남자도 이를 놓치지 않았다.

"기다렸어요." 의사가 말했다.

남자는 의사의 이름을 부르며 친근하게 인사를 건넸다. 부부는 굳이 의사를 선생님이라고 부르지 않았다. 남자와 의사는 서로를 친구처럼 여겼지만 남자는 여느 동네 사람들과 마찬가지로 의사의 환자이기도 했으며, 그동안 적어도 한두 번은 의사의 도움을 받은 적이 있었다.

남자는 의사가 "법 없이도 살 만큼 아주 착실한 사람"이라고 말하곤 했고 그동안 "뭐랄까, 남성 질환 같은 것" 때문에 진찰을 받을 일이 없어서 다행이라고 하기도 했다. 남자는 곧잘 이렇게 농담을 했고 의사는 어이가 없다는 표정을 짓곤 했지만, 그날은 농담이나 하고 있을 때가 아니었다.

"헬렌이 찾아왔었어요. 몸이 안 좋다면서요. 산책을 하고 있었는데 헬렌이 차를 몰고 날 찾아다녔다니까."

남자는 좀 체한 것 같다고 둘러댔지만, 의사도 물러서지 않았다.

"헬렌이 항상 그러잖아요. 빈달루 커리에 녹슨 못을 말아 먹어도 탈이 안 날 사람이라고. 안색이 안 좋네."

남자는 더 이상 의사의 눈을 피하지 않고 차에서 건초

를 내려야 한다는 둥 중얼거렸지만, 식은땀이 맺힌 이마를 보면 알 수 있었다.

"이러지 말아요. 그동안 가슴 통증 있었던 거 우리 셋 다 알잖아요." 의사의 목소리는 낮고 단호했다.

통증이 여전한지 묻는 말에 남자는 그저 그렇다는 손동작을 하며 통증이 지속되면 월요일에 진료소에 가볼 작정이었다고 말한다. 의사는 시계를 흘끔 보더니 통증이 언제 시작됐으며 어떤 느낌인지 물었다. 남자는 가슴이 어떻게 답답한지 설명했다. 배 위쪽으로 무거운 것이 얹혀 있거나 쥐어짜는 느낌이었다.

"정말 힘들겠네. 알았어요. 이제 할 일은 헬렌하고 차를 타고 바로 응급실로 가는 거예요. 그러고 싶지 않다는 건 헬렌이 말해서 알겠는데, 그런데 이제 아내 말 들어야 해요. 가세요. 지금 어떤 상태인지 알아보는 게 좋아요. 응급실에는 알아볼 수 있는 장비들이 있어요. 지금 나오네요, 저기."

의사는 부엌 창문으로 모습을 드러낸 헬렌을 향해 고개를 끄덕였다.

"구급차는 한 시간이 걸릴 수도 있으니까 지금 출발하는 게 더 좋을 것 같아요. 헬렌이 운전을 할 거고 40분 안에 도착할 거예요."

남자는 거부 의사를 밝히기 시작했다. 할 일이 있다고 했다. 아마 괜찮을 거라고 했다.

"아마 괜찮은 건 안 돼요." 의사가 남자의 이름을 부르며 천천히 말했다.

"그냥 해야 할 일을 한다고 생각하세요. 지금 하지 않으면 더 큰 화를 부르는 거예요. 내가 진심이 아니면 이러지 않는 거 알죠. 내가 괜한 일로 법석 떠는 사람 아닌 거 알잖아요. 내가 언제 거짓말한 적 있어요?"

남자는 혼이 난 학생처럼 고개를 가로저었다.

"없지요. 그러니까 이제 갑시다." 의사의 목소리가 다시 나긋해졌다.

"그래요. 잘 생각했어요. 멋져요. 병원에서 잘해줄 거예요. 다들 전문가들이에요. 나는 헬렌 통해서 소식 들을게요."

차가 출발하자 의사는 활짝 웃으며 손을 흔들고 두 엄지를 들어 보였다. 그리고 등을 돌려 아래쪽으로 난 길을 따라 짙은 녹음 속으로 사라졌다. 병원에서는 심장 마비가 온 것이라고 했다. 하지만 곧 안정을 취하게 했고, 남자는 일주일 후 퇴원할 수 있었다. 이후 한 달간 남자는 자꾸만 그 토요일 아침을 되새기며 혹시 벌어졌을지도 모를 일들에 대해 생각했다.

"아니, 그냥 내버려뒀다면 병원에 안 가지 않았겠어? 그럼 계속 일을 했을 거고 얼마 안 가 더 큰 심장 마비가 오지 않았겠어? 그런데 그 친구가 날 꾸짖었고 그 덕에 내가 살아 있는 거 아니겠어? 그렇잖아."

그럴 때마다 남자는 이웃집 여자가 무슨 일을 하는 사람인지 뼈저리게 느낄 수 있었다. 의사는 평생 이런 질문을 이어가며 살 터였다. 답을 영영 알지 못할 그런 질문들 말이다. 남자는 이제 의사의 말이라면 지구 끝이라도 갈 작정이다.

모든 사람이 의사에 대해 이렇게 느끼는 것은 아니다. 몇 주 전 한 환자가 진료소를 찾아왔는데 여자는 정말 어쩔 도리가 없어서 왔다는 뜻을 아주 똑똑히 표명했다. 잘 차려입은 이 수척한 육십 대 여성은 몇 년 동안 환자로 등록은 되어 있었지만, 진료실 문을 두드린 것은 이날이 처음이었다. 여자는 자리에 앉지도 않겠다고 했고 어디가 어떻게 아픈지 설명할 필요도 없다고 했다. 다만 의사가 허락한다면 항생제를 처방받고 싶다고 했다.

"난 의사가 싫어요." 여자가 말했다.

"왜죠? 안 좋은 경험이 있으셨나요?" 의사가 물었다.

여자는 두 번째 질문은 무시했지만, 첫 번째 질문에 살짝 흥미를 보이며 대답했다.

"의사들은 무능력하고 부정직하고 부패했기 때문이지요. 그럼 항생제 부탁합니다."

진료소에 등록된 5000명에 가까운 환자들 가운데 다수는 몇 해가 지나도 골짜기 의사를 보러 오지 않는다. 볼 필요가 없기 때문이다. 사느라 바쁘기 때문이다. 진료소에 오는 사람들, 그리고 그들의 나이는 실로 인간 삶의 궤적을 드러낸다고 할 수 있다. 생의 처음 두어 해 동안 유아기 환자들은 기침이나 감기 때문에 의사를 만난

다. 건강한 아이들은 그 이후로 의사의 진료 예약 명단에서 사라진다. 여자아이들은 청소년기에 여드름이나 생리통 때문에 잠시 돌아오기도 하고 좀 더 지나면 피임을 위해 찾아온다. 젊은 여성 환자들 사이에서 피임은 계속해서 중요한 문제이고 때가 되면 그 정반대의 일로 찾아온다. 임신을 해서, 혹은 아기를 데리고 다시 나타나는 것이다. 그리고 폐경기가 될 때까지 다시 사라진다. 남자 환자의 경우 유년기를 거치며 다치지 않는 방법을 어느 정도 터득하고 나면 일반 의원에는 오지 않다가 몇십 년 후 다시 병원을 찾는다. 그러다 마침내 피할 수 없는 때가 온다. 남녀 할 것 없이 인간의 신체가 그 한계를 자각하면 환자들은 의사의 진료실을 다시 찾게 되고, 인생의 가을을 보내는 동안 진료실에서 만날 수 있는 다양한 치료와 위로에 의존하게 된다. 물론 모든 단계에는 수많은 예외가 있다. 뜻밖의 질환에 걸릴 수도 있고 몸뿐만 아니라 마음에도 때아닌 폭풍우가 몰아칠 수 있다. 이 역시 의사의 영역이다. 하지만 똑같은 환자, 똑같은 사람은 어디에도 없다. 무엇보다 바로 이 사실에 주목하면 더 친절한 의사가 될 뿐 아니라 더 좋은 의사가 될 수 있다고 시골 의사는 장담한다.

의사가 직업 평생 매일 만나는 모든 환자의 이면에는 의료 기록뿐만 아니라 개인사, 경험과 감정으로 굽이진 통로, 환자의 인생 전체가 있기 때문이다. 진료를 할 때 의사는 그 역사의 파편, 티끌만을 볼 뿐이다. 이런 지역에서 오래도록 주치의 역할을 수행하는 경우 여러 해에 걸쳐, 여러 가정과 세대에 걸쳐, 그 파편을 이어 붙일 수 있는 시간과 기회가 주어진다는 점에서 의사는 희열을 느낀다. 의사는 바로 이것이 일반 의원의 역할이라고 배웠으며 이를 잊지 않으려고 애쓴다. 사람들과 대화하고 그들의 이야기에 귀를 기울이는 것이 의학적인 진료만큼 중요하다. 사무적인 서류 작업이 산더미처럼 쌓여 있을 때 의사를 버티게 해주는 것이 바로 환자들의 이야기이다. 그 이야기는 의사가 각각의 환자와 관계를 형성하는 데 재료가 되어주며 끝없는 깊이를 더해주고 흥미를 불러일으킨다. 그래서 의사는 두꺼운 양장 노트에 매일 가장 흥미로웠던 환자에 대해 쓴다. 호기심을 불러일으키거나 경탄을 자아내는 사람, 혹은 좌절을 느끼게 하는 사람에 대해 쓴다. 자신처럼 책을 좋아하는 사람들에게는 의사라는 직업에 대해 이렇게 말하기도 한다. (그런 사람들이라면 이해할 수 있는 비유일 테니까 말이다.) 의사는 모든 책꽂이에 매우 특별한 이야기들이 꽂혀 있는 아주 멋진 도서관을 뒤지는 사람이라고. 환자를 그 환자의 질병으로 축소해서 보는 행위, 가령 유선의 종양, 제 기능을 못 하는 심장 판막, 게으른 췌장 등으로 축소하는 행위는 책을 단지 종이와 잉크로 보는 태도와 같다.

그뿐만 아니라 의사는 그 경험과 감정으로 이루어진 통로, 그러니까 환자의 이야기가 진료실에서 끝나지 않는다는 사실도 안다. 이야기는 다른 방향으로 이어진다. 불투명한 미래를 향해 뻗어나가는 것이다. 의사는 그 미래에 대해서 역시 어느 정도의 책임감을 느낀다.

의사가 남자의 진통제 용량을 검토하기 위해 집에 도착했을 때 방문 간호사의 가정 방문은 아직 끝나지 않은 상태였다. 의사는 복도에서 기다리기로 한다. 의사의 머리 위로 젊은 남학생의 사진이 색이 바랜 채 걸려 있다. 사진을 찍은 해, 1996년이라는 숫자가 갈색 종이 위에 금박으로 찍혀 있다. 환자의 아내가 부엌에서 찻잔을 들고나온다. 현관문 위를 장식한 반투명 유리로 햇볕이 쏟아져 들어오고 찻잔에서는 모락모락 김이 오른다.

"오셨어요, 선생님. 주전자 소리 때문에 못 들었어요. 간호사 선생님이 아직 안에 계세요. 곧 끝날 것 같아요. 차 한잔하실래요?"

의사는 거절한다. 의사는 왕진과 티타임을 엄격히 구분한다. 하지만 대화는 환영이다. 의사는 환자가 그동안 어떻게 지냈는지 묻는다.

"괜찮아요."

여자는 이 말이 사실과 좀 다르다는 것을 깨닫고 잠시 머뭇거린다.

"네, 그런데 괜찮기는 해요. 밤에는 좀 힘들어하지만 어쩔 수 없죠."

의사는 여자의 눈에 깃든 피로를 감지하고 여자는 어떻게, 잘 버티고 있는지 묻는다.

"전 그럭저럭 버티고 있어요. 우릴 아시잖아요. 서로를 웃게 하는 소소한 방법을 찾아내죠. 늘 그랬으니까요.

톰이 그렇게 된 뒤에도."

여자가 벽에 걸린 사진을 향해 고갯짓하고 다시 멈칫한다.

"결혼해서 42년을 같이 살았으니…… 그게 어느 정도 도움이 되죠."

바로 그때 거실 문이 활짝 열리고 간호사가 부산스럽게 나온다.

"기다리시게 해서 미안해요, 선생님. 저희 쪽에서 내일 오전에 좀 늦게 다시 올게요."

간호사는 이어서 남자의 아내를 바라보며 말한다.

"환자는요, 괜찮아요, 보호자님."

모든 말을 정확하게 발음하려고 애쓰며 아주 큰 목소리로 말한다.

"알아들으셨어요? 환자는요, 다 괜찮으니까요, 걱정하지 마세요. 보호자님은요, 아주 잘하고 계세요. 우리가요, 내일요, 다시 올 테니까요, 혹시라도요, 문제가 있으면 전화, 전화번호 드렸잖아요, 거기로 전화하세요. 아셨죠?"

"네, 전화번호 부엌에 적어놨어요. 감사합니다." 임종을 앞둔 환자의 아내가 대답한다.

여자의 눈에는 희미한 미소가 어려 있다.

간호사가 나가고 현관문이 닫히자마자 거실 벽난로 앞으로 이동시켜 놓은 환자용 침대에서 한바탕 폭소가 터져 나온다.

"저 간호사가 지난주에 처음 왔을 때 저 몹쓸 양반

이…….”

여자가 거실 침대에 있는 창백하고 앙상한 남자를 턱으로 가리키며 말한다.

“……장난을 친답시고 내가 귀가 아주 안 들리는 데다 지능이 좀 떨어진다고 얘기를 한 거예요. 그런데 내가 아직 간호사에게 미처 사실대로 말을 못 했네요. 어쨌든 들어가세요. 기다리고 있어요.”

농담은 효과가 있다. 환자를 죽음의 문턱에 둔 의사에게 주기적으로 찾아오곤 하는 순간적인 내적 불안감이 스르르 녹아 없어진다. 의사는 가볍고 환한 발걸음으로 거실로 들어선다.

신호탑 위쪽 숲에서 낙엽송이 잎을 떨어뜨리는 11월에는 붉은 솔잎이 마치 눈보라처럼 허공을 채운다. 자전거를 타고 골짜기 건너편 진료소에 저녁 근무를 하러 가는 의사의 장갑 낀 손에도, 외투 소매에도 솔잎이 내려앉는다. 이 숲길은 진료소에서 멀지 않은 위치에서 시작된다. 언덕을 넘으면 골짜기 바닥을 향해 급격하게 곤두박질치는 길이다. 이어서 강을 가로지르는 주철 다리가 나오고 참나무와 아주 오래된 밤나무 사이로 가파른 오르막을 오르면 건너편 진료소가 나온다. 의사는 이 구간을 27분 안에 완주한다.

학회나 교직원 회의에 가서 이렇게 진료소를 오간다고 이야기할 때마다 의사는 이것이 너무 고루해서 우스

괭스럽게 느껴질 수 있다는 사실을 의식한다. 도시에 사는 의사 동료들은 특히나 그렇게 느낄 것이다. 그래서 항상 최첨단 전기 자전거를 가지고 있다는 점을 강조한다. 전기 자전거가 아니라면 언덕은 꿈도 못 꾼다. 그리고 이것이 좀 더 환경친화적인 업무 방식이라고 설명한다. 가정 방문을 하거나 진료소 간을 이동할 때 자동차 운행을 최소화할 수 있기 때문이다. 또 의사가 운동을 해야 환자들에게도 운동이 몸과 마음의 건강에 도움이 된다고 조언하기 쉽다. 게다가 이렇게 바깥에서 보내는 시간이 없으면 의사는 아마 미쳐버릴지도 모른다. 자주 언급하지는 않지만 이처럼 자전거를 탈 때 의사라는 일의 무게가 줄어드는 기분을 느낀다. 내리막을 달릴 때 그 무게가 솔잎처럼 날아가 버리는 것이다.

의사는 이 직업의 어두운 면에 대해 너무 깊이 생각하지 않으려고 한다. 오히려 반대로 자신을 누구보다 운이 좋은 여자라고 이야기하고 다니며 스스로도 그렇게 생각한다. 세상에서 가장 아름다운 골짜기에서 정말 좋아하는 일을 하고 있기 때문이다. 지역 공동체에 실질적인 도움이 되고 지성을 자극하며 생활비도 넉넉하게 벌 수 있는 일이다. 그리고 이 일을, 걸어서 혹은 자전거를 타고 가서 할 수 있는 근거리에 예쁜 돌집을 갖고 있다. 매일 일과가 끝나면 남편과 두 아이가 기다리고 있는 집이다.

그런데도 이 일이 어떤 영향을 미칠 수 있는지 잊어서는 안 된다. 잊는 것은 위험하다. 전임자의 전임자, 그러니까 존 버거의 "행운아" 존 사샬은 1982년 스스로 목숨을 끊었다. 은퇴 후 몇 주 지나지 않아서였다. 사샬이 35년 동안 돌보아 왔던 지역 공동체는 의사의 죽음에 충격을 받았다. 이따금 골짜기 의사도 사샬의 죽음이 보내는 생생한 경고를 떠올린다.

그런 날에는 어둠이 밀려 들어온다. 예를 들자면 의사는 이런 사실을 기억해 낸다. 자신이 접했던 자살 환자의 이름, 나이, 상황을 기억하지 못하는 일반의를 만나본 적이 없다는 사실 말이다. 또 어느 젊은 암 환자의 장례식에 가서 의사답지 못하게 교회 맨 뒤에서 울음을 터뜨린 부끄러운 기억을 떠올리기도 한다. 두통을 호소하며 진료소에 와서 소리 없이 울먹이는 취약한 아내와 폭력을 행사하는 잘 나가는 변호사 남편과의 관계에 개입해야 할지 말아야 할지 고민하며 그 고민의 무게에 잠을 못 이루는 것이 얼마나 힘든지 의사는 안다. 혈액 샘플을 표시할 때 아주 사소한 실수를 한 탓에 오전과 저녁 진료 사이 짬을 내어 30마일 떨어진 시내 검사실까지 차를 몰았던 기억을 떠올리면 등골이 오싹하다. 수년 동안 아이를 가지려고 노력해 왔다가 드디어 임신에 성공한 환자가 자칫하면 유산할 수도 있었다.

하지만 이런 일들을 굳이 입에 담는 대신 한 시간 내내 볕으로 얼룩진 숲속을 내달리는 것이 이 의사의 생존 전략이다.

몇 년 전에 의사는 존 사샬과 같은 사람의 자살이 가져올 수 있는 파장에 대해 생각하게 되었다. 많은 경우 이런 파장은 아주 오묘한 방식으로 퍼져나간다.

오전 진료 중 프런트 데스크에서 연락이 왔다. 한 어르신이 접수대에서 의사를 기다리고 있다고 했다. 이름이 익숙했다. 마을 끝에 있는 오래된 우물을 지나면 나오는 가파른 골목길 끝, 버터처럼 샛노란 작은 집에 40년째 살고 있는 남자였다. 하지만 의사가 이 지역에서 일하는 동안 이 남자가 진료 예약을 한 적이 단 한 번도 없었다. 의사는 진료 기록을 확인했다. 컴퓨터에는 아무것도 뜨지 않았다. 그래서 뒤쪽 사무실로 가서 이 시골 병원에 다소 늦게 도달한 기술의 백열白熱이 있기 전의 기록을 훑어보았다. 아니나 다를까 남자의 마지막 진료는 1982년도였고 당시 그는 사십 대 초반이었다.

평소 습관대로 의사는 복도를 따라 대기실로 가서 나이 든 남자를 만났다. 이 짧은 마중을 통해 환자를 눈여겨보고, 환자의 기분, 표정, 낯빛, 동작, 호흡 등을 가늠해 볼 수 있는 귀중한 시간을 확보하는 것이다. 하지만 남자를 만났을 때 의사는 매우 과묵하다는 인상을 받았을 뿐이다. 남자는 병원에 오는 것이 잘한 일인지 모르겠다고 생각하는 것 같았다.

진료실에 앉은 뒤에도 남자의 의심은 남아 있는 것 같았다. 의사는 서먹한 분위기를 깨고자 제대로 인사하게 되어 기쁘다고 하며 남자가 마지막으로 병원에 온 것이 33년 전이라고 말했다.

"그렇죠. 사샬 선생님을 마지막으로 봤고 얼마 안 가 총기로 자살했으니……."

남자는 문장을 마무리하지 않았다. 텅 빈 침묵이 뒤따르고 이어서 진료가 시작됐다.

1967년 다큐멘터리에서 존 사샬이 차를 타고 가로지르는 마을 위쪽, 골짜기의 맨 꼭대기에는 매우 격조 있는 빅토리아 시대 저택이 있다. 지금은 요양원으로 사용하고 있다. 여기서 내려다보이는 강은 반 마일은 족히 아주 곧게 뻗어 있다. 반대편 강둑으로는 아주 어둡고 무성한 숲이 빽빽하게 이어진다. 근처에는 골짜기 정상에서 바닥까지 이어진 깊은 계곡을 따라 쏟아져 내리는 폭포 한 쌍도 있다. 겨울에는 요양원 계단에서도 이 폭포 소리를 들을 수 있다. 마을도 가파른 경사를 따라 밑으로 굴러 내려가듯 펼쳐진다. 강 상류의 들판에서 바라보면 알프스의 어느 마을 같다. 위아래로 늘어선 집들은 마치 추락을 막기 위해 숲의 바닥에 단정하게 눌러놓은 것 같다. 마을의 윗부분에 매달리듯 붙어 있는 집에 사는 사람들은 밑에 있는 이웃들을 보고 "아래층"에 산다고 한다. 실제로 비탈에는 두 세기 전에 쌓은 오래된 돌계단 여럿이 서로 교차하고 있다. 마을이 강을 통한 무역의 중심지였을 때 나귀가 다니던 길이 계단이 된 것이다. 이제 요양원이 된 언덕배기의 대저택은 강을 따라 바지선을 운영하던 부유한 가문이 지은 것으로 당시에는 몸에 밧줄을 연결한 사람들이 무리 지어 바지선을 직접 상류로 끌어올리곤 했다.

의사는 마을 뒤편의 좁디좁은 골목길을 따라 자전거를 타고 올라가면서 가끔 그 사람들의 수고를 떠올린다. 너무 좁고 가팔라 몹시도 답답한 이 길은 오늘날 배달원들이 질색하는 길이 되었지만, 의사는 매주 월요일 그 꼭대기에 있는 요양원에서 기다리는 가장 까다로운 환자 약 50명을 위해 그 길을 오른다. 그 안에는 풍요로운 삶의 이야기와 풀기 힘든 윤리적 난제들이 있기에 의사는 그 요양원에, 그 뒤엉킨 복도와 거기에 숨겨진 비밀에 정을 붙이게 되었다.

가파른 길을 오르기 전에 의사는 종종 언덕 기슭에 있는 마을 가게에 들러 (매주 목요일에 굽는) 라드 케이크 한 조각을 사거나 카운터 뒤에 있는 큰 유리병 안에 든 무언가를 고른다. 의사는 달콤한 음식을 좋아한다. 왕진 가방 안에서 잊고 있던 레몬 사탕 반 봉지를 발견하는 날에는 기분이 좋다. 의사는 노후에 단 것과 오디오북에 의지해 살 계획이라고 말하곤 한다. 그날이 금방 올 것 같지는 않다. 이제 막 중년에 들어선 의사는 자기 나이의 절반 정도 되는 여성의 에너지를 발산한다. 사람들은 의사가 오전 진료 전에 자동차 지붕에 카누를 싣거나 대부분 사람들이 막 저녁 식사를 끝낸 후, 쓰레기를 내놓고 잠자리를 준비할 때 헤드 랜턴을 쓰고 숲속에서 조깅을 하는 모습을 보고 수군거린다.

"어떻게 저렇게 많은 일을 다 한대?"

달콤한 음식이 도움이 되는지도 모른다. 어쨌거나 인생을 즐겁게 해주는 달콤한 과자에 대한 애정 덕분에 오늘 아침에 보게 될 환자는 더욱 친근하게 느껴진다.

90세를 훨씬 넘긴 이 할머니는 배 속의 아기처럼 누워 있다. 요양원 직원들이 주변에 놓아준 베개와 쿠션은 마치 자궁처럼 할머니를 감싸고 있다. 40킬로그램밖에 나가지 않는 새처럼 가냘픈 체구에 비해 거대해 보이는 병원 침대 위에서 할머니는 지난 10년의 대부분을 누워 지냈다. 8년 전에 의사와 수간호사, 그리고 이 할머니의 헌신적인 가족은 물리 치료가 효과가 없고 오히려 할머니를 괴롭히고 있다는 결론을 내렸다. 의사는 그때 이미 연금을 받고 있었던 나이 지긋한 자식들에게 할머니를 완화 치료 환자로 분류할 것이며 완화 치료 대상의 경우 6개월 안에 사망해도 놀랍지 않다고 말했다.

사실 이런 식의 환자 분류는 그다지 정교하지 못한데, 거기에는 이유가 있다. 일반의에게 생의 마지막에 이른 환자들을 돌보는 일은 예전부터 생업의 큰 부분을 차지했다. 그런데 보건 정책은 최근 몇십 년간 이런 환자들을 돌보는 문제에 부쩍 더 주목하고 있다. 노령 인구가 늘어나고 사람들이 중증 질환을 앓고도 점점 더 오래 생존하고 있기 때문이다. 2006년 시행된 완화 치료 환자 등록 제도는 생의 벼랑 가까이에서 비틀거리는 환자들이 점점 더 늘어나고 있는 상황에서 일반의들이 그들을 더 잘 돌볼 수 있도록 격려하는 데 목적이 있었다. 임종 시기에 돌봄의 질을 확보한다는 의도는 좋았다. 하지만 어떤 일반의에게 물어봐도 죽음을 앞둔 사람을 정의 내리기란 몹시 힘들다. 어디에 선을 그어야 할지에 대해서 명확한 의견 일치가 없다. 1년 전이라고 해야 할까? 아니면 6개월 전? 6주 전? 6일 전? 6시간, 6분, 6초 전? 왜냐하면, 당연하게도 유물론적인 관점에서는 죽기 전까지 죽은 것이 아니기 때문이다.

그뿐만 아니라 이 시골 의사도 불확실성에 익숙해졌다. 제도의 중요성은 인정하지만 지난 세월 깨달은 점이 있다면 깔끔하게 정리할 수 없는 것을 정리해 봐야 소용이 없다는 것이다. 암을 비롯한 특정 질환의 경우에는 임종의 예측이 좀 더 쉬워졌지만, 심부전이나 만성 호흡기 질환 같은 경우에는 여전히 예측이 힘들다. 게다가 이 수수께끼 더미의 꼭대기에는 삶을 끈질기게 부여잡으며 의사를 놀라게 하는 할머니들이 있다.

요양원의 할머니는 8년이 지난 지금도 침대에서 거동하지 못하고 타인과 소통하지도 못하지만, 침대 옆 탁자에는 롤로스, 몰티저스, 젤리 베이비 등 사탕과 초콜릿이 놀랄 만큼 쌓여 있다. 의사는 할머니가 어떻게 이걸 먹는지 궁금하다. 손을 뻗어서 집는 것은 불가능하다. 하지만 매주 침대 곁에는 먹다 만 달콤한 과자 봉지들이 새로이 쌓인다. 아마도 간병인들에게 입에 넣어달라고 부탁하는 모양이라고 의사는 생각한다. 실제로 침대 발치에 있는 기록을 보면, 체구는 자그마해도 하루 세끼를 맛있게 드신다고 한다. 할머니가 살아 계신 게 기적이라는 데 모두가 동의한다.

의사가 일주일에 한 번 회진을 돌 때면 할머니의 자식들은 종종 할머니의 폐를 봐달라고 부탁하는데, 평소에는 늘 깨끗하지만 오늘은 그렇지 않다. 의사가 청진기를 할머니의 부드러운 순면 잠옷 안쪽으로 집어넣자 바람이 마이크를 때리는 소리가 들린다. 확인을 위해 다시 한번 청진을 한 의사는 침대 곁에 쪼그리고 앉아 환자와 눈높이를 맞춘다. 그리고 가슴에 염증이 있는 것 같다고 한다.

"뭐라고요?"

할머니는 그 즉시 정신을 반짝 차리고 외친다.

"가슴 염증이라고? 망할 놈의 가슴! 어쩌다 이렇게 된 거죠?"

할머니의 정정한 말소리는 놀랍게도 또렷하다.

"이러다 죽는 거 아니야? 맙소사, 이제 어떻게 할 작정이요, 의사 선생?"

그 순간 의사, 그리고 함께 있던 간호사는 놀라움의 눈빛을 주고받는다. 할머니는 지난 몇 년간 이처럼 생기 있었던 적이 없었다. 하지만 염증 때문에 위험할 수 있다는 생각이 할머니를 자극한 것 같았다. 의사는 항생제를 투여하는 게 당연한 절차라고 했다.

"그렇게 해야죠. 망할 놈의 염증부터 잡읍시다."

살고자 하는 투철한 의지는 종종 가장 예상치 못한 곳, 온 세상 할머니들의 기모 가운과 체크무늬 잠옷 아래 조용히 불타오른다. 의사는 이를 알고 있다. 이 할머니 같은 사람을 목격할 수 있다는 사실은 의사가 가진 엄청난 특권에 속한다. 항생제는 효과가 있었다. 염증이 사라졌고 6개월 후에도 할머니는 여전히 달콤한 사탕을 즐기는 중이다.

쏟아지는 피의 양이 끔찍했다.

여자가 진료소에 전화를 한 건 그날 오전이었다. 임신 23주째였고 하루 이상 태동을 제대로 느끼지 못해서 걱정이었다. 평소처럼 늑골을 예리하게 차거나 방광을 묵직하게 누르는, 지난 몇 주간 여자의 가슴을 두근거리게

DOCTORS
SURGERY

했던 태동이 없어졌다고 여자는 접수원에게 말했다. 다섯 번째 임신이었다. 이전 네 번의 임신은 모두 유산으로 끝났고 그중 두 번은 중반기 때 유산했다. 의사는 여자를 잘 알고 있었고 여자가 지난 두 차례 유산을 겪었을 당시에도 여자를 진찰했다. 여자는 매번 아이에게 이름을 지어주었고 아이의 미래를 상상했다. 유산은 매번 큰 절망을 가져왔고 부수적인 죄책감과 깊은 슬픔도 뒤따랐다. 여자는 의사에게 이런 감정이 결코 사라지지 않을 것 같다고 말하기도 했다. 지난 유산 때는 '유산'이라는 말을 정말 싫어하게 되었다고, 그 말에는 온통 나쁘고 잘못된 의미가 함축되어 있다고 말했다. 여자는 앞으로 유산이라는 말 대신 "아이를 잃었다"라는 말을 쓰겠다고 했지만 그렇게 말해도 부주의한 제 몸에 대한 원망의 눈물은 그칠 수 없었다.

접수원이 이 여자를 언급했을 때 의사는 여자의 말을 떠올리고 그 즉시 당일 저녁 진료를 잡았다. 아이의 심장박동을 확인하고 여자를 안심시킬 수 있기를 바랐다. 불과 몇 주 전에 마을에서 만난 두 사람은 임신이 잘 진행되고 있고 이렇게 오래 끌어온 적이 없었다며 신나게 떠들었고 여자는 정말 행복하고 기대가 되지만 두렵기도 하다고 말했었다.

진료실 침대에 누운 여자는 헐렁한 미니마우스 티셔츠를 올리고 봉긋 솟아오른 창백한 배를 드러낸다.

"어제는 두근거리는 느낌이 약간 있었거든요. 그런데 지금은 전혀 없어요."

여자는 본능적으로 마치 수맥을 살피듯 양쪽 손바닥으로 배의 양옆을 감싼다.

의사는 여자를 안심시키려고 담소를 나누면서 서랍에서 복부 초음파 도구를 꺼내기 위해 등을 돌린다. 그 순간 여자가 숨을 멈추는 소리가 들린다.

“어떡해. 피가 나는 것 같아요.”

몸을 돌린 의사의 눈에 여자의 엉덩이 아래 고인 새빨간 피가 보인다. 피는 여자의 레깅스에서 배어 나와 진찰대에 깔린 흰 종이를 적시고 곧이어 바닥으로 떨어진다.

“어떡해.” 여자가 속삭이듯 말한다.

아드레날린이 솟구치고 두려움이 엄습한다. 의사에게는 이럴 때마다 하는 행동이 있다. 속도를 늦추는 것이다. 의사는 마치 물 밑에 있는 사람처럼 움직임을 줄이고 목소리를 일부러 차분하게 낮춘다. 통로에 있는 수납장에서 배변 패드를 꺼내 여자의 골반 아래로 밀어 넣고 책상 위에 있는 전화로 구급차를 부른다.

분만 전에 이 정도 규모로 하혈을 한다는 것은 수많은 혈관이 연결된 태반이 자궁벽에서 분리되었다는 신호일 가능성이 있다. ‘태반 조기 박리’라고 하는 이 현상은 태아에게 위험할 수 있고 이처럼 피가 많이 나는 경우 엄마에게도 위험하다.

의사는 여자의 혈압을 확인하면서 수액을 놓을 것이라고 설명한다. 몸을 안정시키기 위해 약간의 도움을 주는 것이라고 말한다. ‘캐뉼러 삽입 완료. 수액량 더 늘리고. 맙소사, 피 좀 봐.’ 의사의 머릿속 깊은 구석에서 네

가지 질문이 마치 갓난아기의 요람 위에 매달린 모빌처럼 맴돌고 있다. '아기가 죽을 것인가?' '아기가 이미 죽었는가?' '여자가 지금 여기서 과다 출혈로 죽을 것인가?' '여자가 죽는다면 내가 어떤 식으로든 잘못했기 때문일까?'

침대 위에서 거친 울음소리가 들린다. 여자가 말한다.

"실수하지 않으려고 정말 노력했어요. 정말 조심했어요. 내가 도대체 뭘 잘못한 건지 아무리 생각해 봐도……."

의사는 잃어버린 체액을 수액이 보충해 주고 있으니 걱정하지 말라고 설명한다. 출혈은 조금만 있어도 많아 보일 수 있다고도 한다.

"줌바 수업에 가기는 했는데, 혹시 그것 때문에……."

일단 진정하라고 의사가 말한다. 주방 바닥에 우유를 쏟았다고 생각해 보라고 한다. 우유 반 통만 쏟아도 두 통은 쏟아진 것처럼 보인다고, 하지만 혈액은 몸에 여러 통이 있다고 말한다.

"하지만 생리할 때 하고는 다르잖아요. 수도꼭지를 튼 거 같잖아요."

여자의 말이 맞았다. 하지만 의사는 그렇다고 하지 않고 계속해서 위안의 말을 중얼거렸다. 의사는 늘 환자에게 솔직하려고 애쓴다. 일주일에도 몇 번 약속한다. "저는 항상 있는 그대로 말씀을 드려요." 암이라든가 그 밖의 생명과 관련된 소식을 다룰 때는 솔직하게 말하는 것이 최선임을 터득한 것이다. 공포스러운 말을 입에 담고 금기를 깨면 의사와 환자는 다음 단계로 나아가 서로 힘을 합칠 수 있다. 하지만 미니마우스 티셔츠를 입고 있는 이 젊은 여자에게 "아이가 벌써 죽은 것 같고 당신의 목숨도 위태로워요"라고 말한다고 해서 도움이 될 리 없었다. 당장은 의료적인 필요에 따라 여성을 달래야 했고 솔직한 말은 나중에 해도 상관없었다.

의사는 명랑한 목소리로 구급차가 오고 있다고, 시간은 좀 걸리겠지만 이제 얼마 남지 않았을 거라고 말했다.

"그런데 마을로 들어오는 길이 좁지 않아요? 좁은 길로 적어도 6, 7마일은 와야 할 텐데."

여자의 공포는 진료실 안에 견고하게 자리 잡고 있었다.

"그거 하나 더 주세요." 의사가 편안한 말투로 말하며 피에 젖은 패드를 새 패드로 교체한다. 최대한 티가 나지 않게 조심하며 지난 20분간 서너 번은 패드를 교체했다.

"우리 아기, 우리 아기."

중얼거리는 여자의 눈물이 머리카락을 적셨다.

"심장 소리를 들어보면 안 돼요?"

의사가 두려워했던 질문이다. 의사는 심장 박동을 들어도 달라지는 것은 없다고 설명하며 시간을 끌었다. 구급차가 곧 올 것이라고 했다. 아기 심장 소리가 들리면 좋겠지만 그렇다고 해서 다 괜찮은 상황은 아니라고, 그렇다고 하기엔 출혈이 너무 많다고 했다. 그러나 실은 아기의 심장 소리가 들리지 않을 것 같았다. 아무 소리도 들리지 않을 것 같았다.

"부탁드려요." 여자가 말했다.

"만약 아무 소리도 들리지 않으면 우리 둘 다 마음이 불편할 거고 그러면 엄마 상태가 안 좋아질 수도 있어요."

"알고 싶어요." 여자가 말했다.

실랑이는 자꾸만 되풀이됐다.

"제발 부탁이에요. 꼭 알고 싶어요."

결국 어디로 도망칠 수도 없었던 의사는 초음파 기기를 손에 들고 여자의 단단한 배 위에 젤을 바른 다음 여자와 함께 작은 심장 소리를 향해 귀를 기울였다.

"쉬-쉬-쉬-쉬."

"어쩜, 정말 들리네요. 알고 있었군요. 이제 됐어요."

"쉬-쉬-쉬-쉬……."

"정말 세상에서 가장 듣기 좋은 소리죠? 일단 이 소리를 잊지 말아요, 우리. 잊지 말고 간절한 바람을 가져봅시다." 의사가 말했다.

그 순간만큼 두 사람은 의사와 환자가 아니라 함께 겁에 질린 채 간절히 소망하는 두 여자였다.

구급차가 도착해서 여자를 들것에 싣고 가자 의사는 아기 아빠한테는 내가 연락하겠다고, 번호가 있다고, 바로 병원으로 가라고 하겠다고 소리쳤다.

"내가 계속 신경 쓸 테니 걱정 말아요." 의사가 덧붙였다.

어떤 선한 운명의 손길 덕분이었는지 모든 것이 잘 풀렸고 3개월 후 의사가 부부의 집을 방문했을 때 집은 분홍색 풍선과 현수막으로 뒤덮여 있었다. 거의 십 년이 지난 지금 사십 대에 들어선 여자와 그 딸은 여전히 의사의 환자이다. 하지만 여자와 의사는 절대로 그날을 입에 올리지 않는다. 여자는 그날을 기억에서 떠나보냈을

지 몰라도 의사는 여자의 딸을 볼 때마다 목이 메면서 기쁨과 절망 사이의 경계가 얼마나 무너지기 쉬운지 생각한다.

골짜기 사이로 태양이 지고 그림자가 마치 강물에서 떠오르듯 일어서지만 여기 사는 사람들은 계속해서 하던 일을 한다. 나이 지긋한 노인은 작은 칫솔을 들고 마당 계단에 앉아, 히죽 웃고 있는 개의 이를 닦는다. 상의를 벗은 어느 십 대 소년은 LA 힙합 음악이 요란하게 울려 퍼지는 가운데 형광등으로 밝힌 차고 안에서 스케이트보드를 타고 킥플립을 연마한다. 정장 차림을 한 여성은 자동차 트렁크에서 쇼핑백을 꺼내 뒷문 옆, 이끼가 낀 판석 위에 내려놓는다. 손잡고 걷던 연인은 녹슨 보행자 전용 다리에 멈추어 서서 입을 맞춘다. 도장용 작업복을 입은 한 남자는 어둑한 숲이 내려다보이는 부엌 싱크대 옆에 선 채 붓으로 테레빈유를 휘저으며 흥얼거린다. 아기는 털실로 짠 담요에 단단히 싸여 꿈나라로 간다. 창밖에서는 숲 비둘기가 운다. 자전거를 끌고 진료소 뒤편 계단을 내려온 의사는 불을 끈 뒤 아름다운 귀갓길에 오른다.

존 사샬의 유산

그것은 아이의 손바닥보다 크지 않았다. 초저녁 석양빛에 빛나는 강의 조약돌처럼 매끄러운 완벽한 타원형이었다.

아이는 방과 후 망아지들이 풀을 뜯는 들판에 서서 잔디 조각을 제자리에 밟아 넣고 있었다. 생각에 잠긴 채 하루를 마무리하기에 좋은 방법이었다. 아이는 암말의 발굽에 파인 뗏장 조각 밑으로 운동화 코를 넣고 조각을 뒤집은 다음 지면을 눌러서 잔디밭을 다시 매끄럽고 보기 좋은 초록으로 되돌려 놓는다. 아이와 부모는 금작화로 뒤덮인 구릉지 쪽에 살다가 몇 달 전에 좀 더 동쪽에 자리한 이 푸르른 방목지로 이사를 온 터였다. 농촌에서 이런저런 일을 벌여온 아이의 가족이 이번에 택한 사업은 바로 경주마 사육이었다. 새로 이사 왔다는 것은 전학을 왔다는 뜻이기도 했다. 이사가 잦은 어린 시절을 통틀어 여덟 번째였다. 2년이 걸리는 후기 중등 과정의 외로운 첫해가 절반쯤 지난 무렵이었다(영국에서는 초등 과정 6년, 중등 과정 5년을 마치면 2년 동안 후기 중등 과정에서 대입을 준비한다—옮긴이). 하지만 아이의 타고난 낙관주의는 현재에 대한 진지한 관심과 어우러졌고 이것은 아이가 힘겨운 나날에도 행복한 깨달음의 찰나를 놓치지 않았다는 의미였다. 아이는 늘 그랬다. 지금도 그렇다.

거기, 싱싱한 초록 들판이 보조개처럼 움푹 파인 곳에 새끼 토끼 한 마리가 있었다. 눈을 동그랗게 뜨고 긴 귀를 뒤로 착 붙인 채 미동도 하지 않는 토끼는 마치 돌로 만든 조각 같았다.

아이는 그것이 잔디 조각인 줄 알고 가까이 다가갔다. 흙덩어리가 아니라 아주 작은 생명이라는 것을 깨달은 뒤에는 그것을 퍼 올려 집으로 데려가고 싶은 충동이 일었다. 아이가 수년 동안 안식처를 제공한 불쌍한 생명체들은 다양했다. 그중 가장 사랑했던 동물은 애완용 거위 노디였는데 버려진 알을 가져다 침실에서 부화시켰다. 노디는 아름다운 거위로 자라나 어린아이의 무릎 위에 앉아 꽥꽥 울기도 했는데, 크리스마스 직전 어떤 무자비한 녀석이 훔쳐 갔다. 하지만 이날 저녁 들판에 선 아이는 영웅을 자처하며 토끼를 구조하기보다 일단 멀리서 지켜보기로 하고 물러섰다. 아니나 다를까 엄마 토끼가 곧 깡충깡충 뛰어왔다. 다리도 길고 귀도 길쭉한 엄마 토끼는 한동안 아기를 돌보았고 나중에는 산울타리 속으로 뛰어 들어갔다. 지켜보던 십 대 소녀는 말 없는 행복을 느꼈다.

아이는 자연이 이런 고요와 위로의 순간을 제공할 수 있다는 사실을 잊은 적이 없다. 30년이 지난 후에도 그 어미와 새끼 토끼를 생생하게 기억한다. 어떤 의미가 담긴 만남 같았다. 그 순간 불꽃처럼 일었던 살아 있는 세계에 대한 경외심은 그 이후에도 여러 차례 새롭게 되살아났다. 작은 깨달음이 수놓인 별자리와 같은 이런 마법의 순간은 아이의 인생 지도에 핀처럼 자리 잡아 오늘날에도 만족감과 긍정의 원천이 되고 있다.

인생이 새로운 국면을 맞이할 때 찾아오는 이런 번득이는 영감은 주로 십 대 후반에 경험하게 된다. 마치 풍

부한 감성과 충동, 명쾌한 시야가 한데 합해져야만 소년기에서 성년기로의 문턱을 넘어갈 수 있다고 자연이 정해놓은 듯하다. 아직은 의사가 아닌 이 아이에게 그런 순간은 3개월 동안 세 번이나 찾아왔다. 가슴과 이성이 일치하고 열정과 지성이 힘을 합한 것 같은 순간이었다. 두 번째 순간은 십 대라는 나이에 어울리는 방식으로 찾아왔다. 연결과 소통에 대한 호소로 가슴을 울린 노래를 발견한 것이다. 자전거를 타고 골짜기를 누비는 의사의 헤드폰에서는 여전히 사이먼 앤 가펑클Simon & Garfunkel의

〈더 사운드 오브 사일런스The Sound of Silence〉가 나온다. 긴장이 풀리지 않을 때는 마치 기도를 외듯 머릿속으로 노래를 되새기기도 한다. 좀 황량한 분위기를 풍기는 노래지만 마음이 차분해진다. 그러나 어린 시절이 끝나갈 무렵 소녀에게 가장 중요한 깨달음을 준 것은 한 권의 책이었다.

의사의 부모는 둘 다 대학을 나오지 않았다. 발랄하고 반항기가 있던 엄마는 촌구석 경주마 사육장에서 미래의 남편을 만났을 때 겨우 열여섯이었다. 첫눈에 사랑에 빠진 엄마는 학교에 나가지 않는 날이 많았고 시골 중학교에서는 엄마가 더 이상 학교에 오는 걸 원치 않았다. 그러자 엄마는 오히려 언짢아하며 열심히 공부해서 그 해 여름, 총 아홉 과목에서 합격점을 받은 뒤 학교를 떠났다. 이듬해인 열일곱 살에 엄마는 딸을 낳았다. 딸도 엄마의 끈기와 지성을 닮은 듯했다. 부부의 외동딸은 책을 좋아했고 틀에 박힌 방식으로 살고 싶지 않았다. 아이는 고무장화를 신고 건초를 옮길 때도, 학교 도서관에서 소설책에 코를 박고 있을 때도 똑같이 행복했다.

아이의 집안은 당당한 노동자 집안이었지만 아이의 곁에는 늘 말이 있었고 열네 살 때까지만 해도 아이의 꿈은 오로지 말을 타는 기수였다. 지금도 의사가 밤늦게까지 일하는 서재에는 까마귀처럼 새카만 말을 타고 웅덩이로 뛰어드는 열한 살 때의 모습이 담긴 사진이 있다. 머리에는 엄마가 노란 리본으로 줄무늬를 넣어 박음질한 실크 모자를 쓰고 있다. 이사도 전학도 여러 번 했지만, 말에 대한 애정이 일종의 지속성을 확보해 주었다. 아버지와 함께 경마를 보러 가는 날도 많았다. 아버지는 아주 성실한 도박사였고 무한한 낙관주의자로 언제나 내일이 행운의 날이 될 거라고 믿었다. 돈은 있다가도 없었다. 저녁 식사로 스테이크를 먹는 날도 있었고 삶은 콩을 먹는 날도 있었다. 그래도 금세 다시 경마장을 찾았다. 아이는 훈련용 모자를 쓴 아버지를 따라 경마장 관중 사이를 누비며 아버지의 엄격한 당부대로 아버지의 왁스를 칠한 재킷 주머니에서 눈을 떼지 않았다. 운수가 대통한 순혈종 경주마가 벌어다 준 지폐 한 주먹을 어느 손이 잽싼 도박꾼이 훔쳐 갈지 몰랐기 때문이다. 의사는 낙관적인 성격이 아버지를 닮았다고 한다.

의사는 늘 바쁜 아이였고 가장 친한 친구와는 툭하면 다투었다. 친구가 늘 걸음이 뒤처졌기 때문이다. 아이가 속도를 내려고 친구의 가방을 대신 들어주어도 소용없었다. 아이는 할 일이 너무 많아서 도저히 꾸물거릴 시간이 없었다. 열 살 무렵부터 일기를 쓰며 하루에 일어난 일을 순서대로 정리하고 앞으로 일어날 일들을 계획했으며 미래를 그렸다. 의사가 되고 싶다는 막연한 생각도 열네 번째 생일 무렵, 일기장에 적었다. 성적은 충분했다. 동기를 부여한 사람은 활기 넘치는 의대생인 사촌오빠였다. 오빠는 왕눈이 자동차 스프라이트를 끌고 시골에 내려와 아이를 태우고 한 바퀴 돌고는 했다. 부모님이 약간의 의구심을 가지고 지켜보는 동안 아이는 학기 중간에 문과 수업을 모두 이과 수업으로 바꾸었다. '미친 망아지'라는 초등학생 시절 별명은 '제발요, 선생님'이라는 그다지 상냥하지 않은 별명으로 바뀌었다. 후기 중등 과정을 시작할 무렵, 의대에 가기로 마음을 거의 정한 상태였지만 그 시절에도 입시는 쉽지 않았고 아이도 이를 알고 있었다. 실무 경험을 쌓는 것이 좋다는 것도 알았다. 그래서 후기 중등 과정 첫해의 절반을 가까운 시내에서 일하는 자신의 주치의를 따라다니며 관찰했다. 그렇게 열일곱 살이 되던 해에 세 번째이자 가장 중요한 깨달음을 얻었다.

아이가 주중에 같이 시간을 보냈던 일반의는 아주 싱거운 말이나 냉소적인 태도로 주변을 웃기는 사람이었지만 일반 의료에 매우 열정적이었고, 일반 의료 영역은 인간관계가 그 업무를 규정짓는 유일한 영역이라고 날카롭게 지적하곤 했다. 그 점을 설명하기 위해 1960년대의 어느 시골 의사에 대한 오래된 책이 있는데, 꼭 읽어보아야 한다고 추천했다. 그러면서 자기 책을 찾아 진료소 책장을 이 잡듯 뒤졌으나 찾을 수가 없었다. 그래서 어느 금요일 오후에 제목과 작가의 이름을 휘갈겨 쓴 쪽지를 들고 나왔다. 존 버거의 《행운아》였다. 마을 도서관은 소장하고 있지 않았다. 군 도서관에 자료를 신청했다. 몇 주 후에 도착한 책은 셀로판지로 포장된 양장본이었고, 두툼해진 속장의 가장자리는 누렇고 너덜너덜했다. 도서관 책 특유의 냄새가 났다. 아이는 책이 자신보다 몇 년 앞서 태어났다는 사실을 깨달았다. 보아하니 많은 손이 거쳐 간 것 같았고 면지에는 20년 세월을 거슬러 수많은 도장이 찍혀 있었다.

아이는 집에 가는 버스 안에서 《행운아》를 펼쳤고 다락 침실의 창가 아래 놓인 빈백 의자에 몸을 웅크리고 앉아 이틀 만에 책을 집어삼키듯 읽었다. 그리고 다 읽자마자 다시 처음으로 돌아가 읽어 내려갔다.

책의 배경이 어딘지 조금도 알 수 없었다. 어디든 상관없을 것 같았다. 하지만 의사로 산다는 것이 어떤 의미인지에 대한 이야기를 읽으면서 어린 마음에 어떤 확신이 생겼다. 처음 읽을 때는 책 속의 극적인 사건에 끌렸다. 시골 의사가 쓰러진 나무에 깔린 남자를 신속하게 처치하는 도입부가 그랬다. 어렸을 적 읽었던 조랑말과 떠나는 모험 이야기가 성인용으로 탈바꿈한 것 같았다. 사건을 해결하는 당돌한 여자아이 대신 믿음직한 의사가 나무꾼의 엉망이 된 다리를 고치려고 분투하고 있을 뿐이었다. 하지만 다시 한번 읽고 나니 책 속의 의사가 하는 일이 얼마나 광범위하고 심리적으로 복잡한지 와닿기 시작했다. 의료 전문가인 동시에 긴 세월에 걸쳐 사람들의 사연과 갖은 고생을 목도하고 거기에 공감해 주는 사람으로 사는 일은 어딘가 매력적이었다. 책의 핵심은 인간관계였고 일곱 번이나 전학을 한 외동아이에게 인간관계는 중요한 것이었다. 의사의 일에서 아이는 그토록 갈망했던 안정성, 지속성, 유대를 엿볼 수 있었고 그 대가로 능력, 지성, 열망을 포기할 필요도 없는 것 같았다.

아이는《행운아》를 도서관에 반납하자마자 옆 동네 헌책방으로 가서 소장할 책을 샀다. 30년이 지난 지금도 이 책은 의사의 진료실 책상 위 책장에 전이암 증상 관리에 관한 교과서와 영국 소아 처방 안내서 사이에 꽂혀 있다.

존 버거가 "존 사샬"이라고 부른 의사는 1982년에 세상을 떠났다. 그로부터 6년 후, 장차 그의 후임자가 될 열일곱 살 아이는 존 사샬이 살았던 곳에서 멀지 않은 마을에서 그에 대해 읽었다. 아이는 모르고 있었지만 사샬이라는 인물은 의학 문학 속에서 이미 전설에 가까운 존재였다. 의사와 환자 간의 관계가 다다를 수 있는 최고 수준을 시사하는 인물로 널리 알려져 있었다. 《행운아》는 한때 일반 의료의 근본이 되는 이상적인 기준에 대한 명확한 설명으로 여겨져 왔고, 어떤 면에서는 여전히 그렇게 여겨지고 있다. 의사가 이 책을 수련의, 혹은 의대에 진학하려는 의욕 넘치는 입시생에게 추천하는 일은 아주 흔했다. 그러나 사샬이 비극적인 끝을 맞이하기 오래전부터 《행운아》는 쓸쓸한 책이었다. 인간의 조건을 개선하는 데 의학이 어떤 역할을 할 수 있고 또 할 수 없는지에 관한 현실을 있는 그대로 보여주었기 때문일 수도 있고, 책의 주인공을 종종 집어삼켰던 절망이 책을 살짝 적셨기 때문일 수도 있다. 버거의 잉크가 마르고 모르의 사진이 암실의 현상액 속에서 선명해진 바로 그 순간부터 책은 상실로 물들었다. 실제로 긴 세월에 걸쳐 의료 체계가 현대적으로 (여러 차례) 탈바꿈하는 동안, 헌신적이고 섬세하고 지칠 줄 모르던 사샬은 환자와의 장기적인 관계가 일반 의원의 본질이었던 시절에 대한 어떤 그리움을 불러일으켰다. 그의 이름은 지속적인 돌봄이라는 심오한 가치를 대변하는 대명사가 되었다.

그래서 의학 문학 세계에서 여전히 생생한 그의 명성, 영국뿐만 아니라 세계가 존 사샬에게 보내는 엄숙한 경의가 그가 살며 일했던 골짜기에서는 좀처럼 재현되지 않는다는 사실이 신기하다. 이곳에 남아 있는 이야기들은, 기억하는 사람이 별로 없기는 해도, 어떤 면에서 좀 더 거칠고, 더 복잡한 모순을 담고 있다.

내가 처음 연락을 취했을 때 진료소의 총책임자인 의사를 제외하고는 존 사샬이 몸담고 있었던 진료소 직원 중에 이 책을 들어본 사람은 딱히 없었다. 시간제로 일하는 의사도, 사무를 담당하는 직원도, 간호사나 간호조무사들도 마찬가지였다. 진료소에서 일하는 사십 대 약사는 평생 이 마을에 살았고 대여섯 살 무렵에 오빠와 함께 사샬의 진료소가 있었던 좁은 건물 밖에서 줄을 섰던 기억이 있다. 의사가 엄한 눈빛으로 바라보며 턱 아래 림프샘을 만져서 아팠던 기억도 있다.

"아프니? 안 아프지? 너 어디 아픈 데 없어. 멀쩡해."

의사는 이렇게 말하고 두 아이를 다시 꽁꽁 싸맨 뒤 축축한 시골길로 내보냈었다. 하지만 약사는 책에 대해서는 전혀 모르고 있었다. 이 동네 사람들은 스파이스 걸스 멤버 중 한 명이 강 건너 어느 집에 살았다는 사실도 알고, 멀지 않은 숲속에 있는 아주 멋지고 고풍스러운 농가에 TV 프로그램 진행자 부부가 산다는 것도 안다. 하지만 '행운아'에 대해서는 아주 파편적인 기억만이 남아 있을 뿐이다. 세상은 변하고 가치관은 바뀌며 공동체를 위해 누구보다 헌신적으로 봉사하던 사람들도 집단의 기억 속에서 희미해진다. 이끼와 담쟁이에 뒤덮인 채 숲속에 버려진 오래된 맷돌처럼.

하지만 사샬 선생님을 기억하는 소수가 있다. 그들은 기꺼이 추억을 공유한다. 생존해 있는 사샬의 유족 중 아들은 2021년 나와 이야기를 나눌 당시 암 말기 상태였다. 그는 아버지와의 관계가 복잡했음을 인정하면서도 아버지가 얼마나 자랑스러운지 얘기했다.

"다시 아버지와 대화하고 싶네요. 솔직히 말해서 죽을 때까지 아버지가 절 괴롭힐 것 같아요. 마을 사람들이 아버지를 존경했기 때문만이 아니라 그 책 때문에 말이에요."

아버지는 모질게도 추웠던 1947년 1월, 깊은 눈 속에 파묻힌 골짜기 마을에 도착했다. NHS가 설립되기 18개월 전이었다. 해군 군의관으로 제대한 직후였고 마을 진료소는 존 사샬이 근무한 처음이자 유일한 진료소였다. 아들은 아버지가 이듬해 가을, 환자들에게 각각 정중한 편지를 보냈다고 말했다.

"귀하는 이제 NHS의 지원을 받으므로 저에게 진료비를 납부할 의무가 없습니다. 감사합니다."

아들은 마을 의사라는 역할이 아버지의 정체성에서 "아주, 아주 핵심적"이었다고 강조하면서 아버지가 마을에서 일한 35년 동안 어떻게 자신만의 이단아적인 모습을 본떠 진료소를 만들어갔는지에 대해 설명했다.

"요즘에는 그렇게 할 수 없지만, 아버지는 의사로서의 삶을 당신이 원하는 대로 만들어갔어요."

당시 일반의가 왕진을 하러 다니는 것이 아직 당연할 때였다. 하지만 존 사샬은 다양한 도구와 약물이 갖추어진 한 칸짜리 진료소에서 환자들을 보는 쪽을 선호했다. 사샬은 중고 폭스바겐 캠핑카를 구한 다음 이를 골짜기 곳곳으로 보내 환자들을 진료소로 데려오게 했다. 진료소는 가정집에 있을 법한, 색이 바랜 가구들로 채워져 있었다.

"진료소에서 우리 집까지 직통 전화를 설치했어요. 그래서 환자들에게 진료소에 도착하면 대기실에서 전화하라고 했고 5분 안에 진료를 봐주겠다고 했지요. 그 당시에는 최첨단이었어요. 아버지의 랜드로버와 폭스바겐 캠핑카, 그리고 전화까지."

NHS 초기 시절 환자들은 고마워하면서도 무상 의료라는 혜택을 이해하기 힘들어했다. 그래서 근처에서 제재소를 운영하던 환자는 고마움을 표시하고자 의사의 살림집 바닥재를 단풍나무로 교체해 주었다. 존 사샬이 죽어가는 아내를 돌봐준 것에 감사를 표하고 싶었던 다른 환자는 당시 영국 내 그 어떤 시골 진료소에도 없던 심전도 기계를 사샬의 진료소에 설치해 주었다.

"제가 그 심전도 기계의 첫 실험용 쥐였어요." 아들이 말했다.

존 버거가 쓴 책은 사샬의 아들을 괴롭혔을지 몰라도 이 골짜기에 사는 사람들 대부분에게 책은 잘 알려져 있지 않다. 의대생들이 어쩌다 찾아와 《행운아》에 나오는 건물이나 표지를 찾아 동네를 헤매면 사람들은 약간 당혹스러워한다. 이 지역 오래된 가문의 사람들은 책이 동네 사람들을 "문화적으로 뒤처진" 산골 사람들로 묘사하고 있다며 볼멘소리를 하기도 한다.

"버거가 낮은 계층 주민들을 좀 더 과장해서 그렸기

때문에 마을에서는 달가워하지 않죠."

책에 친척들의 사진이 나온다며 자랑스럽게 알려주는 주민도 몇몇 있다.

"댄스파티 사진에 우리 언니랑 남자 친구가 나와요", "저 백발노인이 우리 할아버지예요" 하는 식이다. 이제 99세로 집 밖 거동을 하지 못하는 한 할머니가 책에는 젊고 날씬한 모습으로 등장한다. 장 모르의 사진 속에서 여성은 하얀 무릎 위로 치마를 잔뜩 걷어 올린 채 사샬의 진료대 위에 앉아 있다. 여성의 사위는 이렇게 말한다.

"그 사진이 나오고 아주 난리가 났었대요. 아내의 할머니는 책에 그렇게 사진이 실린 것에 몹시 성을 내셨대요. 지금은 당신도 책에 실렸다는 걸 꽤 좋아하시는 것 같아요."

그런데도 아직까지 남아 있는 기억은 1967년에 발간된 책이 아닌 사샬에 대한 기억이다. 사샬은 1940년대 후반부터 1980년대 초반까지 이 마을에서 환자들을 돌보았다. 사샬에 대한 기억은 몇 가지 핵심 주제와 관련되어 있다. 먼저, 젊은 시절의 그는 응급 상황에 처한 환자들을 극적으로 구조하는 데 뛰어난 능력을 보였고 이후에는 환자들을 위해 살신성인의 희생정신을 보여주었다. 이뿐만 아니라 뱃사람 부럽지 않은 거친 입버릇을 평생 버리지 못했으며 이따금 유별나게 기이한 행동을 보이기도 했다. 사람들은 무엇보다 길가에서 절단 수술을 하거나 부엌 식탁에서 맹장 수술을 하는 등의 이야기를 가장 많이 기억했다. 성탄절에 위험한 고열을 앓고 비실

대던 갓난아기를 낫게 한 이야기, 아나필락시스(특정 물질에 대해 전신에서 과민하게 나타나는 항원 항체 반응을 말한다—옮긴이)를 치료하기 위해 한밤중에 진료소로 호출된 이야기도 나왔다. 아기를 받은 사연(사샬은 산파에게 분만을 맡기는 걸 싫어했다고 한다), 노인들의 마지막 가는 길을 따뜻하게 지켜봐 준 사연, 안색이 좋지 않다며 길 가던 동네 사람을 멈추어 세운 이야기도 기억에 남아 있다. 한 이웃이자 가까운 친구는 아들에게 이렇게 말한 적이 있다.

"너 사샬 선생님께 머리 아프다고 말하지 마. 그럼 득달같이 달려오신다."

아니나 다를까 사샬은 아이를 데려가 관자놀이에 전극을 붙이고 검사를 했다고 한다.

마을 사람 모두의 건강을 지켜야 한다는 책임감이 무거운 만큼 사샬은 가혹할 정도로 솔직했다. 사람들은 사샬 선생이 "꾸밈없이" 말했고 꾀병을 부리는 사람을 참지 못했으며, 욕을 정말 좋아했다고 말한다.

"말이 아주 거칠어질 때도 있었지만 원래 그런 분이셨어요. 말을 빙빙 돌리지 않았어요."

이렇게 말한 노인은 세상 어디에도 그만 한 의사가 없다고 생각하는 것이 분명했다.

존 사샬이 세상을 떠난 지 40년이 지난 후에도 남아 있는 애정 어린 추억 가운데 일부는 사샬의 지나치게 과장된 언행과 넘치는 에너지와 관련이 있다. 가령, 그가 승마복을 머리부터 발끝까지 차려입고 왕진을 다닌 이야기를 보자. 안장도 얹지 않은 채 이웃집 조랑말을 타고 왕진하러 가면 말은 당당하게 환자의 집 앞마당에서 상추나 스위트피를 차례로 먹거나 밟아 뭉갰다는 것이다. 동네에 갈까마귀가 창궐하자 새들을 없애기로 마음먹은 사샬은 자기 집 정원사에게 운전을 시키고 자신은 사파리 복장을 하고 랜드로버의 열린 창문을 통해 성가신 까마귀 무리에 대고 엽총을 쏘았다. 이웃집 아이들은 차를 따라오며 죽은 새를 자루에 담았다고 한다. 마을 중앙에 있던 작은 성 둘레에 버려진 해자를 정리하고 물을 뺀 뒤, 새로 식물을 심고자 마을의 모든 남자 어른과 아이들을 동원했던 열성은 햇빛에 잠긴 영화 필름 속에 영원히 남아 있다. 사샬이 직접 찍은 이 영상은 납작한 모자를 쓰고 손에는 낫과 갈퀴를 든 남자들로 가득하다. 이따금 사샬의 아내 베티가 카메라를 건네받으면 모직 해군 모자를 쓴 사샬이 화면 안으로 들어온다. 집에서 키우던 사냥개 헥터가 뒤를 따르는 동안 담배를 문 채 바위를 들어 올리는가 하면 양수기의 각도를 바로잡는 사샬의 모습에서 뚜렷한 목적의식과 일종의 행복감이 배어나온다. 의사 생활 말년에 이르러 사샬은 중국에서 몇 달간 머물렀다. 거기서 시골 오지의 의료 보조원들로부터 침술의 기초를 배웠고, 영국에 돌아와서도 마오쩌둥 스타일의 튜닉 정장과 모자를 쓰고 다니며 허락하는 환자만 있으면 새로 배운 기술을 연마하는 데 열심이었다. 사샬의 가족과 가깝게 지낸 한 친구는 그때를 돌이켜 보며 사샬의 카멜레온 같던 활력, 그리고 험한 말버릇이 어떤 안전밸브로 작용한 것이 아닐까 생각한다. 자신의 환자 목록에 있는 모든 남녀노소, 대부분 제 식구처럼 훤히 알고 있던 그 사람들을 지켜야 한다는 극심한 책임감을 조절해 주는 밸브 말이다.

아들은 이렇게 말한다.

"아버지는 여러 개의 가면을 쓰고 있었어요. 옷차림만 그랬던 게 아니에요. 환자와 동료 의사들을 대할 때 쓰는 의사 가면이 있었고 마을 유지의 가면도 있었어요. 이 가면을 쓰면 상류 계층뿐만 아니라 농부, 노동자와도 자유롭게 교류할 수 있었지요. 그리고 도시적인 지성인의 가면도 있었는데, 아버지는 아주 박식해서 존 버거와 같은 사람과 프로이트나 조지프 콘래드Joseph Conrad를 논할 수 있었기 때문이죠. 마지막으로 자식 셋 앞에서 쓰던 아버지 가면이 있었어요. 우리는 한 번도 그 가면을 벗길 수가 없었는데, 그게 차라리 나았을지 몰라요. 가면 뒤에 있는 모습을 보았다면 두려웠을 거예요. 그 모든 가면을 벗은 맨얼굴을 볼 수 있는 사람은 엄마가 유일했어요. 아버지가 무슨 가면을 썼는지 알아보고 아버지를 지지하거나 보호하거나 할 수 있었죠. 아버지가 자살 충동을 느낄 때 그걸 감지할 수 있는 사람도 엄마가 유일했어요. 제가 아는 한 적어도 세 번은 엄마가 그걸 감지하고 실제 시도를 막았어요. 하지만 네 번째 시도했을 때 엄마는 돌아가시고 없었죠."

《행운아》는 사샬을 주기적으로 괴롭혔던 우울감을 언급하며 이것이 환자들의 건강에 대한 집착, 그리고 환자들의 고통 앞에서 느낀 무력감으로 나타났다고 말한다. 존 사샬이라는 실존 인물을 알았던 사람들과의 대화를 통해 내가 알게 된 사실은 우울이 항상 사샬의 삶의 일부였으며 책이 출간된 뒤 악화되었다는 점이다. 사샬이 오늘날 양극성 장애라고 하는 질환, 과거 '조울증'이라고 알려졌던 질환을 앓고 있었다는 사실은 비밀이 아니다. 병원에서 전기 경련 요법을 받기도 했지만 아무런 효과가 없었다고 단언했다. 수차례에 걸쳐 자살을 시도했는데, 매번 아내 베티가 이를 저지했다. 베티는 남편의 상태가 위험할 정도로 악화되고 있음을 나타내는 징후들을 포착하는 데 능숙해졌다.

그래서 존 버거의 《행운아》는 중요한 한 가지를 다루지 않았다는 점에서 매우 문제적이고, 어떤 사람들은 이를 용서할 수 없다고까지 말한다. 사샬의 아내 베티의 이야기가 완전히 빠져 있기 때문이다. 베티는 헌정사에, 그리고 주석에 잠깐 등장할 뿐이다. "이 글에서는 사샬의 아내와 아이들의 역할에 대해서는 이야기하지 않기로 한다. 나의 관심은 그의 직업적인 삶에 대한 것이다."

이 지역 사회의 특성과 그 안에서 사샬이 맡은 역할을 고려할 때, 그 구분이 불분명하다는 것을 알고 있는 사샬의 가족과 친구들은 몹시 분노했다. 그 시절에 이런 마을에서 의사로 살았다는 것은 직업 인생과 사적인 삶의 경계가 매우 불분명했다는 의미이다. 그뿐만 아니라 베티는 정서적, 가정적인 영역뿐만 아니라 직업적인 영역에서도 결정적인 역할을 했다. 진료소를 운영하고 경리를 도맡았으며 약을 조제하면서도 의사가 무너지지 않게 애썼다. 환자들은 베티에게 곧잘 이렇게 이야기했다.

"사샬 선생님이 주신 약 때문에 더 안 좋아졌어요", "통증이 돌아왔어요, 베티."

베티는 의사와 환자 사이를 중재하는 역할을 했고 버거의 책이 탐구하고자 했던 관계의 아주 본질적인 부분이었다. 버거는 사샬을 고독한 '선장'이라는 콘래드적 인물로 그려냈지만 실상 사샬이라는 배는 그 배의 괴로운 선장뿐 아니라 베티 덕분에 침몰하지 않을 수 있었던 것이다.

그 시절 베티가 가장 솔직하게 마음을 털어놓았던 친구는 여전히 같은 집에 살고 있다. 장미와 인동덩굴이 짙게 뒤덮은 길고 나지막한 돌집이다. 가파른 길에 자리한 이 집 앞으로 존 사샬과 베티가 살던 집이 있다. 굴뚝이 아름답고 세로 창살이 들어간 창문은 너른 골짜기를 내려다본다. 15년 동안 두 가족은 누구보다 가까웠다. 사샬은 2층 침실에서 친구의 딸을 받았고 태반을 캐서롤 냄비에 담아 바로 그 집 부엌에서, 그 집 개에게 먹여 한바탕 폭소를 자아냈다.

"아주 멋진 사람이었어요. 어디로 튈지 모르는 괴짜에다 흥이 넘치는 사람인 동시에 아주 뛰어난 의사였지요. 사람들을 대할 때 보면, 정말 배려심이 많았어요. 하지만 이따금 감정 기복이 아주 컸고 우울증이 찾아오면 헤어나지 못했어요. 사샬은 아주 아주 영리한 사람이었고 베티는 그보다 더 영리했어요. 전 항상 사샬이 그리스인이고 베티가 로마인이라고 했어요. 베티는 현실적인 사람이고 사샬은 그렇지 않았다는 의미에서요. 사샬은 상상에 빠져 있는 사람이었어요. 베티는 사샬의 수호천사였어요, 정말로. 저한테 전화를 걸어서 이렇게 말하곤 했죠. '그이가 또 우울해해. 총을 좀 맡아줄 수 있겠어?' 그러면 내가 가서 총을 가져다가 여기 계단 밑에 넣고 잠가두었어요. 사샬은 언제든 온갖 약물에 손을 댈 수 있었지만 베티가 항상 매의 눈으로 지켜보았죠. 이 동네 사람들은 사샬이 때때로 힘들어한다는 사실을 다들 알고 있었죠. 하지만 우울해해도 여전히 후원자 같은 존재였다고나 할까요. 우두머리나 사제 같은 사람 말이에요. 사람들은 사샬과 베티 두 사람을 아주 좋아했어요. 사샬과 베티 모두 후원자였어요."

1981년에 61세의 베티는 갑작스럽고 치명적인 심장마비로 숨졌다. 베티가 떠나고 존 사샬은 무너졌다.

"베티가 가고 통제 불능 상태가 되어가고 있다는 사실을 깨달았던 것 같아요." 두 사람의 오랜 친구가 말했다.

"점점 더 괴팍하게 행동했고 젊은 동료 의사들은 은퇴를 권했어요. 사샬은 아마 이렇게 생각했을 거예요. '이제 뭘 하지? 이게 내 삶이었는데, 이게 내 삶이고 이 일이 곧 나인데.' 사샬은 혼자였고 방황했어요. 그러다 은퇴를 했고 해자에서 은퇴식이 열렸어요. 굉장히 많은 사람들이 모였죠. 가장 나이 많은 환자에서부터 가장 어린 환자까지. 신나게 먹고 마셨죠. 아마 그때 그런 생각이 들었을 거예요. '이제 끝났다. 난 이제 이 마을 의사가 아니다.' 공허하다는 생각이 들었을 거예요. 베티도 없고 일도 없어졌으니. 베티가 죽었을 때 제가 남편한테 그랬어요. '그 사람, 얼마 못 버틸 것 같아.' 결국 그렇게 되어버렸죠."

베티가 세상을 떠난 겨울은 이 지역에서 기록상 가장 추운 겨울이었다. 부부가 마을에 살기 시작했던 해보다 더 추웠고 골짜기는 몇 주 동안 끝없는 눈보라로 뒤덮여 고요했다. 사샬은 봄이 가까스로 겨울을 이기고 나올 무렵, 페리윙클과 프림로즈가 숲의 가장자리에서 막 피어날 때 은퇴했다. 은퇴식은 4월이었고 뒤이은 여름은 겨울을 앙갚음하듯 풍요로웠으며 사샬의 집에서 내려다보이는 골짜기에서는 상쾌한 초록 파도가 부풀었지만 많은 사람이 불가피하다고 여겼던 상황을 막을 수는 없었다. 가족과 친구들이 그를 매일 매시간 지키고 있을 수는 없었고, 8월 중순 무렵에는 돌이킬 수 없는 일이 벌어졌다.

1982년 가을《영국의학저널》에 실린 존 사샬의 부고는 그가 스스로 목숨을 끊었다는 사실을 언급하지 않았다. 단지 이렇게 끝맺을 뿐이다. "지칠 줄 모르는 일꾼이었던 그는 지난 15년간 건강 문제로 고생했으며 1981년 아내와의 사별로 인해 때 이른 죽음을 맞았다." 몇 년 뒤 존 버거는《행운아》에 후기를 덧붙였다. "나는 내가 예견할 수 있었지만 그러지 못한 것에 연연할 생각은 없다. 우리 사이에 어떤 본질적인 것이 결여되어 있었다고 생각지도 않는다. 다만 그의 갑작스러운 죽음이라는 시점에서 그가 버틸 수 있는 한 버티며 하고자 했던 일들, 그가 타인에게 베풀고자 했던 것들을 한결 다정해진 눈으로 돌이켜 본다."

1970년대 초반부터 존 사샬과 함께 근무했으며 그가 죽기 전 9년간의 격동의 시간을 지켜본, 이제 백발이 된 한 퇴직 의사는 누구보다 친밀한 관점에서 사샬이 남긴 유산에 대해 이렇게 말한다.

"오늘 아침에도 사샬 선생님에 대해서 생각해 봤는데 요즘이라면 못 버티셨을 것 같아요. 별난 언행 때문에 따돌림을 당하셨겠지요. 하지만 선생님은 제게 일반 의료와 의학, 사람들을 바라보는 완전히 새로운 관점을 가르쳐 주셨어요. 당시에 선생님은 몇 광년은 앞서가고 있었고 그런 일반의는 아주 소수였어요."

이 병원과 같은 작은 시골 의원의 특징은 그 의원만의 방식이 마치 가문의 유산처럼 세대에 걸쳐 대물림될 수 있다는 점이다. 세대가 거듭될 때마다 여느 가정에서와 마찬가지로 자연스럽게 의견 충돌이 일어나고 옛 방식은 일부 버려지기 마련이며 새로운 방향을 택하게 된다. 하지만 어떤 내재된 기제에 따라 사람에서 사람으로 사상이 전달되기도 한다. 적어도 이곳 골짜기에서는 그랬다.

"저는 꽤나 편협하고 제한적인 방식으로 의학을 공부한 사람이었어요. 아주 공고하고 위계가 확실한 체계 속에서 훈련을 받았죠. 그러다 사샬 선생님과 함께 일하게 되고 '맙소사, 저래도 돼?' 하는 생각을 하곤 했죠. 그래

서 처음에는 굉장히 허둥댔지만, 선생님은 사람들을 돌보는 행위, 그리고 의술이라는 것이 앉아서 약을 나눠주거나 배를 가르고 다시 꿰매는 일에 국한되지 않는다고 가르치셨어요. 그야말로 예술이죠. 인간이라는 존재로 사는 것에 대해 훨씬 더 폭넓은 관념을 요구하는 기술입니다. 벽에 학위증을 걸어놓고 알약이나 나눠주는 일이 아닙니다. 사샬 선생님과 일을 시작할 때 저는 이미 오전 업무 시간 동안 45명을 보는 진료 방식을 경험해 본 상태였어요. 그런 식으로 어떤 성취감을 느끼기는 어렵죠. 그런데 이 진료소에서는 사람들과 마주 앉아 이야기할 시간이 있었어요. 이것이 바로 시골 의원의 본질에 속합니다. 공동체의 일원이라는 점 말이에요. 사샬 선생님은 저에게 사람들을 돌보려면 사람들의 이야기에 귀를 기울이고 이해하고 공감해야 하며, 개개인을 있는 그대로 받아들이고 그들을 한 사람으로 보아야 한다고 가르쳐 주셨어요. 그게 사람들에게 중요하고, 건강이라는 보다 폭넓은 맥락의 일부분이기 때문이죠. 제가 선생님께 배운 게 바로 일반 의원의 가장 핵심적인 요소이지만 오늘날 사라질 위기에 놓여 있죠."

존 사샬이 죽고 이 젊은 의사는 주름진 푸른 골짜기 속에서 25년을 더 일했다. 34년 임기의 마지막 6년간은 젊은 여성 일반의와 함께 일했다. 그는 이 여성 의사가 수련의가 아니라 부임하는 순간부터 자격을 갖춘 동료였다는 점을 말하기 위해 애를 썼지만 "어쩌다 보니 내가 몇 가지 요긴한 가르침을 주기는 했어요"라고 인정한다.

여성 의사는 그를 조언자로 여겼고 이런 시골에서 의사로 일하는 것에 대해 많은 가르침을 받았다. 우리가 한 번도 만나보지 않은 조부모를 닮아갈 수 있는 것처럼 이 여성 의사도 시간이 지나면 존 사샬의 이상을 일부 구현하는 사람으로 성장하게 된다. 이 의사가 골짜기 진료소에 부임하기 몇 년 전부터 약혼자와 함께 살았던 작은 주택은 골짜기를 사이에 두고 존 사샬의 옛집과 마주 보고 있다. 사샬의 정원 담장 너머로 어렴풋이 의사의 하얀 돌집, 그리고 집을 에워싼 숲과 작은 방목지가 보인다. 행운아가 본 마지막 풍경은 또 다른 행운아의 새로운 시작이었다.

골짜기 진료소에 부임하기 정확히 10년 전, 이 여성 의사는 런던에 있는 의대에 입학했다. 후기 중등 과정 2년 동안 외딴 시골에서 복습에 집중했던 열여덟 살 새내기는 런던이라는 대도시에 도착했을 때, 마치 튕겨 나가기 직전의 용수철 같았다. 청소년기에 경험해 보리라 기대했던 모든 모험과 로맨스를 십 대 시절의 마지막 2년에 쏟아붓기로 결심하고 런던 생활을 시작하자마자 전속력으로 내달렸다. 파티, 그것도 수많은 파티에 참석했고, 우정과 사랑을 경험했다. 강의실에서 보냈어야 했던 1월의 많은 날을 미 대사관 밖의 골판지 상자 안에서 오들오들 떨며 제1차 걸프 전쟁을 반대하며 보냈다. 찬란한 새 자유가 베푸는 모든 것에 자신을 던졌다. 다만 성실하게 학업에 임하는 데에는 관심이 없었다. 입시에서 무결한 성적을 받게 해준 뛰어난 지능이 다시 한번 도와줄 것이라고 여겼지만 얼마 안 가 착각임을 깨달았다. 기말시험에서 여러 차례 낙제점을 받았고 9월에 있을 재시험을 준비하느라 몹시 괴로운 여름을 보내야 했다. 시험 결과가 나오기 전날 밤 느꼈던 공포는 아직도 잊을 수 없다. 퇴학을 당할지도 모른다고, 그 순간 인생도 꿈도 끝이라고 친구들 앞에서 푸념을 늘어놓았더니 듣고 있던 한 친구는 웃으며 그런 건 "감정의 사치"라며 잘 될 거라고 했고, 친구의 말이 옳았다. 주니어 의사가 되기 위한 총 5년간의 수련 기간 중 2년 차 과정이 시작됐다. 첫해의 경험 덕분에 반짝 정신이 들었다. 정말로 의사가 되고 싶었다. 처음에는 마음을 따라간 것이지만 곰곰이 생각해 보니 머리도 그걸 원했다. 아슬아슬한 모험은 1년 차일 때가 처음이자 마지막이었다.

1995년 여름, 최고 성적으로 의대를 졸업했다. 이제 의사가 되기 위한 본격적인 노력이 이론이 아니라 실제로 시작됐다. 이때는 의욕이 높았기 때문에 여느 야심 찬 졸업생처럼 전문의 과정을 밟는 쪽이 솔깃했다. 후기 중등 과정 때 일반 의원에서 보낸 시간도 정말 좋았고 의대에서도 일반의 실습 과정을 즐겼지만, 카디건을 걸친 듯 편하고 아늑한 일반 의료의 영역에 남기에는 제 실력이 아깝다고 생각했다. 큰 병원에서 하는 일은 매혹적이고 역동적으로 보였다. 지적으로도 더 큰 도전이 될 것 같았고, 생사를 넘나드는 극적인 상황, 영웅적인 능력을 발휘할 기회도 더 많을 것이 분명했다. 그래서 열일곱 살에 책에서 읽고 그토록 매료되었던 존 사샬의 뒤를 따른다는 생각은 접어두었다. 대신 별 고민 없이 큰 병원에서 주니어 의사로 2년간 일하기로 했다. 정신과 의사가 될 수도 있고, 소아과 의사가 될 수도 있으며, 심지어 외과 의사가 될 수도 있었다. 세상이 그를 기다리고 있었다.

지난 10주 동안 외과 수석 레지던트는 줄곧 주니어 의사에게 고함을 질러댔다. 그 수석 레지던트는 만만치 않은 여성이었고 전문 진료과 중에서도 좀 더 남성적인 외과에 자리 잡기 위해 분투해 온 사람으로서 젊은 의사들을 가르치기 위해서는 한바탕 거칠게 다뤄줘야 한다고 믿고 있는 것 같았다. 자기 팀으로 들어온, 쥐색 머리카락에 눈을 동그랗게 뜬 성실하고 부지런한 주니어 의사가 특히 탐탁지 않은 것 같았다. 날마다 상사의 비난을 듣고도 마치 기름종이처럼 이를 흡수하며 그저 더 열심히 노력하고, 클립보드에 자신이 해야 할 일의 목록을 더 길게 작성한 후, 그 일을 태연하게 하나씩 완수하면서 또다시 쏟아질 경멸의 말들을 피하기 위해 두 번, 세 번 다시 확인하면서 일하는 방식이 거슬렸을지도 모른다. 신입 의사가 어려움을 헤쳐나가는 방식은 노력, 또 노력이었다. 하지만 조용한 어린 시절을 보냈던 신입 의사는 고함만은 견디기 힘들었다. 근성이 없어서가 아니었다. 직접적인 공격을 받으면 늘 혼란스러웠다. 그런 식으로는 일을 할 수 없었다.

이런 소모적인 적대감의 분출은 한 번도 폐쇄된 공간에서 이루어진 적이 없다. 오히려 병동 한가운데에서, 환자가 누워 있는 병상이 즐비한 곳에서 큰 소리로 터져 나왔다. 마치 상대방을 창피 주는 행위가 귀중한 훈련 수단이며 죽을병에 걸린 환자들을 진정시킬 오락거리인 것처럼. 그날 아침 수석 레지던트가 주니어 의사에게 고함을 친 이유는 7번 병상 환자 때문이었다. 상태가 매우 나쁜 이 할머니 환자는 영상 검사가 필요했다. 주니어 의사가 며칠 동안 담당해 왔던 환자였다. 주니어 의사는 앞서 영상의학과로 내려가서 검사를 요청했지만, 전문의에게 거절을 당했고 그 후 돌아와서 한바탕 혼이 났다. 그래서 다시 계단으로 세 개 층을 뛰어 내려갔고 이번에는 상황을 좀 더 잘 설명하려고 애를 쓰면서 절박한 심정을 드러냈지만, 또다시 거절당했다. 주니어 의사가 겁에 질린 목소리로 웅얼웅얼하며 이 소식을 전하자 수석 레지던트가 환자의 침대 옆에서 분노를 터뜨린 것이다. 레지던트는 고래고래 악을 쓰며 어리석고 무능력하고 한심한 주니어 의사가 시간을 낭비하고 있다며 꾸짖었다. 도대체 문제가 뭐냐고, 동네 바보도 눈 감고 할 수 있는 일인데 그것도 제대로 못 하면서 어떻게 좋은 의사가 될 수 있다고 생각하느냐고 물었다. 끝도 없이 이어졌다. 주니어 의사는 꼼짝하지 못했고 창피함에 어쩔 줄을 몰랐다. 눈물이 고이기 시작했고 이윽고 한 방울, 두 방울 파란 리놀륨 바닥으로 떨어지기 시작했다. 7번 침상에 있던 할머니는 아무 말도 없었지만, 주니어 의사의 소금기 어린 눈물 너머로 할머니가 팔을 움직여 내미는 모습이 보였다. 마지막이 얼마 남지 않은 할머니는 작고 앙상한 손으로 의사의 손을 꼭 쥐어주었다. 1분에 가까운 시간 동안 의사와 환자는 고함이 그칠 때까지 손을 붙잡고 있었다. 7번 침상의 할머니는 이틀 뒤 사망했다.

이 매서운 경험이 있기 전 6개월 동안 일반 의학, 그리고 노인의학과에서 일하면서 즐거운 시간을 보내지 않았더라면 의사는 아마도 바로 그 자리에서 의학 공부를 그만두었을 것이다. 다행히 정형외과로 옮겨 실습을 계속하게 되었고, 거기서 다시 자신의 가치를 느끼고 주어진 일을 잘 해내면서 가까스로 일에 대한 애정을 다시 키울 수 있었다. 그런데도 외과에서 있었던 굴욕적인 사

건과 죽어가는 환자를 실망시켰다는 죄책감은 지울 수 없었고 거기서 얻게 된 몇 가지 결정적인 교훈을 통해 어떤 의사가 되고 싶은지 깨달았다. 첫째, 의사가 환자를 위로하지 않고 환자가 의사를 위로한다면 일하는 방식에 심각한 문제가 있는 것이다. 둘째, 사내 괴롭힘은 노골적이든 미묘하든 의사와 환자 모두에게 해를 입힌다. 셋째, 환자와의 관계, 그 상호적 관계가 중요하다. 주니어 의사에게 이것은 다른 무엇보다 중요했으므로 앞으로는 싸워서라도 이 관계를 지키겠다고 마음먹었다. 넷째, 사람들은 생의 끝자락에 서 있는 순간에도 놀라운 존

재들이다. 그걸 잊으면 위험해진다.

이십 대 중반의 두 여성은 각각 아이의 엄마, 그리고 실습 과정을 절반 정도 마친 젊은 의사이다. 하지만 두 사람 모두 발랄한 청춘의 모습에서 멀어져가고 있다. 한 사람은 육아 3년 차, 다른 한 사람은 3년 차 주니어 의사인 탓이다. 공통점은 가혹한 노동 시간, 만성적인 수면 부족, 그리고 빨리 성장해야 한다는 의무감의 무게이다. 하지만 그걸 논하고 있을 여유는 없다. 엄마 무릎 위에서 버둥거리며 칭얼대는 아이가 두 사람의 주된 관심이다. 이 또한 둘의 공통점이다.

의사는 귀에 염증이 있다고 말한다. 고열로 보채는 아기의 병력을 확인하고 꼼꼼하게 살펴본 다음이다. 의사는 어린아이들의 경우 귀의 통증이 많이 불편할 수 있다고 설명하면서 아이에게 다시 옷을 입힌다. 엄마가 아이를 유아차에 태워 벨트를 채우고 시내 반대편에 있는 집으로 돌아갈 채비를 하는 동안 젊은 의사는 병원 약국에서 나온 항생제를 정리하고 있다. 아이 엄마가 묻는다.

"여기 원래 발진이 있었나요?"

여성은 아들의 티셔츠 목선에 손가락을 넣어 아이의 목과 어깨에 마치 얼룩처럼 퍼지고 있는 자잘하고 붉은 발진을 드러낸다. 의사는 갑자기 속이 울렁거린다.

"아니요, 다시 한번 볼까요."

어느새 자지러지듯 울기 시작한 아이를 티셔츠와 바

지를 벗겨 침대에 눕히고 보니 전형적인 수막구균성 발진이 무서운 속도로 올라오고 있다. 가슴에서 시작한 발진은 등으로 퍼지더니, 순식간에 팔과 다리, 얼굴을 붉은 병반으로 뒤덮는다.

"어머, 이게 뭐예요?"

병원 부지 저편에서 사이렌 소리가 들려온다. 구급차가 응급실 앞에 멈추자 소리가 그친다. 의사는 아이 엄마의 숨소리가 빨라지는 것을 느낀다. 의사의 숨소리도 빨라졌지만 의사는 아이 엄마가 이를 눈치채지 못하기를 간절히 빈다. 혼자서는 감당할 수 없을 것 같다.

"네, 발진이 있네요."

의사는 일부러 침착한 척하지만 그렇게 보인다는 자신은 없다.

"전문의 소견을 들어봐야 할 것 같습니다. 지금 회진 중이신데 잠깐만 기다리세요."

의사는 뛰지 않을 뿐 매우 빠른 걸음으로 간호 스테이션으로 가서 뭐라고 소곤거린다. 간호사가 서둘러 전문의를 찾으러 간다. 젊은 의사는 엄마와 아이에게 돌아왔지만 얼마 안 가 전문의가 성큼성큼 진료실로 들어오고 젊은 의사는 응급 상황을 인계한다. 이제 상황은 전문의의 손에 달렸다. 젊은 의사는 복도 끝에 있는 직원 화장실로 들어가 문을 잠그고 자칫하면 오진을 했을 수 있다는 생각에 온몸을 들썩이며 운다. 그런 다음 얼굴에 찬물을 뿌리고 거친 종이 타월로 얼굴을 쓱쓱 닦아서 보기 흉하지 않게 만든다. 숨을 깊게, 아주 깊게 들이마신 의사는 또 다른 어린 환자와 근심 많은 보호자가 기다리고 있을 진료실로 향한다.

수막염에 걸린 남자아이는 소아 중환자실에서 열흘을 보낸다. 아이가 살 수 있을지 불투명한 순간도 있다. 스스로 선택한 직업이 가져온 순수한 공포에 사로잡힌 젊은 의사가 화장실 칸막이 안에서 울음을 터뜨린 것도 여러 번이다. 그렇지만 훗날 의사는 이런 날들을 돌이켜 보며 두려움을 관리하기 위해, 두려움뿐만 아니라 실로 모든 감정을 관리하기 위해, 그 지독한 시간을 꼭 거쳐야 했다고 생각한다.

의사가 하는 일에는 상당한 두려움이 따른다. 스트레스나 압박감이라고 말해도 좋지만 초보 의사가 일을 배우며 느끼는 감정은 누구나 아는 익숙한 공포, 순수하고 단순하며, 새파랗게 질리는 공포일 때가 많다. 젊은 의사는 어릴 적부터 두려움을 관리하는 법을 알고 있었는데, "최고로부터 배운" 덕분이라고 말한다. 아버지가 딸에게 낙관주의를 심어주었다면 의사의 어머니는 거의 초인적인 침착성을 보여주었다. 의사의 어린 시절, 젊었던 엄마는 시골에서 일어날 수 있는 다양한 응급 상황을 맞이할 때마다 평정심을 잃지 않으면서도 신중하고 효과적인 결정을 내렸다. 엄청난 폭풍우가 농장 주택의 지붕을 날려버릴 기세로 불어닥쳤을 때 엄마는 배의 갑판에 화물을 고정하듯 밧줄과 시멘트 블록을 이용해 건물을 언

덕에 붙잡아 맸다. 매년 소나 말이 출산할 때에도 어김없이 위급한 상황이 생겼다. 분만 중에 새끼가 걸리는 일이 부지기수였다. 말을 운반하는 화물차를 몰고 M4 고속도로를 달리다가 폭풍우 속에서 차가 고장이 난 적도 있다. 차를 수리하기 위해 번개가 번쩍이는 와중에 경주마 세 마리를 갓길로 하차시킨 엄마였다. 어쩌면 딸이 의대에 진학한 뒤 엄마가 간호학 공부를 시작한 사실은 놀랍지 않다. 의사의 엄마는 결국 상급 신생아 전문 간호사 자격을 취득했고 오늘날까지 위험에 처한 아기들을 구급 헬기로 이송하는 일을 한다. 엄마는 이 일에 꼭 맞는 기질을 가진 사람이다. 그 무엇에도 흔들리지 않는 사람이다.

그 딸로 말할 것 같으면 위기의 순간에 더욱 침착해지는 엄마의 능력을 보면서 자랐다. 딸은 그게 어떤 모습인지는 알았지만 저절로 엄마처럼 침착한 사람이 되지는 않았다. 하지만 세월이 지나면서 대학 시절의 과도한 열정, 친구들이 놀렸던 '감정의 사치'는 줄어들고 좀 더 섬세한 사람이 됐다. 격렬한 감정은 여전히 남아 동력이 되어주었지만 의사는 어느새 위기 상황에서 필요한 행동과 감정 사이의 간극을 이용할 줄 알게 되었다. 처음에는 우연한 발견이었다. 엄마의 신중하고 침착한 상태를 즉흥적이고 직관적으로 흉내 내보았는데 효과가 있었고 일하는 데 도움이 됐기에 이후 의사는 그 능력을 갈고닦았다. 25년 가까이 지난 지금, 골짜기 진료소에서 일하는 의사의 동료들은 의사의 이런 성격을 반복해서 언급한다. 무슨 일이 벌어져도 아주 침착하게 행동한다고 말이다.

병원 건물은 마치 어떤 선언문 같았다. NHS가 태어난 직후 설계된 콘크리트 구조에서 드러나는 영웅적 모더니즘은 현대 과학이라는 거대한 기계가 고통스러운 인간 생의 부침을 제압하게 될 미래를 암시했다. 똑같이 생긴 창문 637개가 일곱 층으로 줄지어 있는 거대한 건물 전면은 도시를 바라보며 현대 의학으로 수천 명의 병자들을 구원하리라고 약속하고 있었다. 건물은 1950년대 후반, 건축 공모전에 끊임없이 출품하던 어느 건축가에 의해 설계되었다. 그가 코번트리 대성당과 시드니 오페라 하우스 공모전에 출품한 급진적인 청사진은 선택받지 못했다. 이 건물은 10년도 더 지나, 건축가가 사망한 뒤에야 완공되었다. 여왕은 1971년 겨울에 병원의 개원을 알렸다. 훗날 직원 화장실에서 곧잘 울음을 터뜨릴 주니어 의사가 태어나기 3주 전이었다.

여왕이 흰 장갑을 끼고 밧줄을 당겨 완공을 기념하는 명판을 공개했을 때 이미 이런 브루탈리즘 전통의 모놀리스monolith(마치 한 덩어리의 돌을 깎아 만든 것 같은 거대 건축물을 말한다—옮긴이)는 유행에 뒤처져 있었다. 1990년대 후반에 이르러 병원 본관이었던 황량한 구조물 주위로 좀 더 작고 현대적인 건물과 주차장이 생겼다. 키 작은 관목과 묘목을 심고 여기저기 빈약한 잔디밭을 더해 좀 더 밝은 분위기를 만들고자 하는 시도가 있었지만 대체로 길고 좁은 포장도로, 높은 담장만이 눈에 띄었고 그 주변으로는 윙윙대는 에어컨 실외기와 출입용 계단이 있었으며 이따금 방화문이 보였다. 젊은 의사는 이 모습이 싫었다. 1959년의 건축이 보여주려고 했던 현대성과 균형은 약 40년 후의 의사에게 디스토피아적 획일성으로 느껴졌다. 현대 의학에서 핵심적이라고 배웠던 개인성의 존중과도 어울리지 않는 것 같았다. 그뿐만 아니라 한밤중 위급 상황을 알리는 호출이 울리면 주니어 의사 숙소에서 본관까지 인적이 드문 길을 반 마일은 내달려야 한다는 점도 싫었다. 혹시 모를 상황을 대비해서 호신용 경보기, 그리고 삼촌이 준, 내용물이 의심스러운 호신용 스프레이를 습관처럼 들고 다녔다.

간절하게 원하던 자리였다. 경쟁이 심했고 면접도 까

다로웠다. 그래서 누구나 원했던 소아 병동의 빈자리를 제안받았을 때 의사는 뛸 듯이 기뻤다. 당시 의사는 소아과로 마음을 정한 터였다. 아이들과 같이 있으면 늘 즐거웠고 소아과에서 실습을 할 때 느꼈지만 이 진료과야말로 지속적인 돌봄이 필요했다. 어린 환자들과 보호자들은 외래 환자나 입원 환자로 자꾸만 돌아왔다. 젊은 의사는 여러 차례의 만남을 통해 좀 더 길게 지속되는 이런 관계가 좋았다.

그래서 잔뜩 부푼 기대감을 안고 이곳에서 2년을 일하게 되었다. 근무 시간은 가혹했다. 56시간을 연속으로 근무하면서 병원에서 쪽잠을 자야 했다. 하지만 익숙해지니 어느 정도 버틸 수 있었다. 그보다 소화하기 힘들었던 것은 이 진료과의 컨베이어 벨트식 문화였다. 그동안 일했던 병원들과 전혀 달랐다. 이곳에서 젊은 의사의 이름을 아는 사람은 없는 듯했고 시간을 내서 개인적인 가르침을 주는 사람도 없었다. 물론 의사는 이곳에서 많은 배움을 얻었고 다시 생각해도 결코 놓칠 수 없었을 경험이었다고 말한다. 의사는 어떤 상황에서도 희망을 볼 줄 아는 사람이다. 하지만 거대한 기계 속에서 아주 작은 익명의 톱니바퀴로 사는 일은 의사의 기질과 전혀 어울리지 않았다.

의사는 십 대 후반의 그 어린 토끼! 그 노래! 그 책!에 대한 깨달음 이후 꽤 많이 성장했지만, 여전히 아주 막강하고 본능적인 결의에 의해 흔들릴 여지가 있었다. 세상을 흑백으로 본다고 할 수는 없었다. 그러지는 않았다.

의사는 삶이 대체로 회색의 영역에 있다는 사실을 알고 있었다. 하지만 살아 있는 감성을 지니고 현실과 부딪히는 사람이었고 그런 성격 덕분에 공감할 줄 아는 의사가 될 수 있었다. 같은 이유에서 마치 급성 질환처럼 갑작스럽게 의사 결정을 하는 경향이 있었다.

그동안 잠재의식 속에 머물렀던 이 직업에 대한 의혹이 표면으로 밀려 나온 것은 2년이 끝나갈 무렵 아주, 아주 긴 교대 근무를 마친 뒤였다. 의사는 혈당이 계속 위험한 수준으로 떨어지는 1형 당뇨병 환자를 돌보느라 당직 근무 내내 괴한들이 활개 치고 다닐지 모르는 콘크리트 건물 사이를 오가야 했다. 잠은 한숨도 자지 못했다. 다음 날 점심시간에 의사를 부른 전문의는 동료가 병가를 냈으니 그다음 날 밤에도 당직을 맡아야 한다고 말했다. 결근하는 직원이 부쩍 많을 무렵이었다. 소아과 내 가혹한 분위기 때문이었을 것이다. 어쨌든 병원 측에서는 이제 병가를 요청하는 직원이 있으면 외부 인력을 데려오는 대신 팀 내에서 해결해야 한다고 못 박았다. 일종의 단체 기합이었다. 젊은 의사는 전문의에게 고양이가 아파 수의사에게 데려가야 해서 그날 밤 당직을 대신 설 수 없다고 말했다. 하지만 전문의는 들어주지 않았다. 심지어 문 앞에 서서 젊은 의사가 나가지 못하게 막았다.

"어제 당직을 섰어요. 너무 피곤해요." 젊은 의사가 불편한 기색을 내비치며 말했다.

하지만 전문의는 어쩔 수 없다고, 규정은 규정이라고, 당직을 서겠다고 하지 않으면 방에서 나갈 수 없다고 말했다. 젊은 의사는 시키는 대로 그날 밤 당직 근무를 맡았지만 한계에 다다른 것 같았다. 다음 날 아침 의사는 《영국의학저널》의 구인 페이지를 펼쳤고 멀지 않은 곳에 일반의 수련직이 비어 있는 것을 보고 즉시 지원했다. 면접은 다음 날 오후로 잡혔다. 사흘째, 다니던 병원에 사직서를 제출했고 얼마 안 가, 수많은 눈이 달린 거대한 짐승 같았던 병원을 떠났다.

응급 의료 시설에서 일해 본 사람, 아니 진료과를 막론하고 의료 시설에서 일해 본 사람이라면, 아주 하찮은 일로 삶이 뒤바뀔 수 있으며 종종 그런 상황이 실제로 일어난다는 사실을 알고 있다. 만약 이 젊은 의사가 소아과에서 일반 의료로 전향한 계기가 그런 하찮은 일이 아니었다면, 반대로 냉정한 전략을 바탕으로 진로를 변경했다면 이야기는 좀 더 깔끔했을지 모른다. 하지만 피로, 아픈 고양이, 못된 상사, 보기 싫은 건물 등에 좌우된 이 임의적이고 성급해 보이는 결정에는 의사가 새로운 생활에 잘 적응할 수밖에 없었던 본질적인 이유가 숨어 있다. 의사는 언뜻 봐서 잘 알 수는 없지만 실은 《행운아》의 사샬과 공통점이 많았던 것이다.

찰나의 순간에 기꺼이 모든 걸 쏟아부을 수 있는 마음, 정서적으로 그리고 지적으로 지금 여기에 살고, 관심을 갖고, 반응하려는 본능이 일반 의원에서 펼쳐지는 의사와 환자 간의 관계 핵심에 있기 때문이다. 외과 의사의 가장 중요한 도구가 메스인 것처럼 일반의의 도구는 관계이다. 좋은 관계를 쌓으려면 순발력과 판단력이 좋아야 한다. 10분 단위로 새로이 공감 능력을 발휘하고 정확한 판단을 내리며, 협력을 통해 의사 결정을 하고 영리하게 위기를 관리해야 하는데 그러기 위해서는 매 진료가 끝날 때마다 칠판을 깨끗이 지울 수 있는 능력이 필요하다. 심혈을 기울여 살피고 들어야 하며, 충분치 않은 600초 동안 모든 언어적 그리고 비언어적 신호에서 의미를 짜내야 한다. 운이 좋아 장기간 찾아오는 환자들의 비율이 높다면 세월에 걸쳐 그 의미를 한데 모아 엮을 수 있다. 가슴과 머리 모두가 필요한 직업이다. 일반의가 되기 위한 수련에 들어간 젊은 의사는 마침내 가슴과 머리 모두를 처음으로 제대로 쓸 수 있게 되었다. 둘은 더 이상 서로 대치하는 상태가 아니라 정밀한 균형을 이루는 상태가 되었다. 20년이 지난 오늘날에도 환자들을 대하는 의사를 지켜보고 있으면 의사의 얼굴에 감동과 연민, 익살과 염려가 마치 풍경을 가로지르는 날씨처럼 스쳐가는 광경을 목격할 수 있다.[1]

여전히 무거운 하늘 아래, 가지는 앙상하고 공기는 차고 축축하다. 안개는 아직 강물에 들러붙어 있고 통학 버스 정류장에 모여 장난치며 떠드는, 목도리 칭칭 감은 아이들의 입김은 머리 위로 가지처럼 얽혀 있다. 숲속 바닥에서는 조심스럽게 부활이 시작된다. 풍경이나 달력은 언뜻 보면 아직 겨울이지만 산비탈에서는 색채가 눈을 뜬다. 모든 바위와 담장을 뒤덮고 모든 나무의 밑동을 두르고 있는 이끼와 바위옷은, 선명하고 생생한 에메랄드 빛깔의 초록 광채를 띠기 시작한다. 엽서에 자주 등장하는 수선화와 블루벨이 나오기 한참 전에 시작되는 이 신비로운 녹색 빛은 다가올 봄을 알리는 부활의 상징으로 이곳에 사는 사람들의 눈에만 의미를 갖는다.

수백 년 동안 골짜기는 야누스처럼 서로 다른 방향을 바라보는 두 개의 얼굴을 보여왔다. 세상을 향하고 있는 한쪽 얼굴은 날씨가 따뜻해지면 관광객을 끌어들인다. 자연의 장엄한 자태를 즐기려고 온 관광객들은 알아보기가 쉽다. 무료 지도를 들고 그림 엽서 같은 블루벨 밭을 찾아가는 사람들, 풍경을 인스타그램에 올리는 사람들, 강둑에서 시골풍 소풍을 즐기며 동네 낚시꾼들의 분노를 돋우는 사람들도 있다. 200년 전, 심지어 그전에도 시인과 화가, 아름다움을 좇는 온갖 사람들이 찾아와 비슷한 짓을 했다. 숭고한 아름다움을 찾아 몰려든 사람들에게 우뚝 솟은 바위와 안개와 숲, 나무 그늘 속의 농민과 그들의 쓰러져 가는 보금자리는 충분한 보답이 되었다. 요즘에는 딱 붙는 옷을 입고 무리 지어 사이클을 타는 도시인들도 오는데, 운동한답시고 골짜기 이쪽에서 저쪽까지 강을 따라 난 길을 꽉 막아 여름 내내 동네 사람들을 괴롭힌다. 소규모 농업과 가내 수공업이 처한 경제 현실로 인해 땅과 노동의 결실을 세상에 내보내서 먹고살기란 힘들다. 사람들을 불러들이는 편이 더 쏠쏠하다. 그래서 패들 보트를 타는 사람, 강에서 헤엄을 치는 사람도 있고 드론을 날리는 사람, 카누를 타는 사람도 있

골짜기의 봄은 땅에서부터 올라온다.

다. 또 에든버러 공작상을 받으려고 뚱한 얼굴로 배낭을 메고 오는 청소년들도 있다. 골짜기에 살며 골짜기를 독차지하고 싶은 주민들은 이들에게 못마땅한 시선을 보낸다.

"유원지가 됐어요. 거대한 공원 말이죠. 당일치기 여행객에 에어비앤비까지 없는 게 없어요."

하지만 골짜기에는 또 다른 얼굴이 있다. 지역 주민들을 위해 아껴둔 비밀스러운 얼굴이다. 좀 더 아름답고 좀 더 미묘한 기쁨을 주는 것들이다. 관광객은 눈치채지 못할 수 있는, 숙련된 감각이 있어야 느낄 수 있는 보상이다. 2월의 눈부신 이끼도 그런 선물이지만 거기서 끝나지 않는다. 훔친 사과를 우물거리며 부엌 창밖을 지나가는 어린 수사슴 세 마리, 밤이 오면 낮의 열기가 아직 식지 않은 정원 담장 틈새에서 심장의 고동 같은 야행성 신호를 보내는 반딧불, 아직 온기가 가시지 않은 저녁에 수풀이 무성한 들판의 강기슭에서 수수께끼 같은 황혼 속을 날며 찍찍 우는 쏙독새들, 비바람 속에서 바다처럼 포효하는 숲, 인적이 몹시 드물어 겨울이 되면 거미줄이 마치 바로크 시대 성문의 화려한 건축 장식처럼 얼어붙는 숨은 오솔길, "백의 여인"이라고 불리는 유령 같은 안개 타래가 강물 위에서 미끄러지고 피어오르는 모습, 마치 연필로 스케치한 군도처럼 가을 구름의 망망대해 위로 무리 지어 솟아오른 봉우리. 이들은 이곳을 고향으로 여기는 사람들의 마음을 사로잡고 붙잡는 선물이다. 세월을 나타내고 변화와 영속을 나타내며, 풍경과 사람들

사이의 더할 나위 없이 친밀한 관계를 나타낸다.

이 골짜기를 특화경관지구로 지정하고 보호할 수 있게 한 의회법은 전후 재건과 관련된 입법 계획의 일부로, NHS의 제도화 역시 이 계획의 일부였다. NHS가 구축된 이듬해인 1949년에 제정된 국립공원법은 새로운 NHS를 보완하는 수단으로 여겨졌다. 몸을 움직이고 자연을 즐기면 몸도 정신도 건강해진다는 생각이었다. 어느새 정식 자격을 취득한 젊은 의사에게도 자연 속에 살면서 사람들의 건강을 보살피는 일은 대칭적이고 좋아 보였다. 의사는 일반의로서 첫 이직을 고려하는 중이었다.

의사는 런던에서 주니어 의사로 일할 때 이 골짜기를 처음 방문했다. 근처에서 자란 젊은 남성과 사랑에 빠졌기 때문이다. 첫 방문 때 남자 친구와 함께 푸른 골짜기 마을에 있는 한 가게를 방문한 기억도 있다. 한 남자아이가 날개가 부러진 떼까마귀 한 마리를 발견했는데, 뭘 먹여야 할지 주인에게 조언을 구하러 들어왔다. 가게 주인은 이 질문을 매우 진지하게 고민했고 창고에서 다친 까마귀를 위한 먹이를 가져왔으며 한참 동안 까마귀의 회복을 도울 최적의 조건을 설명했다. 주인은 아이에게 돈을 받지 않았고 줄을 서서 계산을 기다리고 있던 사람들은 이 상황이 마무리될 때까지 아무도 보채지 않았다. 젊은 의사는 그리하여 골짜기하고도 속절없이 사랑에 빠졌고 두 사랑 이야기는 서로 뒤엉키게 됐다. 골짜기에

서 의사는 숨을 쉴 수 있었고 생각을 할 수 있었다. 골짜기 한쪽 끝에 자리한 시내를 벗어나 헝클어진 숲속으로 가파르게 꺾어지는 순간, 자유롭고 보호받는 기분이었다. 몇 년 뒤 봄, 젊은 부부는 이곳에 첫 전원주택을 마련했다. 강기슭에 있는 하얗게 칠한 돌집이었고 말을 먹일 수 있는 작은 방목지도 딸려 있었다. 그해 여름 머리를 꽃으로 장식한 젊은 의사는 마차를 타고 가파른 언덕에 있는 돌집에서 내려와 마을 교회에서 결혼식을 올렸다. 교회는 의사의 평생직장이 될 진료소에서 걸어서 3분도 안 되는 거리에 있었지만 의사는 아직 그 사실을 알지 못했다.

구인 광고는 주 3회 진료를 맡을 시간제 의사를 찾고 있었다. 강 양쪽으로 똑같은 진료소가 두 개 있는 지역 의원에서 낸 광고였다. 의사는 지원서를 넣었다. 15마일 떨어진 시내 진료소에서도 정규 시간보다 적게 일할 사람을 구하고 있었다. 여기에도 지원했다. 골짜기 돌집에 사는 3년 동안 의사는 정식 의사 자격을 취득하기 위해 군 안에 있는 여러 병원에서 이런저런 일을 해온 터였다. 하지만 이제 일과 삶을 합칠 기회가 생긴 것이다. 많은 일반의는 일부러 이렇게 살지 않는 쪽을 택한다. 자기 마을 사람들을 보살피면서 어항 속 금붕어같이 고립되어 사는 편보다 상당한 거리를 통근하는 편이 낫다고 생각한다. "경계"에 대한 우려 때문이다. 의사가 어떻게 친구이자 이웃인 동시에 의사가 될 수 있을까? 동시에 다수의 역할을 하는 것이 가능하다고는 해도 그것이 과연 바람직할까? 작은 시골 의원에서 일할 때 주의해야 할 점은 또 있었다. 대체 인력을 찾기 힘들었고 고립될 위험도 있었다. 그리고 2000년대 당시에는 밤낮을 불문하고 늘 대기 상태여야 했다. 하지만 많은 의사가 몸서리를 치는 이유는 무엇보다 익명성을 확보하기 힘들기 때문이다. 개를 산책시키는 중에 누군가 잠복을 하고 있다가 나타나 새로운 증상을 호소할 수도 있고, 카트에 담긴 와인과 냉동 감자튀김을 보고 다른 누군가가 한마디 할 수도 있다. 이를 피할 수 없다는 사실은 누군가에게는 지옥 같을 수 있다. 하지만 젊은 의사에게는 그동안 갈구했던 것이기에 어딘가 뿌리내렸다는 감각을 느낄 수만 있다면 그 정도 대가는 치를 각오가 되어 있었다. 긴밀한 공동체 안에 자리를 잡을 기회였다. 그곳을 마음의 고향으로 삼는 동시에 의미 있는 일을 할 기회였다. 게다가 젊은 의사는 직업상의 이유로도 지속성을 간절히 원했다. 환자들을 더 잘 알수록 좀 더 온정적이고 인간적인 의료 행위를 제공할 수 있고, 이를 통해 환자들을 더 효과적으로 보살필 수 있다는 사실을 이미 알고 있었기 때문이다.

가을바람이 쌀쌀해질 무렵, 여름 숲의 녹음이 노릇노릇 색을 바꾸고 잎사귀 사이로 부는 바람이 더욱 스산해질 무렵에 의사는 골짜기 진료소에서 일을 시작했다.

한때 "행운아" 존 사샬의 동료였던 의사와 함께 일하게 되었지만 미처 몰랐다. 샌드위치 점심을 먹으며 선배 의사와 의논한 것은 진료소의 과거가 아니라 미래였고 그때는 이미 버거의 책에 대해서는 반쯤 잊은 지 오래였다. 의사만의 작은 에덴동산이 그 책의 배경이라는 사실도 까맣게 모르고 있었다. 일반의들에게는 험난한 시절이었다. 몇 달 앞서 한 시골 일반의 해럴드 시프먼Harold Shipman 박사가 여성 환자 열다섯 명을 살해한 혐의로 기소되었고 그 밖에도 250명의 사망과 관련된 것으로 알려졌다. 재판과 공개 청문회가 뒤따랐고 의료 절차 및 시행, 감독과 관련해서 여러 제도에 많은 변화가 생겼다.

존 사샬이 구시대적 온정주의 인술의 최고봉을 보여주었다면 해럴드 시프먼은 그 처참한 밑바닥을 보여줌으로써 확실한 종지부를 찍었다. 의사와 환자 관계에서 신뢰는 이전보다 더 동등한 위치에서 형성되는 것이 바람직하다고 여겨지게 됐다. 의사와 환자를 단지 얼굴을 마주한 상태가 아니라 나란히 협업하는 관계로 보게 된 것이다. 이른바 "시프먼 효과"와 직접적인 관련은 없었으나 2004년에는 일반의 계약서가 수정되어 환자를 24시간 돌볼 의무가 없어졌다. 주말과 야간 진료는 이제 근무 시간 외 진료로 전환되었으므로 가족 주치의들에게는 새로운 시대가 열린 것이다. 존 사샬은 이 새 시대를 아마 알아보지 못했을 (그리고 아마도 비양심적이라고 여겼을) 것이다. 하지만 그의 의학적 후계자나 다름없는 젊은 의사는 계절이 변하고 세상이 변한다는 사실을 이해하고 있었고, 새로운 물결의 일반의들과 나란히 하고 싶다면 이제 죽고 사라진 시절을 슬퍼해 봐야 소용없다는 것도 알았다. 대신 자신이 생각하는 시골 의사의 모습을 다시 만들어가야 했다. 귀중한 옛것을 지킬 수 있는 한 지키면서도 새로운 시대와 발맞추어 나가야 했다.

골짜기 의사로 부임한 직후 몇 년간은 문자 그대로 길을 찾아가는 시간이었다. 내비게이션도 없고 휴대폰도 잘 터지지 않던 시절, 의사는 한번 왕진 길에 오르면 헤매는 일이 허다했다.

이 구석에는 딱히 도로라고 부를만한 길이 없다. 표지가 없는 오솔길, 여름이면 풍성해지는 울타리, 좁은 돌담, 길 한복판에 높이 자라난 풀이 있을 뿐이다. 길은 그 어떤 논리도 없이 굽이치고 갈라지며 때로는 갑작스럽게 막힌다. 길이 길이었다는 사실을 잊은 채 점차 좁아지면 전조등은 어느새 무성한 나무만을 비추고 있다. 주소는 대체로 마을 이름, 집 이름, 그리고 우편 번호가 전부다. 하지만 구글 지도 시대에도 우편 번호는 별 도움이 안 된다. 우편 번호는 같지만 가파른 강기슭을 가로질러 가야 하기 일쑤고, 차로 10분 이상 떨어진 경우도 있다. 마을 경계도 제멋대로이다. 일부 작은 마을에는 마을 이름을 알려주는 표지판도 없다. 집에도 집 이름이 적혀 있지 않아서 도착한 뒤에도 제대로 온 건지 전혀 알 수 없는 경우가 비일비재하니 상황은 더 복잡해진다. 이 지역 사람들은 외지 사람들을 혼란스럽게 만드는 불가해한 지형을 속으로 좋아했다. 하지만 진료소에 새로 온 앳된 의사를 위해서는 특별한 배려를 해주었다. 의사는 집을 찾을 수 있도록 환자들에게 위층 불을 켜달라거나 대문에 수건을 걸어두고, 자동차 점멸등을 켜달라고 하는 등, 부탁하는 법을 배웠다.

오래된 골목길은 좁기까지 해서 집을 찾는 일을 더 고생스럽게 만들었다. 자동차보다는 수레와 말에 적합한 길이었다. 좁은 길에서 차를 돌리려다 보면 풀로 뒤덮인 돌구유, 나무둥치, 심지어 튀어나온 담장에 부딪혀 차에 흠집이 생기는 경우가 있었다. 시골에 살다보면 차에 흠집이 나도 그러려니 하게 된다는 것이 골짜기 사람들의 굳은 믿음이다. 그런데도 진료가 끝난 환자가 뒤를 봐주겠다며 아픈 몸을 이끌고 집 밖으로 나오는 바람에 (주로 노인이자 남성) 몇 차례 아찔한 경험을 한 뒤로 의사는 나중을 위해 환자의 집에 도착하자마자 차를 돌려놓는 법을 터득했다.

그게 불가능한 날도 있었다. 한 번도 만나보지 못한 환자의 집으로 왕진을 하러 가야 하는 날이었다. 환자는 폐암 진단을 받고 시내에 있는 집에서 골짜기의 별장으로 옮겨 막막한 앞날을 고민하는 중이었다. 담당 의사가 작성한 의료 기록이 아직 도착하기 전이었기 때문에 그날 밤 의사가 빗속에서 여러 번 길을 잃어가며 환자의 집에 다다랐을 때 의사는 환자의 상태에 대해 아주 어렴풋한 윤곽만을 알고 있었다. 집 앞 자갈길은 이미 다른 차들로 꽉 차 있었다. 긴급한 소식을 접한 가족과 친척이 모여든 탓이었다. 그래서 의사는 일단 비스듬하게 차를 대고 계기판 위에 차 키를 놔둔 뒤 집 안으로 들어갔다. 이어서 힘겨운 진료가 시작됐다. 남자는 숨이 가빴고 겁에 질려 있었다. 건강 상태가 매우 심각했지만 기를 쓰고 부인하는 중이었다. 상태를 알아볼 수 있는 자료도 부족했다. 종양 전문의의 기록도, 이전 담당 의사의 기록도 없었다. 남자는 이따금 말을 하다 말고 피를 토했고, 공포에 사로잡힌 환자의 아내는 소매를 만지작거리며 두서없는 말을 늘어놓았다. 침실 바깥에서는 가족과 친척들이 모여 걱정스러운 목소리로 웅성거리고 있었다. 이 와중에 의사는 남자의 상태를 추리해 내야 했다. 진료는 상당히 오랜 시간 이어졌다. 마침내 몹시 지친 마음으로 집을 나온 의사는 축축한 밤공기 속으로 들어섰다. 불이 켜진 현관에서 젊은 남자가 의사를 불렀다.

"감사합니다, 선생님. 정말 감사합니다."

남자의 목소리는 떨렸다. 집 안에서 죽어가고 있는 남자의 젊은 시절 모습 같았다. 남자는 말했다.

"괜찮으실지 모르겠지만 차를 돌려놨어요. 나가실 때 불편하실까 봐."

의사는 고마움을 표했다.

"그리고 대충 닦아놨습니다. 주제넘다고 생각하실지 모르겠지만. 제가 달리 도와드릴 일이 없기도 하고 또……."

의사가 미소를 지었다.

"또 뭔데요."

"이렇게 더러운 흰색 차는 처음 봤거든요."

두 사람은 잠깐 동안 소리 내어 웃었다. 비가 내리고 있었다.

의사는 이 직업이 주는 보람이 무탈한 순간에만 있지는 않다는 사실을 깨닫기 시작했다. 일에 대한 사랑이 싹트기 시작한 것이다.

이십 대의 의사가 진료소로 온 지 1년 정도 지났을 무렵, 의사의 남편이 심각한 질병에 걸려 꽤 오랫동안 앓았다. 갑자기 환자의 처지에 놓인 의사는 형편이 닿는 대로 남편과 함께 병원 진료를 받으러 다녔다. 몹시 두려운 날들이었고 대기실에 앉아 있는 동안 밀려오는 불안을 물리치기 위해 그 어느 때보다 열심히 책을 읽었다. 책은 언제나 의사의 피난처였지만 집중이 어려운 시기였기에 의사는 과거 위안을 주었던 책들, 《블랙 뷰티》, 《성을 내 손 안에I Capture the Castle》, 《뼈의 부족The Bone People》 등을 찾아 읽었다. 그날도 여느 때처럼 위로가 되어줄 책을 찾아 책장을 뒤지던 의사는 후기 중등 과정을 다닐 때 중고 서점에서 샀던 《행운아》를 발견했다. 구입한 뒤로도 두 번을 더 읽은 책이었다. 의대에서 일반의 실습을 할 때 읽었고 전공의 때도 읽었다. 존 사샬의 이야기는 의료의 핵심에 있는 비밀에 대하여, 온전한 인간으로서 환자와 질병 간의 관계, 질병이라는 고통과 그 고통을 겪는 사람 간의 관계에 대하여 매번 새로운 가르침을 주었다. 그 관계를 이해하고 받드는 노력이 의사가 하는 일의 중심에 있다는 사실도 현장에서 깨닫게 되었다. 그리고 청소년 때는 몰랐던 사실도 깨닫게 되었는데 존 사샬의 이야기가 단지 한 무명의 시골 의사에 대한 이야기가 아니라 모든 의사와 환자들의 보편적인 경험을 담고 있다는 사실이었다. 좀 우울하기는 해도 늘 속이 후련해지는 책이었다. 기본적으로 중심인물인 사샬이 근본적으로 좋은 사람이고 좋은 의사이기 때문이다. 지금 의사에게 꼭 필요한 책이었다. 의사는《행운아》를 책장에서 꺼내 들고 그날 오후 병원에서 읽으려고 가방에 넣었다. 기분이 좋아질 게 분명했다.

병원 대기실의 딱딱한 플라스틱 의자에 앉은 의사에게 찾아온 깨달음은 가히 육체적이라고 할 만했다. 뒤숭숭한 마음으로 책을 넘기며 사진을 보고 있었는데 마지막 사진을 보자마자 몸이 덜컥 반응했다.

사진 속에는 트위드 재킷과 코듀로이 바지를 입은 1960년대의 사샬이 있었다. 카메라에 등을 돌린 사샬은 대충 문질러 닦은 듯한 검은 구두를 신고 가파르고 풀이 무성한 길을 따라 희고 작은 집으로 향하고 있었다. 과일이 주렁주렁 열린 작은 과수원의 나뭇가지들이 사샬을 액자처럼 감싸고 있다. 풀이 무성한 길 꼭대기에는 짙은 색 원피스를 입고 희고 긴 앞치마를 두른 여성이 자그마하게 보인다. 의사를 마중 나온 여성은 인사를 하는 것인지, 아니면 등진 집 창문에 비친 눈부신 하늘을 가리려는 것인지 한 손을 들어 올린 모습이다.

의사는 움찔했다. 아는 집이었다. 아는 길이었다. 익숙한 사과나무였다. 불과 몇 주 전에 나이 든 환자를 보러 그 길을 따라 그 뒷문으로 향했던 의사였다. 처음에는 말문이 막혔고, 그다음에는 이제 와서 알아차린 자신이 바보처럼 느껴졌다. 의료인이 되는 데 결정적인 역할을 했던 책이 다름 아닌 내 골짜기, 내 환자들에 대한 책이었던 것이다.

이튿날 점심시간 젊은 의사는 선배 의사에게 이 사실을 이야기했다. 선배 의사는 맞다고 하면서 자세한 이야기를 들려주었다. 의사가 살고 있는 골짜기 건너 파란색 페인트가 칠해져 있고 커다란 굴뚝이 있는 근사한 집이 바로 사샬의 집이었다. 두 길 사이 비좁은 땅에 지어진 소박한 돌집은 사샬의 진료소였다. 물론 사샬은 온 골짜기를 누비며 환자의 집을 방문하기도 했다. 젊은 의사는 이제 존 사샬의 비극적인 뒷이야기에 대해서도 알게 되었다. 의사가 가진 존 버거의 책은 사샬이 죽기 전에 출간된 판이어서 의사는 이야기가 어떻게 끝났는지 알 수 없었다. "행운아"가 그토록 끔찍한 상황에서 죽음을 맞이한 장소를 그동안 자신의 집 앞에서 바라봐 왔다고 생각하니 다시 말문이 막히는 것 같았다.

하지만 그 후 몇 달간 젊은 의사의 생각은 사샬의 죽음이 아닌 그가 생전에 이룬 성취에 머물렀다. 정규직이 아닌 시간제 의사였지만 사샬이 일하던 곳에서 근무하는 특권을 누리게 되었다는 생각은 또 다른 결심으로 굳어

졌다. 시기가 딱 맞아떨어졌다는 사실을 고려해도 이것은 기회였다. 종단적longitudinal 의료라는 사샬의 유산을 이어가고 또 현대화할 기회였다. 심지어 이미 마음을 빼앗긴 공동체 안에서 그 사람들과의 관계를 바탕으로 일할 수 있었다. 존 사샬의 동료였던 선임 의사도 은퇴가 얼마 남지 않은 상태였기 때문에 젊은 의사는 조심스럽게 자신의 포부를 이야기한 후, 천천히 시내 진료소에서의 일을 그만두고 2007년 1월 골짜기 의원의 풀타임 파트너 의사가 됐다(파트너 의사는 시간제 의사와 달리 진료소의 공동 경영권을 가진다—옮긴이).

오늘날, 골짜기 의원이 자신의 평생직장임을 확신하는 의사의 나직하지만 굳센 목소리는 야망의 부재가 아니라 오히려 담대한 배짱을 드러낸다. 같은 일반의를 두 번 만나기도 힘든 현대 의학계에서 이 의사는 골짜기에서 중추적인 인물이 되었으며 앞으로도 그런 역할을 계속하고자 한다. 이것은 골짜기 의사가 청소년 때 자기와의 내기에서 이긴 대가일지도 모른다. 골짜기 의사는 뛰어난 존 사샬과 그가 남기고 떠난 세상을 연결시켜 주는 황금빛 실타래일지도 모른다.

상실의 시대

그럴 사람이 아니긴 하지만 혹시 술을 마신 것은 아닌지, 의사는 남자와 함께 진료실로 향하는 복도를 걸으며 생각한다. 남자가 술 냄새를 풍긴 것은 아니지만 가끔 그런 환자도 있다. 땀구멍에서 퀴퀴하고 들큼한 화학적인 냄새가 날 때도 있고 어제저녁 마지막 진료 때는 잘 차려입은 한 미망인의 숨결에서 화이트와인과 구강 청결제가 섞인 산뜻한 칵테일 냄새가 났다. 의사는 남자와 복도를 걸으며 의식적으로 코로 숨을 들이마셨지만 그의 멜빵바지에도 조금 붙어 있는 톱밥 냄새, 학생 시절을 떠올리게 하는 석탄산 비누 냄새 말고는 아무 냄새도 맡을 수 없었다. 남자의 걸음걸이는 육십 대 남성 치고 안정적이고 힘차 보였다. 한잔 걸친 사람처럼 당당하게 비틀거리지도 않았고 일부러 멀쩡해 보이려고 하지도 않았다. 하지만 남자의 말이 어딘가 이상했고 발음이 새는 것 같았다. 의사는 초등학교에서 조금 더 올라가면 나오는, 남자가 아들과 함께 수리하고 있는 집에 대한 얘기를 꺼냈다. "새로 별채를 짓는다고 했던가요?", "언제 끝날 것 같으세요?", "사다리에 올라가야 하는 일은 아드님한테 시키세요" 등등. 남자는 평소처럼 사실만을 무뚝뚝하게 말했지만 한마디 한마디 할 때마다 혀의 뿌리 쪽과 어금니 사이에서 거칠게 바람이 새는 소리가 났다. 입에 사탕을 물고 있는 것처럼 들렸다.

진료실에 들어와 자리에 앉은 의사는 미소를 지으며 남자에게 주의를 기울였다. 시간이 아주 많다는 듯 느긋했다. 실은 대기하고 있는 환자가 네 명이었고 진료는 어김없이 지연되고 있었다. 의사는 효율성을 위해 진료를 서두르는 일은 가혹하다고 생각했다.

"제가 어떻게 도와드릴 수 있을까요?"

의사는 어디가 '아픈지' 혹은 무슨 '걱정'이나 '문제'가 있어서 왔는지 묻기보다 이런 식으로 대화를 시작하는 쪽을 선호한다. 서로 힘을 합하는 긍정적인 방식처럼 느껴지기 때문이다. 의사와 환자를 같은 높이에 두는 방식이며, 앞에 놓인 과제를 함께 해결해야 한다고 생각하게 만든다. 단도직입적이면서도 대화의 주제를 활짝 열어 놓는다는 방식이라는 점도 마음에 든다.

"제가 말이죠, 치통이 있어요. 통증이 시작된 지 열흘에서 두 주 정도 된 것 같아요. 괜찮아지려니 했는데 안 괜찮아지네요. 지금은 아주 아파요, 빌어먹을 이빨이."

남자는 깨끗하게 씻은 지 얼마 안 된 것 같은 손을 턱에 갖다 댄다.

"말이 험하게 나왔네요, 미안해요."

의사는 얼마나 아픈지 알겠다는 듯 얼굴을 살짝 찡그렸다. 환자의 행동이나 말을 거울처럼 똑같이 따라 하면 이미 잘 알고 있는 환자와도 새로이 친근감을 형성할 수 있다는 사실을 의사는 알고 있다. 사람들 사이에서 언제나 카멜레온처럼 쉽게 적응하는 의사는 다양한 배경을 가진 환자들을 편하게 대한다. 노동자 집안이면서도 세련된 승마 선수였던 특이한 어린 시절 덕분에 상대를 따라 함으로써 공감대를 형성하는 것이 어렵지 않다.

치통은 정말 괴롭지 않냐고 위로하던 의사는 남자에

게 치과에 가보았는지 물었다.

"안 갔죠."

남자는 의사가 뭐라고 해주길 바라면서 말을 멈추었지만 의사는 그 빈틈을 가만히 내버려두었고 남자는 말을 이었다.

"진통제랑 항생제만 좀 있으면 될 것 같아요. 화장실 거울에 비춰봤는데 별문제는 없더라고요. 그냥 좀 아파요. 이는 괜찮아 보여요."

남자는 이가 아프다고 할 때 이tooth를 긴소리가 아닌 짧은소리로 발음했다. 골짜기에서 흔히 듣는 억양이지만 이날만은 남자와 아픈 어금니 사이에 가공의 거리감을 만들었다. 의사가 응급 진료를 요청했느냐고 묻자 남자는 다시 고개를 저었다.

"그게 말이죠, 선생님. 제가 치과를 못 가요. 갈 수가 없어요."

여자는 사과의 말과 함께 요즘 일반의들은 치과 치료에 대한 면책을 받을 수가 없게 되어 있다고 설명했다. 진통제는 줄 수 있지만 항생제라면 치과 의사의 몫이라고 이야기했다. 정말 미안하다고 의사는 말했다.

"저는 고소 같은 거 안 해요, 선생님. 아시잖아요. 괜히 폐 끼치고 싶지도 않고요. 제가 여기 웬만하면 안 오는 거 아시잖아요. 그렇지만 치과에는 못 가요. 절대 못 가요. 치과에 안 간 지 50년도 넘었어요."

소스라치게 놀란 의사는 어떻게 그럴 수 있었는지, 그동안 이가 아플 때는 어떻게 했는지 물었다. 이전에는 한 번도 나눠본 적 없는 얘기였다.

"아주 심하면 그냥 제가 뽑아요. 그렇게 한 지도 오래됐어요."

의사는 태연한 표정을 유지하려고 애썼지만 실패했다.

"펜치로 빼요." 남자는 마치 의사의 궁금증을 해소하려는 듯 덧붙였다.

남자가 고개를 살짝 젖혔고 의사는 의료용 장갑을 끼고 의자를 밀며 다가가 남자의 열린 입속을 들여다보았다. 남자가 의사의 얼굴을 지켜보는 동안 의사는 남자의 한쪽 뺨에 살며시 손을 대고 다른 쪽 뺨을 잡아당겼다. 의사의 눈에 마치 낯선 행성의 표면 같은 모습이 똑똑히 들어왔다. 분화구와 노두 같은 것들이 희한하게 무리 지어 있었고 염증으로 인한 구취도 어렴풋이 느껴졌다. 의사가 장갑을 벗는 동안 남자가 말한다.

"저도 이러면 안 되는 건 아는데 이가 엉망이죠. 그런데 생각해 보세요. 제가 어렸을 때 전시 배급이 막 끝났거든요. 1953년도 초반이었을 거예요. 그래서 우리 어린 애들은 다 신나게 먹어댔죠. 베브네 집이 저기 모퉁이에서 작은 사탕집을 했어요, 그때. 아무튼 지역 학교를 순회하던 치과 의사가 우리 학교에도 왔는데 정말 끔찍한 놈이었어요. 나중에 해고를 당했던 것 같아요. 근데 그놈이 글쎄 우리를 앉혀놓고 마구잡이로 들이판 거예요. 뚫고 채우고 뚫고 채우고. 한 사람에 네 개씩. 그리고 때운 만큼 받아 챙긴 거예요."

남자의 손이 팔걸이를 꼭 붙잡는 모습이 눈에 보였다.

"그래서 이렇게 된 거예요. 요즘 치과 의사들은 다르다고, 마취를 한다고 말해봤자 소용없어요. 그렇다고 해도 제가 볼 때 달라지는 건 없어요. 치과에는 못 가고 안 가요. 절대로."

의사는 엄마가 떠올랐다. 강건하기 그지없고 겁을 내는 일이 거의 없지만 누가 봐도 치과만은 두려워했다. 1960년대 당시 동네 치과 의사 덕분이었다. 만약 이 환자가 가까운 시내 번화가에 있는 치과에 가는 대신 펜치를 거듭 고집했다면 의사가 아무리 설득해도 남자는 마음을 바꿀 리 없었다. 적어도 짧은 진료 시간 내에는 불가능했다. 그래서 의사는 속으로 번개처럼 빠르게 거의 무의식적으로 위험성을 계산했다.

일반의는 하루에도 수십 번 이와 같은 지적 곡예를 펼친다. 환자는 이를 볼 수 없고 미소나 고갯짓, 세심한 배려만을 느끼지만 사실 무대 뒤에서는 복잡한 두뇌 활동이 벌어진다. 다양한 예상 결과를 가려내고 또 순위 매기는 일, 사소한 것에서 심각한 것까지 여러 위험을 저울질하는 일을 마치면 환자의 의료 기록과 개인사, 환자가 말로 하는 요구 사항과 특유의 행동에서 드러나는 요구 사항 (말과 다를 수 있다) 역시 공식에 넣어야 한다. 그런 뒤에야 마침내 최선의 조치를 취할 수 있다. 의사가 된 직후 몇 년 동안은 마치 두 개의 머리가 서로 다투고 있는 기분이었지만 세월이 흐르고 경력이 쌓이니 알고리즘은 더 매끄러워지고 빨라져서 더욱 직관적인 판단이 가능하게 됐다. 그런데도 의사는 이따금 한밤중에 잠에서 깨어 계산이 틀렸으면 어쩌나 염려한다. 그게 이 직업의 본질이다.

치통 때문에 왔던 남자 환자에게는 처방전을 써주며 통증이 지속되면 다시 돌아오라고 했다. 남자는 히죽 웃으며 고개를 저었다.

"빌어먹을 놈의 이빨. 그럼 수고하세요."

오전 진료는 계속된다. 한 소녀는 선생님이 스티커를 붙일 차례라며 히죽 웃고 있는 초록 거미 스티커를 의사의 옷깃에 붙여주었고 의사는 별생각 없이 점심시간이 되도록 스티커를 내버려둔다. 산후 우울증으로 내원한 젊은 엄마는 네 살 딸이 아직 갓난아기인 동생에게 물감을 쏟았다고 버럭 고함을 친 뒤 죄책감에 괴로워한다. 나이 든 양봉업자는 오래된 꿀 병에 소변 샘플을 담아와서는 미안해한다.

"없이 살다 보니 오줌을 담으려고 해도 담을 데가 없네요, 선생님."

한 중년 여성은 동생이 늙은 어머니의 예금을 축내고 있다고 의심하면서 의사의 개입을 바란다. 수년 전 사고로 만성 신경통을 얻은 뒤 반응성 우울증이 온 어느 정비공은 머릿속이 온통 죽고 싶다는 생각뿐이다.

"1년에 345일은 통증에 괴롭고 나머지 20일은 견딜 수가 없어요."

의사가 니코틴 패치를 권하니 쾌활하게 거부하는 애

연가 환자가 있는가 하면 한 열네 살 여자아이는 나이가 훨씬 더 많은 남자와 성관계를 갖기 시작했다.

"오빠가 나를 만나준다니 믿을 수가 없어요. 전 정말 운이 좋아요."

아내와 사별한 뒤 몹시 힘들어하는 팔십 대 남자도 있다. 의사와 마주 앉은 남자는 눈물이 그렁그렁한 얼굴로 말한다.

"침대보 하나 제대로 빨지 못해서 바닥에 떨어뜨려 다시 더럽혀요. 정말 바보 같아요."

구시대와 불투명한 미래 사이에 붕 떠 있는 느낌을 받는 날도 있다. 다른 어떤 진료 과목에서도, 아니 다른 어떤 직업 분야에서도, 의사처럼 타인의 인생을 들여다보는 특권을 누리기는 힘들 것이다. 심지어 그 인생은 통

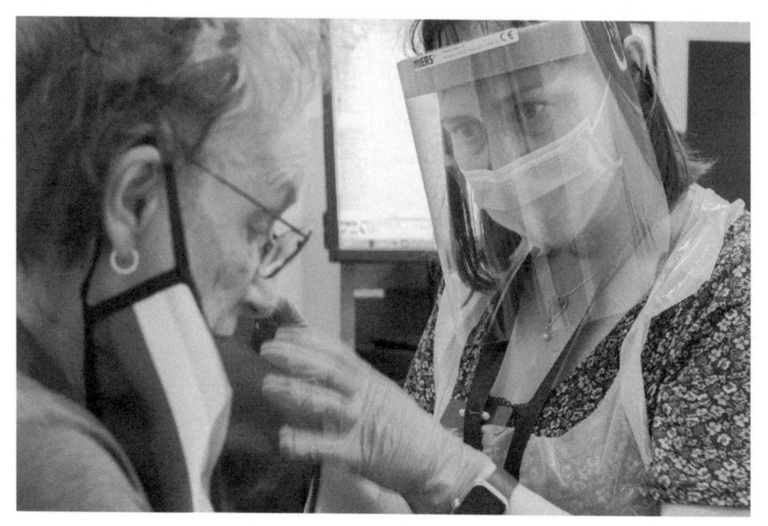

틀어 3세기에 걸쳐 있다. 의사의 환자들 중에 가장 나이가 많은 축에 드는 사람들은 그 연약한 심장이 1차 세계대전 이후 뛰기 시작한 사람들이다. 가장 어린 환자들은 (태내에 있는 수많은 생명은 차치하더라도) 22세기까지 너끈히 살 것이다. 그 모든 심장 박동, 그 모든 경험, 그 모든 이야기, 그 모든 변화. 거기에는 넓고 깊게 펼쳐진 골짜기처럼 웅장한 위엄이 있는가 하면 의사의 정원 디딤돌 사이로 솟아난 물망초처럼 아주 작지만 정교한 아름다움도 있다.

이 시골 진료소는 유목민처럼 이리저리 옮겨 다니며 끈질기게 정체성을 지켜왔다. 예전부터 진료소 두 곳은 한곳에 머물러 있지 않았다. 과거 교구의 병든 사람들은 수레 목수와 관 짜는 목수의 작업장 사이 오두막집에서, 몇 년 뒤에는 새로 생긴 전화 교환국에 딸린 부속 공간에서, 그다음에는 문을 닫은 지 오래인 마을 가게들 맞은편에서, 그리고 길을 따라 좀 더 내려가 돼지 축사를 개조한 건물에서 진료를 받았다. 옛 시절 이곳뿐만 아니라 영국 시골 전역에서는 의사의 집 안 응접실이 곧 진료실이기도 했다. 그러니까 의원을 살림집과 분리했다는 사실은 존 사샬이 얼마나 현대적인 사람이었는지 보여준다. 사샬은 의사가 환자를 찾아가기보다 환자가 의사를 찾아오도록 유도했다. 그런데도 1980년대까지 진료의 상당 부분이 왕진이었고 방문 진료는 예약이 필요 없었다.

물론 아주 옛날얘기다. 젊은 의사가 미래의 남편과 골짜기 마을에 살기 시작한 2000년대 초에는 상황이 달랐다. 당시 진료소를 찾는 환자의 수는 존 사샬의 시대에 비해 두 배 이상이었고, 진료 대부분은 두 개의 진료소 중 한 곳에서 예약을 통해 이루어졌다. 당시 강 서쪽에 자리한 진료소는 원래 1950년대 이 구역에서 상수도라는 기적을 만들어낸 사업소였다. 옛 대장간과 감리교 예배당 사이에 있는 이 신발 상자 모양의 건물은 지극히 소박하면서도 아주 중요한 기초 편의 시설을 제공하고 있었기 때문에 지역 사람들의 많은 사랑을 받았다. 오늘날에도 사람들은 진료소를 "옛날 수도 사업소"라고 하거나 "의원 댁"이라고 부른다. 하지만 진료소는 이후 딱딱한 현대적인 건물로 이전했다. 마을 가장자리에 자리한 이 건물의 지붕은 펼쳐진 책처럼 생겼다. 지역 언론은 새 진료소가 문을 연 2012년 당시 "최첨단" 등의 단어를 써가며 소식을 전했고 110만 파운드라는 엄청난 가격도 언급했다. 한편 강 동쪽, 존 사샬이 살던 옛 마을에 있는 진료소는 한결 촌스러운 사촌 형제 같은 건물로, 찌그러진 주택처럼 보이기도 하는 신식 단층 건물이다. 건물 옆에는 놀이터가 있고 그 너머로 들판이 펼쳐져 있다. 환자들은 강의 어느 쪽에 사는지에 따라 두 진료소 가운데 한 곳에 충성을 맹세하지만 의원에서 근무하는 사람들, 즉 의사와 대체 인력 두어 명, 간호사와 간호조무사 몇 명, 접수대 직원, 약사, 관리 직원들은 모두 필요에 따라 두 진료소 모두에서 일한다. 이들 또한 어떤 면에서 전임자들만큼 유목 생활을 한다.

강의 동쪽에 있든 서쪽에 있든 진료소가 건물이 바뀌고 위치도 바뀌고 시간과 장소도 바뀌었다는 점을 곰곰이 따져보면 이 시골 의원의 본질은 그것이 자리한 구조물과는 전혀 상관이 없다는 사실을 깨닫게 된다. 본질은 그 안에 있는 복잡한 인간관계에 있다. 함께 근무하는 동료들 간의 동료 의식과 협업에 있고 직원들과 환자들 사이의 공감대에 있으며, 대기실에서 이웃들 간의 주고받는 수다에 있다. 실제로 이곳은 가끔 의료 환경이 아니라 커피를 마시는 곳처럼 느껴지기도 한다. 그리고 이 모든 것의 중심에는 의사와 환자 간의 양방향 관계가 있다. 이 모든 상호 작용은 순간의 필요에 따라 이루어지지만 그 뿌리는 긴 세월에 걸쳐 개인과 집단을, 현재와 과거를 얽으며 깊이 뻗어 있다. 존 사샬보다 더 옛날에, 거의 백 년 전에 살았던 옛 의사 예닐곱에 대한 추억을 곱씹는 환자들도 흔하다. 그 의사들은 의술과 NHS가 얼마나 바뀌었든 이 시골 의원의 씨실과 날실 속에 들어 있다.

새 건물로 옮기면서부터 진료소는 유일하게 예약이 필요 없었던 금요일 저녁 진료를 폐지했다. 금요일 저녁 진료는 그동안 많은 사람을 고생시켰다. 예약 없이 방문한 환자들이 늘어선 줄은 문밖까지 늘어졌고 사람들은 몇 시간을 끝도 없이 기다려야 했다. 상태가 특히 좋지 않아 보이는 이웃이 먼저 호명되면 불쾌하게 여기는 사람도 있었다. 한편 의사는 환자 23명을 연달아 진료하느라 머리가 핑핑 돌았고 파라세타몰의 적정 용량을 찾아

보고 있는 자신의 모습을 발견하고 안 되겠다는 생각이 들었다. 대체 인력으로 와 있는 의사 한 명은 이미 예약 없이 이루어지는 금요일 진료를 거부하고 있었다.

"이건 정신 나간 짓이에요. 요즘 이렇게 하는 데는 여기밖에 없어요."

의사는 결국 21세기에 손을 들었다. 그것이 분명 옳은 방향이었지만 지역 사람들은 명백히 동요하는 분위기였다. 십 년이 지난 지금 사람들은 의사의 결정을 이해하지만 몇몇 환자들은 아직도 가끔 예약 없이 느긋하고 편안하게 의사를 만날 수 있었던 옛날이 좋았다고 이야기한다. 대기 시간이 얼마나 길었는지 기억하지 못하는 게 분명하다.

모든 의사는 이런 식으로 흘러간 시절의 의료 체계에 대한 그리움을 호소하는 환자를 만나게 된다. 하지만 골짜기 의사에게는 그런 하소연이 좀 더 뼈아프게 느껴지는데, 환자와 훨씬 오랜 기간에 걸쳐 인연을 이어가는 데다 의사의 직업 인생이 여러 변화와 함께 해왔기 때문이다. 하지만 이제는 투덜대는 환자가 있으면 웃어넘기거나 설득할 줄도 안다. 전국 일반 진료 예약의 절반을 차지하는 만성 질환의 치료 성과가 불과 20년간 얼마나 놀랍게 발전했는지 자신이 직접 목격했다고 꼭 집어 말할 때도 있다. 처음 골짜기 의원에서 일을 시작했을 당시에는 급성 심부전으로 숨을 헐떡이는 사람들에게 황급히 푸로세미드를 투여하곤 했는데, 요즘은 긴밀한 추적 관찰과 적절한 알약의 조합으로 질병을 더 잘 관리할 수 있다.

"끔찍한 일들이 곧잘 일어났는데 이제는 줄어들었으니까 의술의 진보가 변화를 가져왔다고 볼 수 있겠죠."

의사는 이런 식으로 상냥하면서도 직설적으로 이야기한다. 모든 의사가 TV 의학 드라마에 나오는 의사처럼 거창한 일을 하는 것은 아니다. 하지만 이런 말을 굳이 입 밖에 내지는 않는다. 의사는 자기 일의 상당 부분이 대화를 통해 이루어진다는 사실을 오랜 경험으로 안다. 하지만 성과가 어떤 것의 부재로 나타나는 진료 영역이기 때문에, 즉 뇌졸중이나 심근 경색, 신부전을 미연에 방지하는 것이 곧 성과이기 때문에 사람들은 그런 의사의 일 역시 사람의 목숨을 살리는 일이라는 사실을 쉽게 잊곤 한다.

의사는 환자의 이름을 부르며 인사를 한다. 환자도 의사의 이름을 부르며 인사한다.

"어머니는 잘 계시죠?"

남자의 얼굴은 잿빛이다. 원래 흰 옷인데 잘못 세탁해서 검은 물이 든 것 같은 그런 색이다.

엄마는 잘 지내신다고 의사는 대답한다.

"트랙터는 결국 잘 고치셨어요?"

의사는 고개를 끄덕이며 남편과 함께 유튜브를 참고해 가면서 팬 벨트를 잘 교체했다고, 고맙다고 말한다. 그리고 서둘러 진료를 시작한다. 진료 예약을 확인하면

서 남자의 증상을 본 것이 두 시간 전이었다. 누가 주머니 끈을 꽉 잡아당기는 것처럼 속이 조여왔다. 남자의 이름 옆에 "피를 개움"이라고 적혀 있었다. 의사는 '게우다'가 맞지 않나 생각했다. 나중에 찾아봐야겠다고 생각했다. 더 시급한 문제가 있었다. 농업에 종사하는 삼십대 중반 남성이 진료실을 찾는 일은 흔치 않다. 진료실에 왔다면 별문제가 아닐 리 없었다. 의사는 예약 시간 전에도 몇 차례 전화를 했지만 남자는 전화를 받지 않았다.

의사는 남자가 십 대 후반일 때 처음 만났다. 남자의 집안사람들도 다 알았다. 우유 생산량이 가파르게 감소하는 와중에도 살아남은 이 근처 몇 안 되는 낙농가 집안이었다. 1960년대에는 골짜기 지역에 우유를 생산하는 곳이 수십 곳이었지만 이제는 한 손에 꼽을 수 있었다. 몇 년 전, 이 집안은 현대 사회가 던지는 그 어떤 충격에도 살아남을 것 같았던 유서 깊은 농가 주택을 팔아야 했다. 지금은 한 소프트웨어 컨설턴트와 임신한 아내가 그곳에 살고 있다. 하지만 부지와 소들은 지켜낼 수 있었다. 남자와 가족은 이제 가까운 마을 변두리에 있는 신축 주택 두 채에 살며 축사와 착유 시설이 있는 부지로 출퇴근을 한다. 남자와 여자 친구가 한 채를 차지하고 나이 든 농부와 아내가 다른 한 채에 산다. 마을 술집 주인은 이 가족이 뒤편 주차장에 트랙터를 세울 수 있도록 배려했다.

"여러 번 전화했는데 안 받더라고요. 피를 토했다고요?"

"죄송해요. 착유 중이었어요. 게다가 송아지들도 먹여야 해서요. 전화가 울리는 소리를 못 들었어요. 네, 아무튼 피를 살짝 게워서 선생님한테 물어보는 게 좋을 것 같았어요."

의사는 가슴에 불편한 느낌이 없는지 물었다.

남자는 고개를 저었다.

"숨이 가쁘지는 않으세요?"

"안 그런 것 같은데요."

의사가 남자와 마주 앉고보니 등진 창으로 들어온 빛이 남자의 얼굴을 비춘다. 짙은 눈썹 위로 송골송골 맺힌 작은 땀방울이 보인다. 길어진 눈 맞춤이 불편했는지 남자는 어색한 자세로 소매에 붙은 지푸라기 한 조각을 떼어내 보지만 진료실 바닥에 버릴 수 없다는 사실을 뒤늦게 깨닫고 엄지와 검지로 붙잡은 채 이러지도 저러지도 못한다. 아직 임상적인 근거를 댈 수 없지만 남자의 평소 모습을 생각하면 무슨 문제가 있기는 있다. 안색이 좀 이상하다. 의사는 명백한 불안을 감지한다. 경험에 따르면 이것은 결코 무시해서는 안 되는 기분이다.

"개가 시끄럽지요. 신경 쓰지 마세요."

남자의 콜리가 옥외 주차장에 주차된 랜드로버 짐칸에서 짖어대는 소리가 들린다.

의사는 일련의 검사를 시작한다. 체온, 호흡수, 산소 포화도, 혈압. 다 정상이다. 폐도 깨끗하다. 심장 소리도 정상이다. 특이한 점이 하나 있다면 심박 수가 88로 조금 높다는 것인데, 남자의 나이나 몸 상태로 보았을 때 70 언저리가 적당하다. 하지만 그렇게 높은 수치도 아니다.

의사는 피를 토한 지 얼마나 됐는지 물었다.

"글쎄요. 하루나 이틀?"

"종아리에 통증은 없고요?"

남자는 고개를 젓는다.

"멀리 여행을 다녀온 적은?"

남자가 웃으며 없다고 한다.

의사는 난처해졌다. 의사가 걱정하고 있는 것, 이런 상황에 처한 일반의라면 누구나 놓치지 않기 위해 기를 쓰는 것은 바로 심부 정맥 혈전증이다. 다리에 형성된 혈전이 일부 떨어져 나와서 심장 쪽으로 이동할 우려가 있기 때문이다. 몸에서 가장 가느다란 혈관들은 이 혈전에 막힐 수 있다. 뇌에서 막히면 뇌졸중이 되고 폐에서 막히면 폐 색전증을 일으킨다. 혈전은 폐로 가는 피를 막음으로써 폐 일부에 산소가 공급되는 것을 차단해 폐가 죽게 되고 환자는 피를 토하게 되며 시간이 좀 더 경과하면 숨을 헐떡이게 된다. 치료하지 않으면 지극히 참혹한 결과로 이어진다. 급성 호흡 곤란으로 심장으로 산소가 가지 못하고 산소가 없는 심장은 멈춘다. 심정지다. 폐 색전증 위험은 나이가 많을수록 더 높지만 노인들에게만 생기는 병은 아니다. 그뿐만 아니라 유전적 소인도 역할을 한다. 의사는 환자의 어머니 쪽 집안에 심부 정맥 혈전증 병력이 있다는 사실을 알고 있다. 불과 몇 년 전 의사와 환자의 어머니는 바로 이 진료실에서 무릎 수술 후 써야 할 항응고제에 대해 이야기한 적이 있다.

하지만 피를 토한다고 다 심각한 질병은 아니다. 인후통, 흉부 감염, 잇몸병, 코피가 났을 때 피를 삼키는 경우, 심지어 위궤양일 수도 있다. 심박수가 88이고 침에 피가 섞여 나왔다고 해서 사람을 큰 병원으로 보낼 일은 아니다. 그렇게 한다면 환자를 접수한 병원 의사에게 웃음거리가 될 것이다. 비웃는 의사의 얼굴이 생생하게 그려진다. 하지만 깊은 곳에 자리한 불안감과 남자의 심상치 않은 안색 때문에 의사는 무슨 이야기라도 꾸며내서 입원 요건을 채울까 고민해 본다. 그래야 제대로 검사를 받을 수 있기 때문이다. 그만큼 걱정이 크다는 뜻이다.

골짜기 의사의 머릿속으로 이 모든 생각이 흘러간다. 의사는 이곳에 처음 도착했을 때 만난 선배 의사, 존 사샬의 과거 동료를 떠올린다.

"질병의 증상은 교과서에 나오는 순서에 따라 차례대로 나타나지 않는다는 걸 명심하세요. 순서를 따르지 않고 제멋대로 카드를 내는 경우도 있어요. 그래서 의료의 지속성, 종단적 의료, 여러 세대에 걸친 의료가 중요한 겁니다. 그게 있어야 카드가 뒤죽박죽으로 나올 때 '잠깐만 있어봐' 하고 생각하게 돼요."

잠시 동안 의사의 마음은 마치 표면이 범람하는 강물 같고 그 사이로 잭과 킹, 퀸과 에이스 카드가 어지럽게 떠다닌다.

어떤 사람들은 1차 의료 종사자들이 가진 '직감'을 육감, 의사가 가진 일종의 예지력처럼 여기기도 한다. 좀 더 현실적인 시각을 가진 사람들은 직감이 복잡다단하게 배열된 언어적, 비언어적 신호의 패턴을 인식하는 무의식적인 과정에 의해 촉발된다고 말한다. 이 가설에 따르면 잠재의식은 증상과 질병 간의 상관관계를 인식했을 때 인과 관계, 즉 카드가 나오는 순서를 따지는, 보다 의식적인 사고에 우선한다. 실제로 영국과 유럽에는 일반 의료 환경에서 직감이 수행하는 역할과 그 효능을 이해하는 데 필요한 이론적 틀을 제시하기 위한 의학 연구 분야가 확립되어 있다. 한 최신 연구는 암 진단에서 직관적 통찰이 수행하는 역할을 밝히며, 그 효용성에 대한 강력한 증거를 제시하면서도 일부 병원 전문의들의 회의적인 시각 때문에 일반의들이 소견서에 직감을 언급하는 데 소극적인 세태를 지적했다. 그러나 명백한 사실은 임상 경험, 그러니까 의사의 연륜, 그리고 의료의 지속성, 즉 특정 환자에 대해 오랜 세월에 걸쳐 얻게 된 정보가 직감의 정확도를 좌우한다는 것이다. 집단뿐만 아니라 개인과 친밀해야 의미 있는 정확성을 확보할 수 있다.[2]

이제 남자는 벗어둔 플리스 상의를 도로 입는 중이다. 의사가 진료소에서 더 해볼 수 있는 검사는 없다. 의사는 별문제가 없는 것 같다고 말하고도 아무래도 걱정이 된다고 덧붙인다. 의사는 남자의 이름을 부르면서 병원에서 검사를 받아보라고 할지 고민이 된다고 한다. 뭔가 이상하다고 말한다. 피를 살짝 게웠다는 게 정확히 어떤 모양이었는지 묻는다.

"원하시면 보여드릴 수 있어요. 보여드릴까요?"

남자는 몸을 숙여 가지고 온 비닐봉지 안으로 손을 넣는다. 지역 신문과 먹다 만 과자 봉지가 든 비닐 안에서 남자는 구겨진 은박지로 임시 뚜껑을 만든 요구르트 통을 꺼낸다. 그리고 뚜껑을 열어 통을 내밀어 보인다. 의사는 살면서 피가 묻은 손수건을 여러 번 보았지만 이런 건 처음이다. 두 칸으로 나누어진 요구르트통이다. 원래 한 칸에는 요구르트가, 다른 한 칸에는 과일 토핑이 들어 있는 용기이다. 그런데 두 칸 모두 크랜베리 소스 같은 것으로 가득 차 있으며 그것은 사실 피가 섞인 가래 상당량과 커다란 혈전 여러 개이다.

의사는 곧바로 접수대로 전화를 걸어 구급차를 부르게 한다. 남자는 주저하지만 의사를 말리기는 늦었다.

"확실하세요?" 남자가 의사의 이름을 부르며 말한다.

"수치는 다 괜찮다고 하셨잖아요. 항생제나 기침약만 좀 먹으면 괜찮지 않을까요. 아버지한테 30분 만에 다녀와 착유실로 갈 거라고 했는데. 그냥 일 다 끝나고 직접 차 몰고 병원에 가볼게요."

의사는 이럴 때면 강경한 모습을 보인다. 항생제도 기침약도 복용해서는 안 되고, 다시 일하러 가서도 안 되고, 직접 운전해서 병원에 가는 것도 안 된다고 한다. 의사는 남자를 데리고 복도를 지나 빈방에 보내고 조금이라도 이상하면 소리를 지르라고 한다. 구급차가 올 때까지 거기서 대기하면 된다고, 금방 올 거라고, 자주 들여다보겠다고 의사는 말한다.

그날 저녁, 집에서 일하고 있던 의사는 온라인으로 병원 검사 결과를 확인한다. 남자는 안정적인 상태이지만 영상 검사 결과 양쪽 폐에서 심각한 색전증이, 즉 커다란 혈전이 발견되었다. 위기일발의 상황이었다.

의사는 바람에 흔들리는 나무들의 밤 그림자를 내다본다. 문득 진료소 밖에 세워놓은 남자의 자동차 짐칸에서 콜리가 짖는 소리가 들리는 것 같다.

"이 이야기는 이제 와서 돌이켜 봐도 마음이 심란해져요. 수년 전에, 제가 막 일을 시작했을 때 일어난 일인데도 말이에요. 혼자 사는 남자였어요. 오전 진료를 끝내면 왕진을 신청한 집들을 방문해야 해요. 이 남자 집도 그중 하나였어요. 전혀 모르는 남자였어요. 진료를 온 일이 거의 없었고 예약 목록에는 '복통'이라고만 적혀 있었기 때문에 왠지 이 남자 집을 먼저 방문하고 싶었어요. 집을 찾아서 문을 두드렸죠. 답이 없었어요. 그래서 평소처럼 "저, 다름이 아니라 의사인데요" 하고 문을 열고 들여다봤죠.

통로가 있었는데 그 끝에는 주방과 응접실 문이, 앞쪽으로는 계단이 있었어요. 거기 남자가 있었죠. 다리가 계단 위에 떠 있었어요. 가까운 사람이 아닌 의사에게 발견되고 싶어서 왕진을 요청하지 않았나 생각해요. 그러길 바랐습니다. 의사가 좀 더 일찍 와주길 바란 게 아니고요. 그런 생각을 안 할 수 없지요.

그래서 집 안으로 뛰어 들어가 남자 밑으로 갔습니다. 목에 가해지는 압력을 줄여보려고 남자를 들어 올리려고도 해봤지만 힘이 부족했어요. 그래서 남자를 옆으로 밀고 계단을 올라가 허둥지둥 매듭을 풀어보려고 했어요. 등반을 해본 경험은 있지만 매듭에는 별 소질이 없어요. 그때 이런 기분이 들었어요. 잘 설명할 수는 없지만 뭐랄까, '나는 정말 가망 없는 사람이구나, 매듭 하나 풀지 못하고. 이런 매듭도 못 풀다니 내 잘못이야.' 그래서 다시 남자를 밀고 계단을 뛰어 내려와서 주방으로 갔어요. 식칼을 찾아서 다시 계단으로 올라갔죠. 남자의 다리를 밀치고요. 칼로 줄을 썰고 또 썰고 또 썰었는데 날이

때로는 낮에도 어둠이 있다.

무딘 거예요. 결국에는 그 집에서 전화기를 찾아 긴급 구조 요청을 했어요. 제가 그 남자를 내리지는 못했어요.

제가 설명하고 싶은 건 그러니까 내가 아무 쓸모없었다는 생각, 그 실패했다는 기분이에요. '난 아무 짝에도 쓸모가 없구나. 이 길을 갈 능력이 내게 없구나' 하는 기분 말이죠. 너무 어리고 너무 가망이 없다는 기분이 들었어요. 좀 이따가 경찰이 오고 구급 대원들이 왔어요. 전 그 자리를 떠났고요. 남자를 내리는 모습은 보지 못했어요. 그 길로 곧바로 다른 집 두 곳으로 왕진을 하러 갔어요. 진료소로 돌아온 뒤에는 바로 저녁 진료를 시작했어요. 동료를 만나지도 않았고 끝나고는 바로 집으로 갔어요. 그 일을 입에 담지도 않았죠. 요즘 같았으면 그럴 수 없었을 거예요. 요즘 같으면 이야기하겠죠. '주요 사건'으로 분류될 거예요. 하지만 당시에는 '주요 사건 분석' 같은 건 하지 않았어요. 그래서 업무적으로는 거기서 끝난 거예요. 제가 그 집을 나선 순간. 좀 전에 일기장도 훑어봤는데 기록도 해놓지 않았어요. 남편도 기억을 못 해요. 제가 아무 말 하지 않았을 수도 있겠죠. 기억은 잘 안 나요.

그게 제 첫 번째 자살 환자였어요.

사실 저희 아버지의 아버지도 스스로 목을 맸는데, 삼촌이 발견했어요. 전 할아버지를 본 적은 없지만 그 일이 아버지 집안에 커다란 그림자를 드리웠고 제가 가장 좋아하던 삼촌에게 그 일이 어떤 충격을 줬는지 저도 알고 있어요. 그래서 한편으로는 그 남자가 절 부른 게 다행스러운 것 같아요. 남자의 가족이 발견한 게 아니라서 다행이에요. 그 일이 저한테 어떤 짐이 됐든 저희 삼촌이 겪은 일에 비하면 별거 아니거든요. 아버지도 그때 이야기는 별로 안 하셨지만 이런 말씀을 한 적은 있어요. '삼촌이 그 일로 꽤 힘들어했어.' 그게 다였어요. 의사들은 저마다 끔찍하다고 여기는 게 있겠지만 저는 목을 매단 죽음이 아주 힘들어요. 이런 사건을 몇 차례 겪었는데 매번 다른 이유에서 괴로웠고 그때 느껴지는 철저한 무력감은 정말 끔찍합니다. 의사로서 우리는 유용한 존재이고 싶어 하거든요. 쓸모 있는 게 익숙한 사람들이에요. 심지어 누군가 죽어가고 있더라도 대개의 경우 저는 환자가 좀 더 편안히 그 길을 갈 수 있도록 도와줄 수 있거든요. 그래서 자살의 경우에는 정말 비할 데 없는 패배감을 느껴요. 그렇지 않겠어요? 완벽한 패배예요.

자살 사고가 의심되는 환자들을 볼 때마다 지극히 생생하게 되살아나는 기억이 바로 이거예요."

이 골짜기 마을에 살며 일하는 의사와 몇 개월에 걸쳐 이야기를 나누는 동안 자살이라는 주제는 여러 차례 고개를 내민다. 낙천적인 사고로 똘똘 뭉쳐 있는 여성의 입에서 나오는 말이라 더욱 놀랍다. 의사의 이야기에 등장하는 자살로 인한 사망 사건만 해도 여덟 건이다. 의사는 관련된 배경 이야기 한 조각을 들려주거나 그 뒷이야기를 살짝 보여주면서, 답을 찾기 힘든 의문점들, 혹은 뒤에 남은 돌이킬 수 없는 슬픔에 대해 넌지시 이야기를 건넨다. 처음에는 이것이 존 사샬의 마지막 선택, 혹은 의사가 만나본 적도 없는 할아버지가 드리운 어두운 그림자 때문인가 싶었다. 그렇지만 이런 곳에서 일반의가 하는 일이 어떤 일인지 잊어서는 안 된다. 이 의사는 알고보면 환자들에게 벌어지는 몸과 마음의 모든 심각한 위기와 마주하는 최초의 사람, 문지기 의사이다. 의사로서의 책임, 그리고 환자들과의 관계는 의사의 삶을 정의하게 되었다. 의사는 아무리 가혹한 환경에서도 성실하게 노력하고 끝까지 희망을 놓지 않겠다는 적극적인 결의를 가지면 늘 도움이 된다고 믿는다. 그리고 그 믿음 위에 자신의 삶을 쌓아 올렸다. 그래서 그 믿음이 부정당할 때면 표류하는 기분이 든다.

의사는 이 직업을 택한 뒤 자살로 인한 사망을 총 열한 건 겪었다. 평균 2년에 한 건이다. 청소년부터 노년에 이르는 환자들의 수많은 자살 시도는 말할 것도 없다. 그뿐만 아니라 자살 방지 노력, 즉 신호를 감지하고 너무 늦기 전에 도움을 주는 일도 물론 의사의 임무에 속한다. 자살 사고가 있거나 자해 경험이 있는 환자들은 매주 의사의 진료실에 나타난다. 매일 보일 때도 있다. 전국의 모든 일반의와 마찬가지로 의사는 보통 사람에 비해 절망에 찌든 얼굴에 익숙하다.

2018년 연구에 따르면 자살로 인한 사망 사건이 한 건 일어났을 때 최대 135명이 의학적 혹은 영적 도움이 필요하다고 한다.[3] 이렇게 한 사람이 목숨을 잃으면 그 충격파는 가족과 친구, 마을 구석구석에까지 미치고 상처는 수십 년 동안 사라지지 않는다. 골짜기 마을 같은 지역 공동체에서 그 슬픔은 의사도 느낄 수 있는 짙은 슬픔이다. 세월이 흐르는 동안 의사가 깨달은 점이 있다면 그것은 자기를 보호하기 위해 차단해 버릴 수 있는 슬픔이 아니다. 연민과 존재감으로 안고 가야 하는 슬픔이며 저녁이면 어떻게든, 어떻게든, 놓아주어야 하는 슬픔이기도 하다.

의사는 힘들 때 다시 균형을 찾을 수 있게 도와주는 것들을 아래와 같이 나열한다.

음악(크게).

운동(격렬하게).

독서(한 번에 소설 한 권과 비소설 한 권을 꼭 들고 다님).

자연(매일 들꽃 향기를 머금거나 비에 젖은 공기를 마셔야 함).

동물(목초지의 말과 사랑하는 반려견 세 마리).

가족(20년 넘게 함께 산 남편, 그리고 엄마를 모함mothership으로 부르기 시작한 청소년기의 두 아들. 그동안 두 아들이 붙여준 별명 가운데 가장 마음에 든다).

최대의 효과를 보기 위해 의사는 위 약물을 혼합해서 복용한다. 사실상 의사가 일을 수행하고 앞으로도 계속해 나가기 위해 꼭 필요한 도구로서 왕진 가방 안에 있는 내용물이나 수년에 걸친 수련 과정만큼이나 중요하

다. 이런 도구들 덕분에 의사는 행복하고 온전하며, 회복력이 강한 사람이 될 수 있다.

이 모든 것은 환자들도 잘 알고 있고 환자들로부터 숨겨진 어떤 평행 우주에서의 존재 방식이 아니다. 이런 마을에서는 숨기조차 힘들지만 의사는 의도적으로 그러지 않기로 선택했고 사람들도 이를 실감한다. 마을 사람들은 의사의 남편을 알고 있고, 두 아들이 커가는 모습을 봤으며, 안부를 묻는다. 진료소에서 환자를 보지 않을 때 어떻게 시간을 보내는지도 안다. 한 환자는 의사가 시냇가 축축한 길을 따라 터벅터벅 걸어가며 헤드폰에서 나오는 1980년대 유행가를 따라 부르는 소리를 듣고 즐거워한다. 또 다른 환자는 어느 일요일 아침 숲속에서 두 아들과 함께 산책하는 의사의 모습을 목격한다. 그런데 놀랍게도 의사의 목에 청진기가 걸려 있다. 언제든 순식간에 직업인의 모습으로 돌변할 준비가 되어 있는 것 같다. 가까이 다가가서 보니 청진기가 아니라 고무줄 새총이다. 환자는 의사에게 이 말을 하고 둘은 한바탕 웃다가 각자 가던 길을 간다. 의사는 단지 의료 서비스를 제공하는 사람, 환자는 그 서비스를 받는 사람에 그치지 않는다. 둘 사이의 관계는 거래 관계가 아니다. 의사는 그들의 일부이다.

이 또한 의사를 행복하고 온전하며, 회복력이 강한 사람으로 만들어준다.

지난 50년간 일반 의료는 다른 어떤 분야보다 남녀 균형에서 큰 변화를 겪었다. 《행운아》가 나왔을 때 여성 가정의는 전체의 25퍼센트 이하였다. 40년 이후인 2007년, 런던에서 온 젊은 의사가 존 사샬의 진료소에서 풀타임 파트너 의사가 된 바로 그해 수치는 42퍼센트로 치솟은 상태였다. 2014년에는 여성 일반의가 최초로 전체 일반의의 대다수를 차지하게 되면서 그 균형이 기울어졌다. 이듬해 일반의료위원회General Medical Council가 수련 중인 일반의를 주제로 발표한 자료에 따르면 수련의 69퍼센트가 여성으로 남성의 두 배였다. 일반 의료의 미래가 여성의 손에 달렸다는 데 반론의 여지가 없다.

의사는 이 광범위한 변화에 대해 일반 의료가 좀 더 가정 친화적인 의료 전문 분야 중 하나이기 때문이라고 설명한다. 의사 자신도 늘 아이를 갖기 원했고 이것이 이십 대 후반 직업과 관련한 의사 결정을 내릴 때 중요한 고려 사항이었다고 한다. 그런데도 결코, 단 한 번도, 엄마이고 여성이기 때문에 주저한 적은 없다고 말한다. 오히려 지금의 자신을 만들었다고 말한다. 엄마이고 여성이기에 더 나은 의사가 될 수 있었다는 것이다.

이 부분은 좀 더 자세히 들여다볼 필요가 있다. 집안의 생계를 주로 책임지는 의사는 재빨리 힘주어 말한다. 두 아들이 태어났을 때 녹음실 기술자인 남편이 일을 잠시 중단한 덕분에 풀타임으로 일할 수 있었고 그 덕분에 자신의 경력을 쌓을 수 있었다는 것이다.

"남편은 제가 의지하는 바위 같은 사람이에요. 정신적으로도 물론 그렇지만 아주 실질적인 의미에서도 그렇죠. 아주 훌륭한 아빠예요. 남편이 청혼했을 때 그런 생각을 했던 건 아니에요. 계획한 게 아니라는 거죠. 그냥 운이 좋았던 것 같아요. 어쨌든 직업이 있는 엄마한테는 인생이 바뀌는 일이죠. 순전히 운이 좋았기 때문이에요."

의사의 남편에게 물었더니 이렇게 말한다.

"우리는 한 팀이에요. 일이 되게 만들죠. 보통은 의사가 남자이고 그 의사를 돌보는 건 아내의 역할이었죠. 우리는 그냥 그걸 반대로 하고 있을 뿐이에요. 아내가 해야 할 일을 잘할 수 있도록 말이죠. 제가 없으면 아마 못 할 거예요."

"뭘 못 해?" 의사가 온기 가득한 주방 안으로 들어오면서 묻는다.

"자기 일 말이야."

"어림도 없지." 의사가 맞장구를 친다.

결혼 생활을 하면서 의사는 공과 사를 일종의 평형 상태로 유지하려고 애를 썼다. 가족과 자신을 위해서 애쓴 것도 있지만 환자들을 위한 노력이기도 했다. 모성을 지우지 않는 직업과 직업을 지우지 않는 모성이란 페미니즘의 관점에서 매우 신선하지만 의사는 딱히 그런 의도를 가지고 노력한 것은 아니다. 젠더 자체가 큰 의미를 갖지는 않는다. 일을 지속할 수 있게 만들어주고 일의 압박을 버틸 수 있게 도와주는 평형 상태가 중요하다. 균형만 잘 맞으면 일에서 더할 나위 없이 큰 보람을 얻을 수 있다. 환자와의 관계를 돈독하게 하는 데 가장 중요한 요소는 대부분의 날을 환자들의 곁에서 보내는 것이다. 환자와의 관계가 튼튼하고 깊게 뿌리내리면 환자에게만 좋은 것이 아니다. 의사에게도 좋다.

이곳은 한때는 다들 마을이라고 불렀고 지도에도 그렇게 표시되어 있다. 그렇다고는 하지만 나무들과 울창한 산울타리 사이에는 어떤 표지판도 없다. 이 골짜기에서 수년을 살고도 땅딸막한 돌집들이 별자리처럼 무리지어 있는 이곳에 한 번도 와보지 못할 수 있다. 돌집들은 봉건 시대부터 내려온 경계를 따라 조각보처럼 이어진 밭뙈기들 사이에 자리를 잡고 있다. 다른 어딘가로 가는 길에 지나칠 수 있는 곳도 아니고, 숲에서 길을 잃어

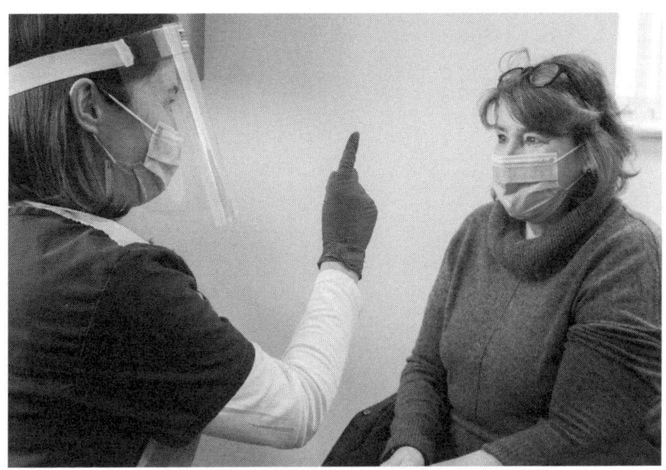

아주 멀리 온 게 아니라면 우연히 만날 수 있는 곳도 아니다. 길을 잃어 한 번은 가봤을지 몰라도 두 번 찾을 수 있다는 보장은 없다. 평소 길을 찾을 때 쓰는 방법은 먹히지 않는다. 마을이라고 하기에는 힘든 숲속의 그곳은 실로 알쏭달쏭한, 천변만화하는 성질을 가진 곳으로 마치 에스허르Escher가 기하학을 버리고 수목 재배에 관심을 가졌다면, 그리고 관점에 따라 계절에 따라 전혀 낯선 곳으로 바뀌는, 잎이 무성한 공간을 만들었다면 아마 이곳처럼 생겼을 것이다.

20년 동안 의사는 여기서 직선거리로 약 1마일 떨어진 곳에 살았다. 강의 지류가 고원 위에서 강을 향해 굴러떨어지듯 흘러내리는 가파른 계곡 건너편이 의사의 집이다. 그런데도 의사는 개울 건너편에 왕진을 하러 갈 때마다 길을 잃는 편이다. 얼마 전부터는 개들을 데리고 걸어가는 쪽을 선호한다. 차를 이용하지도 않고 요즘 왕진하러 갈 때 주로 타는 전기 자전거는 가져갈 시도조차 하지 않는다. 걸어서 가면 마치 수축한 모세 혈관 같은 길에서 차를 돌리려다 범퍼를 긁는 일도 없고 숲속으로 굽이치다 급격히 아래로 떨어지는 미로 같은 길에서 자전거와 분리되어 내동댕이쳐지는 일도 없다. 걷는 속도로 시행착오를 반복하며 길을 찾을 수 있다면 좀 더 일찍, 좀 더 차분하고 말끔한 상태로 도착할 수 있다. 오늘 의사는 가을 오후의 눅눅한 잿빛을 뚫고, 전화로 숨이 가쁜 증상을 호소했던 어느 노년 여성을 만나러 가고 있다.

10분 동안 사립문 세 개를 열었다. 다행히 세 번째에는 제대로 찾아왔다. 응접실 창문에 걸린 꽃무늬 커튼을 보니 기억이 난다. 이 외딴 동네에서 누가 훔쳐보기라도 할까 언제나 커튼을 치고 사는 여성의 집이다. 여자는 사립문이 열리는 소리를 듣고 의사가 현관에 도달하기도 전에 문을 연다.

"어서 들어오세요." 여자는 의사의 직함과 성을 부르며 맞이한다.

"잘 오셨어요. 기다리고 있었어요."

의사는 개들의 목줄을 현관 계단 아래에 있는 무쇠 신발 긁개에 걸고 본능적으로 고개를 숙이며 낮은 현관문으로 들어간다. 집에는 습한 기운이 돈다. 나이 든 여자는 재빨리 현관문을 닫아 잠근다. 문고리도 잠그고 위아래로 있는 두 개의 보조 잠금장치도 채운다. 의사가 진료를 시작하기 전에 손을 씻어도 될지 묻자 여자는 의사를 비좁은 주방으로 안내한다. 그리고 철제 싱크대 옆에 놓인 색이 바랜 파란 수건을 톡톡 두드린 다음 주방에 있는 커튼도 단단히 친다. 주방 중앙에 놓인 포마이카 식탁에는 종이와 편지, 서류 등이 가득 쌓여 있다. 의사가 수건에 손을 닦는 동안 여자가 식탁에 앉는다.

숨이 가쁘면 매우 불편할 수 있다고 말하며 의사는 배낭에서 청진기와 체온계, 산소 포화도 측정기를 꺼낸다.

"정말 지독했어요." 여자가 평소와 다름없는 얼굴로 말한다.

세월이 드러나는 얼굴이지만 그런데도 활기 있어 보이고 뺨에는 혈색이 돈다.

"끔찍해요. 세상에 산소가 충분치 않은 기분이에요."

의사는 곧바로 심장과 폐의 상태를 확인하자고 한다.

"그럴 필요는 없을 것 같아요." 여자가 말한다.

"일단 제가 여기 있는 것들을 좀 보여드리고 싶어요."

여자는 목에 걸려 있는 안경을 올려 쓰고, 작고 빨간 사과로 가득한 과일 그릇 위에서 균형을 잡고 있는 서류 한 뭉치를 들어 올린다.

"하나 드세요. 바깥에 있는 나무에서 딴 거예요."

여자는 서류에 시선을 고정한 채 시급한 일이라는 듯 종이를 뒤적이며 말을 잇는다.

"자 이걸 보세요. 이러니 사람이 안 아프고 배겨요."

여자는 이웃과 겪고 있는 주택 증축 문제와 관련해서 한참을 이야기한다. 이웃은 여자의 과수원 건너편에 있는 집으로 최근 새로 이사를 온 사람들이다. 여자는 수많은 서류를 한 장 한 장 펼쳐놓는다. 지역구 의원이 보낸 편지, 건축과 공무원, 교구 위원장, 건설 회사, 건축 사무소에서 온 편지, 평면도, 지도, 소유권 증서 등.

"이런 최악의 일은 처음 겪어봐요." 여자가 말한다.

"도대체 말이 안 돼요. 우리 집안은 1930년대부터 이 집에서 살았어요. 선생님은 잘 모르시겠죠. 새로 오셨으니까. 아니, 어쨌든 여기 산 지 얼마 안 된 편이잖아요. 아무튼 먼저 세상을 떠난 우리 남편 집안은 우리보다 훨씬 더 일찍부터 여기 살았어요. 우리 시아버지가 지금은 폐쇄된 철길을 건설하셨고 저 과수원도 손수 심으셨어요. 그런데 외지 사람들이 이렇게 들어와서 이 동네가 다제 것인 양 멀쩡한 집을, 아주 예쁘고 유서가 깊은 집을 유리로 확장하고 차고까지 만들어 거대하게 바꿔놓으려고 하는 거예요. 차고라니 말이 돼요? 전망을 최대로 확보하고 싶다는데 왜 그럴까요? 전망을 보고 싶으면 그냥 집 뒤편으로 걸어 올라가면 되잖아요. 선생님, 저 이것 때문에 못 살겠어요."

계곡의 비스듬한 경사면에는 석공들의 옛집이 여기저기 흩어져 있다. 수백 년 전, 돼지우리나 외양간이던 곳에 숲에서 가져온 커다란 돌덩이를 일일이 쌓아 방 한 칸 두께의 집을 만든 경우가 많다. 대부분 심한 눈비를 등질 수 있는 방향으로 지어졌다. 강어귀에서 불어와 북쪽으로 밀려 올라가는 바람이 깔때기처럼 가파른 계곡 사면을 통과하면서 혹독한 비바람이 몰아치곤 했기 때문이다. 현대 사회로 들어와서는 중앙난방 덕분에 '전망'에 대한 굳은 집착이 생겼지만 그 옛날에는 비바람이 집으로 들이치지 못하게 하는 것이 훨씬 더 중요했다. 하지만 지난 50년 동안 특정한 부류의 부유한 계층이 바람과 함께 들어와 계곡 위쪽으로 거슬러 올라갔다. 스스로 노동자라고 생각하는 사람은 더 이상 이런 숲속 집을 구입할 수 없다. 대부분의 집은 계곡이 내려다보이는 창, 정원이 보이는 방, 일광욕을 할 수 있는 테라스가 있는 구조로, 마치 거듭 쓰고 지운 양피지처럼 확장되고 또 확장되었다.

"우리 동네 돌집들이 감자 줄기처럼 불어나고 있어요." 한때 이곳에 살았던 주민이 서글프게 이야기한다.

단순했던 과거로 돌아가고 싶은 마음이 이 연로한 여성의 허파로부터 숨을 앗아간 것으로 보인다. 여자는 하소연을 멈추지 않는다. 증축 분쟁의 온갖 세부적인 사항을 장황하게 늘어놓는다. 의사는 여자가 원하는 대로 말을 하게 둔다. 들고 있던 의료 장비는 식탁 위에 두고 여자가 한 장씩 내미는 서류를 들여다본다. 어느새 무릎 위에 서류가 한가득이다. 의사가 상당한 시간을 들여 설득한 후에야 숨이 가쁜 증상에 대한 이야기를 시작할 수 있다. 여자는 마지못해 의사에게 진찰을 허락한다. 의사는 혈압을 재고 맥박, 체온, 산소 포화도를 확인한다. 그리고 심방세동이 없는지 심장 소리를 듣고, 폐에도 염증이 없는지 잘 들어본다. 그동안에도 환자는 입을 다물지 않는다.

"별문제 없을 거예요, 선생님. 문제는 옆집에 새로 이사 온 사람들이에요."

두 사람은 어두운 응접실로 들어간다. 여자를 소파에 눕히고 복부를 만져보아야 한다. 복부의 종양은 폐를 밀어 올려 숨이 차게 만들 수 있다. 하지만 두 사람 모두가 생각한 대로 여자의 창백한 피부밑으로는 별다른 이상이 만져지지 않는다. 불안, 외로움, 의분이 있을 뿐이다.

45분이 족히 지난 뒤 나이 든 여성의 화가 가라앉았다. 의사는 자리에서 일어선다.

"어떻게 해야 할지 잘 모르겠지만 이건 아셨으면 좋겠어요, 선생님. 이렇게 털어놓으니까 몸이 훨씬 나아졌어요. 숨도 덜 가쁜 것 같아요. 감사합니다."

여자가 현관의 잠금장치를 풀면서 이야기한다.

어느새 해가 기울었다. 이처럼 오래 머물지 몰랐기에 의사는 손전등을 가지고 오지 않았고, 휴대폰 배터리는 얼마 남지 않아 숲을 가로질러 돌아가는 길을 찾기가 힘들다. 익숙한 언덕배기를 찾아 먹색 하늘을 올려다본다. 손가락 끝으로 각각의 나무의 거친 수피를 건드려본다. 오래된 옛날로 되돌아간 느낌이다. 개 한 마리가 어디서 긴 막대기를 찾아 입에 문 탓에 잊을만하면 막대가 의사의 종아리 뒤쪽을 건드린다. 매번 의사는 깜짝 놀라 뒤를 돌아본다. 집에 가는 길은 멀고 숲은 우단처럼 검다. 부엉이가 울고 박쥐가 나무 사이로 휙휙 날아다닌다.

"아프지 않지만 걱정이 많은 환자the worried well"라는 표현을 의사는 특히 싫어한다. 환자가 호소하는 증상이나 염려가 병리학적으로 깔끔하게 전개되지 않는 경우 이런 별명을 붙인다. 의사가 듣기에 이 용어는 환자를 간단히 무시해 버리는 인상이 있고, 이것은 의사가 지난 세월 오랜 시간에 걸쳐 축적된 관계의 복잡다단한 층위에 대해서 배운 모든 지식에 위배된다. 게다가 우리 편과 상대편을 구분하는 기분 나쁜 인상을 준다. 의사의 관심이 필요한 우리 편이 있는 반면 상대편은 의사의 시간을 낭비하고 있다는 함축적인 의미를 담고 있다. 하지만 모든 환자에게 시간과 관심을 할애할 의무는 의사가 하는 일의 가장 핵심에 있다. 정책 입안자들과 일부 의사들이 이 표현을 점점 더 많이 사용하고는 있지만 골짜기 의사와 같은 생각을 하는 사람들도 없지 않다. 《영국일반의학저널》에 최근 게재된 글에서는 "아프지 않지만 걱정이 많은 환자"라는 꼬리표를 쓰지 말아야 한다고 직설적으로 주장하면서[4], 환자를 안심시키는 일은 일반의가 환자들에게 제공할 수 있는 가장 필수적인 서비스에 속한다고 말한다. 그 환자가 아프든, 아프지 않든 그 중간 어딘가에 있든 말이다. 환자를 달래는 행위는 단지 "자, 자, 걱정 마세요, 심장 마비가 온 게 아니에요"라고 말을 하는 데서 그치지 않는다. 내게 호소할 시간이 주어지고 누군가 들어줄 것이라는 생각, 즉 내가 무슨 일을 겪고 있든 의사가 증인이 되어줄 것이라는 이해를 바탕으로 하고 있다. 요점은 들어주고 달래주는 행위가, 있으면 좋고 없어도 그만인 행위가 아니라는 사실이다. 의미 있는 데이터 값을 확보해서 추후에 제공하는 의료 서비스에 도움을 줄 수도 있고, 더 중요하게는 의사와 환자 간의 신뢰를 구성하는 핵심적인 요소로 기능한다. 친절한 행위인 것이다. 친절은 사람을 기분 좋게 만드는 중요한 요소이다.

지난주, 한 환자가 아내와 함께 진료를 보러 왔다. 아내는 남편이 "이상한 증세"를 보였다고 말했다. 토요일 밤에 갑작스러운 가슴 통증을 느끼고 소리를 질렀다는 것이다. 의사는 남자를 진찰하고 가슴 엑스레이 촬영과 심전도 검사를 진행했지만 그 현상을 설명할 어떤 근거도 찾을 수 없었다. 아마 단순한 근골격계 경련이고 걱정할 문제는 아닐 것이라고 의사는 말했다. 하지만 아내는 좀처럼 진료실을 떠나려고 하지 않았다. 그 증세를 보였을 때 남편은 TV를 보면서 복권 당첨 번호를 맞춰보고 있었다는 것이다. 아내는 순간적으로 당첨이 되었다고 생각했다. 바로 그 순간 부부가 살고 있던 소박한 단층 주택, 그리고 단조로운 은퇴 생활이 눈앞에서 멀어지고 새로운 광경이 펼쳐졌다. 하늘과 이어져 있는 듯한 드넓은 수영장에 야자수, 노천탕, 화려한 잔에 담긴 칵테일, 그리고 광활한 침대 위 열대 식물이 수놓인 베개. 찌는 듯한 열기가 느껴지고 경쾌한 이국의 기타 소리도 들리는 것 같았다.

"우리는 평생 열심히 일만 했고 열대 지방으로 휴가를 간 적도, 외국에 나가본 적도 없거든요, 그래서⋯⋯ 어쨌든 그게 눈앞에 펼쳐졌다는 거예요."

이후 두 사람은 말없이 주차장으로 나갔다.

의사는 그 이유를 정확히 설명할 수는 없었지만 오랜만에 듣는 매우 슬픈 이야기라고 생각했다. 환자의 아내는 의사를 슬프게 하려고 그 이야기를 한 것이 아니다. 의사가 슬퍼할 거라고는 상상조차 하지 못했을 것이다. 하지만 골짜기 의사로 지낸 세월 동안 의사가 깨달은 것이 있다면 환자의 광범위한 삶에 어느 정도 정서적으로 공감하는 일은 피할 수 없을 뿐만 아니라 좋은 의사가 되기 위해 필수적이라는 사실이다.

부정적인 의미를 가진 또 하나의 문제적 별칭은 바로 "가슴이 철렁하는 환자heartsink patient"라는 표현이다.

1980년대 후반에 만들어졌고 의사들이 널리 사용하는 이 표현은 예약 환자 목록에서 이름을 봤을 때 의사들의 가슴이 철렁하는, '아 제발 이 환자만은' 하고 생각하게 만드는 사람을 말한다. 골짜기 의사에게 이런 환자가 없다면 거짓말이다. 의사에게도 있다. 의사이지 성인은 아닌 까닭이다. 하지만 이 경우 자기 성찰에 익숙한 의사의 성정이 도움이 된다. 모든 상황을 곱씹어 생각하고 또 생각하다가 결국 숲속을 관통하는 길고 격렬한 산책을 통해 마음을 잠재우는 성향 말이다.

현대 일반 의료에서 신성시되는 생각이 하나 있다. 환자와의 만남에서 어떤 역학 관계가 드러났고, 그것이 그 다음에 벌어진 일들과 어떤 상관관계를 갖는지 숙고하는 과정이 의료의 질을 유지하는 데 필수적이라는 생각이다. 무엇이 성공하고 무엇이 실패했는지 왜 그렇게 되었는지 찬찬히 검토해 보는 일은 좋은 의사가 안일한 태도에 빠지지 않고 실수로부터 배움을 얻을 수 있는 방법이다.

골짜기에서 일을 시작한 지 10년 정도 지난 시점에 의사는 근무 평가 중 한 특정 환자에 대한 이야기를 꺼내게 되었다. 그 환자는 의사의 가슴을 철렁하게 만드는 타고난 재주가 있는 환자였다. 인정하기 싫었지만 그 여자는 정말 골치가 아프고 공격적이었으며 비협조적이었다. 환자가 진료소에 나타날 때면 의사의 가슴에 울화가 치밀었는데 자주 나타나기까지 했다. 근무 평가를 담당하고 있던 직원은 "가슴이 철렁하는" 현상에 대한 새로운 연구[5]가 나와 있으니 그걸 보면 새로운 시각이 생길

지도 모를 것이라고 말했다. 의사는 그렇게 했고 깨달음을 얻었다. 먼저, 연구에 따르면 실력이 부족하고 경험이 부족한 의사일수록 "가슴이 철렁하는 환자"의 비율이 더 높았다. (여전히 1등이 중요한 모범생 의사에게 좋은 자극이 되었다.) 무엇보다 연구는 이것을 환자의 문제로 외부화하는 것이 근본적으로 잘못되었다고 말하고 있었다. 실제로 정서 반응으로서 "가슴이 철렁하는 기분"은 의사에게 속한 것으로 해결할 책임도 의사에게 있었다. 의료기기 중 하나가 고장 나서 문제가 있다면 이를 해결하는 것은 의사의 책임이듯이 말이다. 어떤 면에서 사실이었다. 환자와의 관계에 문제가 있다면 무시해서 해결되는 것은 없었다. 그러니 문제를 직시하고 왜 그 환자를 볼 때마다 그런 감정이 드는지, 그런 감정이 어떤 반응으로 이어지는지 캐물은 다음, 그 감정을 재정의하고 반응을 조절하기 위한 전략을 적극적으로 펼쳐야 했다.

이러한 발견은 의사가 골치 아픈 환자, 말썽을 부리는 특정 환자들에게 접근하는 방식을 근본적으로 바꿔놓았다. 그 결과 환자들은 더 이상 전처럼 의사를 심란하게 만들지 않았고 시간이 갈수록 의사는 더 행복하게 일을 할 수 있었다. 이번에도 역시 마음과 머리를 동시에 쓰는 부지런하고 융통성 있는 접근법이 필요했던 것이다. 요즘 이 의사의 가슴을 철렁하게 하는 환자는 거의 없다.

"엄마 아빠는 옛날 사람이에요." 건너편 의자에서 안

절부절못하고 있는 환자가 말한다.

오늘날 젊은 사람들이 어떤 세상에서 사는지 이해하지 못한다고, 아무것도 이해하지 못한다고 말한다.

"절 이해 못 하는 건 확실해요. 제가 황당하다고 생각해요. 이게 무슨 유행이라고 생각해요."

의사는 어린 환자의 부모를 알고 있다. 하지만 부모와 이 문제에 대해서 의논한 적은 없다. 마을 가장자리에 새로 지어진 주택 두 곳 중 더 세련된 곳에서 깔끔한 정원을 가꾸며 사는 부부는 아마도 집 밖 그 누구와도 이 문제에 대해서 이야기해 본 적이 없을 것이다. 부부의 삶은 미개한 자연이 몰려들지 못하게 막을 철저한 준비가 되어 있는 듯하다. 짧게 깎은 잔디를 그 너머의 무성한 초지와 숲과 구분하는 울타리마저 분명하게 수직으로 떨어진다.

형제 세 명 중 둘째인 환자는 항상 "어딘가 부자연스러운 아이"였고 (의사의 말이 아닌 부모의 말이다.) "호들갑이 심하고" "허튼소리"를 곧잘 했다. 환자의 말을 듣자면 엄마, 아빠는 그저 외면하는 중이며, 마치 현실이 아닌 것처럼 그런 게 없는 것처럼 무시하고 있다.

"절 무시하고 있는 거죠." 환자가 두 눈을 동그랗게 뜨고 의사에게 말한다.

의사는 환자가 한창 사춘기일 때 만나 지난 4~5년 동안 지켜봤다. 처음 나타난 증상은 급성 불안 장애 증상이었고 의사는 몇 달간 아이가 학교에서 겪는 문제들에 대해 이야기를 나누었다. 십 대 청소년인 환자는 갈색 교복을 늘 불편하게 여기는 것 같았다. 심지어 그 아래 자신

의 살갗마저 불편해하고 있는 듯했다. 아이의 어머니는 여기에 대해 어이가 없다는 표정을 하며 여자 친구가 생기면 달라질 거라는 식으로 말했다. 어린 환자는 그 이후 진료실에 엄마와 함께 오지 않았다. 이제 모든 진료 예약에 혼자 온다. 일과가 끝난 뒤 버스에서 내리면 집에 가는 대신 곧장 진료소로 향한다. 곧잘 초조해하고 반사적으로 미안하다는 말을 내뱉는 환자이지만 시간이 지나면서 마음을 열었다. 의사는 하루의 끝, 진료소 밖 가로등이 딸깍 켜질 때 시작되는 이 환자와의 만남을 즐긴다. 머리카락을 가차 없이 짧게 자르고 와 계속 만지작거리는 날도 있다. 그런 날이면 환자는 두상을 따라 짧게 돋친 머리털을 마치 혹독한 바람을 막으려는 듯 손바닥으로 어루만진다. 의사는 아마도 부모가 이런 스포츠머리를 원했을 것이라고 짐작한다. 꽤나 긴 머리로 올 때도 있다. 그럴 때면 환자가 고개를 돌리며 머리칼이 움직이는 순간의 느낌을 즐기는 게 보인다.

"전 항상 제 몸이 제 자신과 맞지 않는다고 느껴왔어요." 환자가 불쑥 이렇게 말했다.

약 1년 전이었다.

"속에 있는 제 자신과 말이에요."

의사는 이런 가능성에 대해 의식적으로 고려한 적이 없었지만 진료 시간이 끝나갈 무렵, 그전에 나누었던 대화와는 전혀 상관없이 불쑥 튀어나온 환자의 말을 듣고 놀라지는 않았다.

이어진 몇 번의 만남을 통해서 의사는 이런 기분이 환자의 삶에서 매일 반복된 오래된 감정이라는 사실을 깨달았다. 이런 이야기를 나눌 때면 환자의 태도도 더 자신 있어 보였다. 환자는 어린 시절 사촌 형제의 잠옷을 입어본 이후로 늘 알고 있었다고 말한다. 하지만 엄마, 아빠로부터 이를 숨겨야 한다는 사실도 잘 알았다. 그러나 온라인을 통해 도움을 구하고, 수개월에 걸쳐 낯선 사람들과 친구가 되며 이야기를 나눈 덕에 의사에게 말을 꺼낼 용기가 생겼고 무슨 말을 어떻게 해야 할지 알게 되었다. 의사가 젠더 정체성 상담실을 추천하고 어린 환자가 이를 수락한 날, 환자는 의사에게 포옹해도 될지 물었다. 의사는 기꺼이 허락했고 정말 큰일을 해냈다고 말했다.

의사에게 성전환 환자가 여럿 있다. 호르몬제를 처방받아 섭취하며 선택한 성별로 기쁘게 살아가는 사람들이다. 특히 민감하게 다루어야 하는 건강 문제가 생기는 경우도 있다. 남자로 살아가는 환자가 자궁경부암 검사를 받아야 하는 경우라든가, 수년 동안 여성으로 살아온 환자에게 전립선암 검사가 필요한 경우도 있다. 하지만 상대를 존중하며 솔직하게 대화하는 한 그 대화는 의사가 진료실에서 여느 환자들과 나누는 수많은 민감한 대화들과 다를 게 없다고 의사는 말한다.

하지만 이 지역에 사는 사람들이 젠더 정체성 상담실에서 상담을 받으려면 2년 이상을 기다려야 한다. 어린 환자의 현실 세계에서 이 문제로 이야기를 나눌 사람은 자신이 유일할 수 있다는 생각에 의사는 상담실에 소견서를 보낸 뒤에도 한 달에 한 번 정도 진료를 잡아 환자를 관리한다. 충분하지는 않다는 것을 알지만 의사로서는 최선의 노력이다. 의사는 이 환자가 지루한 대기 기간을 버티는 동안, 중요한 결정에 대해 고민하고 부모와의 관계를 고민하는 동안, 환자의 정신적인 상태를 지켜보고자 한다. 의사는 환자가 대화를 주도하도록 내버려둔다. 10분간의 자유 발언 시간이 찾아오면 둘은 주제를 가리지 않고 이야기한다. 가령, 인칭대명사의 문제(남성에서 성별 구별이 없는 대명사로 바꾸는 문제는 정서적으로 루비콘강을 건너는 문제이다), 가장 친한 친구에게 언제 이야기할지의 문제(아직은 때가 아니라고 환자는 말한다), 여전히 이것이 옳은 결정인가 하는 문제(옳다, 옳다, 옳다), 그리고 환자가 유독 이야기하고 싶어 하는 것들, 즉 패션과 머리와 메이크업에 관한 이야기다.

"오늘은 정말 편해요."

환자는 이야기를 하면서 티셔츠에 그려진 줄무늬, 청바지 허벅지에 진 주름을 매만진다.

"정말 저다운 옷을 입었거든요. 마음에 꼭 들어요."

의사는 패션에 대해서 깊이 생각하는 사람이 아니다. 자기 옷뿐만 아니라 남의 옷에 대해서도 마찬가지다. 그래서 환자가 오늘 입은 옷이 평소에 입는 옷과 어떻게 다른지 딱히 알 수 없다. 의사의 눈에는 그 옷이 더 여성스러워 보이지 않는다. 하지만 그 즉시 의사 내면의 목소리가 끼어든다.

"네가 뭘 알겠니?"

의사의 옷장에는 공적인 자리에 적합한 원피스가 한두 벌 있고 그걸 입으면 기분이 좋아지고는 한다. 학회에 갈 때 혹은 기분이 처질 때 입는다. 하지만 패션에 대해 세세하게 들어가면 의사는 할 말이 없어진다. 의사는 이런 이야기를 하며 사과를 건네고 "옷에 대해서는 정말 아는 게 없다"라고 말하며 웃는다.

"아이섀도는요? 어떻게 색을 점점 연하게 하는지 아세요?"

의사는 학교를 졸업한 이후 아이섀도를 칠해본 적이 없다고 이야기하며 그때도 실력이 별로였다고 한다. 하지만 시간이 좀 남았으니 인터넷에서 찾아보자고 한다.

진료의 막바지, 의사와 환자는 컴퓨터 모니터를 향해 상체를 기울이고 있고, 지구 반대편에서 한 메이크업 아티스트가 눈꺼풀에 무지개처럼 빛나는 색을 입힌다. 살얼음 언 강물 위로 반사된 차디찬 겨울 햇볕 같다. 세 사람 모두 만면에 미소를 띠고 있다.

골짜기를 얼키설키 덮은 숲과 바위, 모든 나직한 언덕과 완만한 경사면은 태곳적부터 어떤 변화에도 꿈쩍하지 않고 이곳에 있었던 것처럼 보인다. 하지만 사실상 지난 몇 세기 동안 이곳의 숲은 부침을 겪었고 오늘날 골짜기의 모습이 오히려 천 년 전 순수했던 옛 모습에 더 가깝다. 골짜기 사면의 나무들은 윗부분이 잘려나가거나 벌목을 당하기도 했고 숲은 농지로 바뀌었다가 다시 조림되는 일을 반복해서 겪었다. 강을 찍은 옛 사진이나 강 유역을 따라 끝에서 끝으로 이어지던, 지금은 사라진 골짜기 철길을 찍은 사진을 보면 익숙한 언덕이 기이하게 벌거벗고 있는 모습을 종종 볼 수 있다. 마치 의욕이 지나친 이발사가 이발기로 숲을 깎아놓은 것 같다. 그런데도 여기저기 충분히 공경을 받아 도끼를 피한 옛 나무들이 다수 흩어져 있다. 이런 나무들은 담장 옆에 자라기도 하고, 울타리 사이로 혹은 바위 위에 자라면서 바람의 보이지 않는 궤적에 따라 뒤틀린다. 젊고 곧은 모습의 사촌 형제들 사이에서 웅장하고 기이한 모습으로 살아온

고대의 나무들은 수 세기에 걸쳐 덧없고 때로는 모질게도 짧은 인간 생의 말 없는 증인이 된다.

어린 여자아이의 침실 벽에는 말 사진이 붙어 있다. 잡지 《포니PONY》에서 공들여 잘라낸 뒤 블루택 접착제로 나란히 붙인 사진에는 암사슴처럼 예쁜 눈을 가진 말의 얼굴과 파스텔 색상의 굴레가 보이고 "사랑하는 내 친구 포니♥" 같은 문구도 화려한 색상으로 들어가 있다. 의사는 사진이 정말 사랑스럽다고 말하면서 침대에 누운 여자아이의 진찰을 마친 뒤 침대 곁 탁자 옆에 놓인 가방을 싼다. 가장자리가 물결무늬로 장식된 탁자 위에는 손도 대지 않은 것 같은 봉제 인형들이 가지런히 작은 동물원을 이루고 있다. 의사는 여자아이에게 어떤 말을 제일 좋아하냐고 묻는다. 침대에 누운 아이의 파란 눈동자가 위를 향한다. 아이는 눈꺼풀이 무거운 듯 천천히 눈을 깜빡인다. 고개는 가만히 둔 채 시선만 잠깐 벽으로 옮길 뿐 대답은 하지 않는다.

"어떤 게 제일 좋아, 우리 애기?" 침대 발치에 앉은 아이의 엄마가 묻는다.

"저기 까만 말이 좋지, 그렇지? 청록색 굴레를 차고 있는 검은 친구. 저 회색 친구도 정말 예쁘잖아. 저 친구도 정말 좋지? 눈이 아주 예뻐."

"맞아, 회색. 우리 둘 다 개가 좋다고 했어." 아이가 엄마를 보면서 말한다.

"작년에 사진을 붙였거든요." 엄마가 의사에게 말한다.

아이가 과거형으로 말하는 이유를 설명해야 한다고 느낀 것 같다. 아홉 살인 아이는 백혈병이다. 병원에서 치료를 받는 중이고 지난 2년간 집중적인 항암 치료를 받아왔다. 매주 종양내과 전문의가 아이를 보지만 지난 24시간 동안 상태가 안 좋아졌다. 극심한 피로와 숨 가쁨, 그리고 사타구니에 약간의 부종이 있다. 종양내과 전문의는 아이를 큰 병원으로 부르기 전에 일반의에게 진찰을 부탁했다. 흉부에 염증이 없는지 보고 증상을 완화할 수 있을만한 간단한 처치가 있을지 확인해 달라고 했다. 진찰을 마친 의사는 안타깝게도 그런 방법은 없을 것 같다는 결론에 이른다.

골짜기 끝 마을로 이어지는 언덕에 자리한 이 집에는

엄마와 딸 둘뿐이다. 형제도 없고 아빠도 보이지 않는다. 의사는 이유도 모르고 묻지도 않는다. 엄마와 딸은 아주 가까워 보인다. 마치 둘이 한 몸인 듯하다. 환자의 집에 방문할 때 방해를 한다고 느끼는 경우는 드문데, 이 경우에는 그런 느낌을 받는다. 아이와 엄마가 서로에게 얼마나 열심히 집중하고 있는지 의사는 마치 두꺼운 어항 유리로 만든 벽의 반대편에 있는 기분이 든다.

아이는 문득 자세를 바꾸어 의사를 바라본다. 엄마에게는 주스 팩을 갖다 달라고 부탁한다. 두 사람은 계단을 내려가는 엄마의 발걸음 소리에 귀를 기울인다. 부엌문이 닫히는 소리를 들은 아이는 의사에게 침대 옆 탁자 맨 위 서랍에 있는 책을 펼쳐보라고 한다. 엄마한테 줄 편지를 썼다고 한다.

"제가 떠나고 나서 엄마가 읽었으면 해서요." 아이가 단도직입적으로 말한다.

"너무 많이 걱정하지 말라고 하고 싶어요. 아마 많이 슬퍼하실 텐데 제가 편지에 위로의 말을 좀 적어두면 도움이 될 것 같았어요."

아이는 잠시 멈춘 뒤 이렇게 덧붙인다.

"저도 저한테 무슨 일이 일어나고 있는지 알아요."

의사는 아이에게 엄마가 편지에 대해 아는지 물었다. 그리고 편지를 접어 책을 도로 서랍 안에 넣었다. 아이는 재빨리 대답했다.

"아니요. 그리고 엄마한테 아직 말하면 안 돼요. 엄마는 몰라요. 제가 죽는다는 걸 알고 있다는 거 말이에요.

알면 더 이상 못 견디실 거예요."

골짜기에 살면서 의사가 만나본 소아암 말기 환자는 많지 않다. 그리고 환자와 이런 대화를 나눈 적도 처음이다. 하지만 의대에 다닐 때 소아과를 고려했었던 의사는 선택 과목으로 소아 종양학을 공부했기 때문에 죽어가는 아이들이 얼마나 특별하고, 얼마나 초현실적인 모습을 보이는지 알고 있다. 가혹한 투병 과정, 고통, 두려움, 그리고 아이를 보호하려는 타인들로 인해 아이는 "달라진다"라고 의사는 말한다. 달리 표현할 방법이 없다.

"넌 나을 거야, 다 괜찮을 거야" 같은 말로 아이를 위로하고 안심시키려는 마음이 마치 반사 작용처럼 우러나오지만 의사는 이 마음을 억누른다. 그리고 모두가 최선을 다해 할 수 있는 일을 하고 있다는 별 도움이 되지 않는 말을 하면서 침대에 누운 아이에게 넌 참 침착하다고 덧붙인다.

아이 엄마가 계단을 올라오는 소리가 들리자 아이는 미소를 지으며 속삭인다.

"죽을병에 걸리면 빨리 크는 것 같아요. 근데 나중에 엄마한테 편지 보라고 말하는 거 잊지 마세요. 아셨죠?"

길을 거슬러 진료소로 돌아가는 도중 의사는 얼마 안 가 밤나무 숲 옆 공터에 차를 세운다. 수많은 옹이가 진 거대한 밤나무들이 모여 서 있다. 수백 살은 된 것처럼 보이지만 가지 하나하나에서 아직도 어린줄기가 돋아나고 있다. 의사는 시동을 끄고 물끄러미 앞 유리창 밖을 응시한다.

골짜기 의사의 아침은 6시에 시작한다. 칫솔질, 30분 동안 크로스 트레이너로 유산소 운동을 하며 태블릿으로 뉴스 보기, 샤워하기, 커피 마시기, 시리얼 먹기, 점심 때 먹을 샌드위치 만들기, 아이들 마실 차 끓여주고 안아주기, 7시 40분에 집을 나서서 자전거 타고 출근, 비가 오면 자동차를 타고, 8시 이전 도착. 찻물을 올리고 팀원들과 짧은 잡담을 나눈 다음 곧장 밤새 나온 혈액 검사 결과를 확인한다. 추가 검사를 예약하고, 간호사에게 맡길 일은 맡기고, 병원에서 온 편지를 확인하고, 오전 진료 예약을 훑어보면 그날의 진료가 시작된다.

평범한 진료소의 하루라는 것은 딱히 없지만 2019년 후반, 몇 주 있으면 골짜기 진료소에서 일한 지 20년이 되는 의사의 오전은 다음과 같다.

9시, 중년 남성, 우울감.

9시 10분, 젊은 남성, 가슴 통증, 비뇨기 증상.

9시 20분, 노년 남성, 불안으로 인해 수술 취소, 이후 계획과 수술 안 했을 때 위험 논의하기 원함.

9시 30분, 노년 여성, 인도 여행 후 위장염.

9시 40분, 중년 여성, 계획하지 않은 임신, 집안일 많음 (어머니 건강 문제, 청소년 자녀들), 임신 유지가 불가능하다고 생각하지만 그래도 유지하고 싶어 함. 절망적인 심정.

9시 50분, 노년 남성, 고혈압, 전립선 문제.

10시 10분, 중년 여성, 심각한 기관지염, 목 통증.

10시 40분, 중년 여성, 우측 신경통, 두통, 뇌종양일까 매우 불안해함.

10시 50분, 노년 여성, 이따금 다리에 힘 빠짐, 걷기 힘듦, 이유 불확실함, 검진 결과는 정상.

11시, 젊은 남성, 분노 조절, 채무, 최근 출소, 진료소에서 위협적인 행동 보임.

11시 20분, 중년 여성, 호르몬 대체 요법이 더 이상 불가한 탓에 불안함.

11시 30분, 젊은 여성, 불안, 우울, 여러 가지 생활 스트레스.

11시 40분, 중년 남성, 물혹에 염증, 음주 과다, 간 영상 촬영 요청.

11시 50분, 노년 여성, 불안, 우울, 기억력 문제가 이것 때문이길 바람.

12시, 노년 여성, 만성 폐쇄성 폐 질환 추적.

왕진:

노년 남성, 숨 가쁨과 현기증.

노년 여성, 계단에서 넘어짐, 병원 거부.

노년 남성, 일어설 수 없음.

위의 목록은 11월의 그날 아침에 대해 모든 것을 말해주는 동시에 아무것도 말해주지 않는다. 의사가 하는 일의 범위와 속도에 대해, 그 일이 얼마나 무한히 확장될 수 있는지에 대해 어렴풋한 단서는 제공할 수 있을 것이다. 하지만 진료소 창문 너머 형광 불빛 아래에서 인간 대 인간으로 어떤 일이 벌어졌는지에 대해서는 기껏해야 단편적인 시각만을 제공한다. 누군가의 장보기 영수증을 보고 어떤 요리를 만들었고 누구와 식사를 하며 무슨 이야기를 했는지 떠올리기 힘든 것과 같다. 의사의 오전 일과표에 이름만 적혀 있다고 해도 마찬가지였을 것이다. 사이먼, 대니, 로버트, 크리스틴, 세라, 어맨다, 네빌, 조앤, 클레어, 베릴, 앤디, 루스, 샹탈, 리처드, 팻, 엘리너, 에드워드, 재키, 론. 이름이 달라도 마찬가지였을 것이다. 하지만 알고보면 의사가 직접 얼굴을 마주본 환자 열아홉 명 중에 한 명은 암, 한 명은 심각한 정신 질환을 앓고 있으며 한 명은 학대가 의심된다. 한 명은 심장병을 처음으로 진단받았고 두 명은 진료 때 보인 증상을 단초로 치매 진단을 받았다. 물론 그날 아침, 의사는 이 모든 것을 확실히 알 수는 없었다. 일반 의료 전문가의 일은 본질적으로 중증 질환에 대해 잠정적인 판단을 내리는 일이지 결코 완전한 진단이 아니다. 환자를 다른 어딘가에 있는 전문의에게 보내기 위한 최초의 집결지가 일반 의원이다. 확실한 게 있다면 의사가 엿본 열아홉 가지 이야기가 저마다 아주 특별한 인생에 관한 이야기였다는 점이다. 얼마 남지 않은 그해의 낙엽이 창밖 바람에 휘날리던 아침, 의사와 환자들이 나눈 대화는 그 배후에 있는 훨씬 더 많은 골짜기 사람들에게 영향을 미칠 터였다.

물론 일과는 절반밖에 끝나지 않았다. 오후가 되자 의사는 다시 서류 작업을 시작하고 환자들에게 후속 전화를 돌린다. 그리고 저녁 진료 시간에 또 열 명의 예약 환자들과 만날 준비를 한다. 집을 나온 지 열두 시간이 넘은 뒤에야 언덕 기슭에 있는 작은 집으로 돌아온다. 식사를 하고 숲을 산책하거나 식구들과 TV를 한 시간 정도 본다. 그 후에는 대체로 책상에 한 시간에서 한 시간 반 정도 앉아 있는다. 요가를 할 때도 있고 책은 항상 읽는다. 밤 11시 30분에 불을 끄고 잠자리에 든다.

의사는 골짜기에서 일한 20년 동안 환자들과 약 13만 번 만났다. 하지만 숫자와 기술적인 내용은, 그것이 지극히 의학적인 내용이라도 의사가 골짜기에서 보낸 시간의 아주 작은 부분밖에 설명하지 못한다. 13만 번의 만남 이면에는 많은 의사가 더 이상 누리지 못하는 것이 있다. 바로 높은 수준에서 오래도록 이어지는 수많은 인간관계이다. 이것이 바탕이 되어야 좋은 의료 서비스, 신뢰, 친밀감, 공감이라는 기둥이 설 수 있다. 환자들 중에는 친구도 있고 이웃도 있지만 이들과의 관계를 우정이라고 부를 수는 없다. 오히려 특수하고 고유한 관계로서 근본적으로 변화하는 관계이고 상대와의 거리를 세심하게 조절하는 노력에 그 성패가 달려 있다.

이 모든 것은 한편으로는 계획에 따라, 다른 한편으로는 우연히 벌어진 일이다. 원인과 결과가 뒤섞여 행운아 의사가 이런 상황에 놓이게 된 것이다. 물론 의사는 먼저 이 골짜기를 선택했고 그다음 이 진료소를 선택했으며 세월에 걸쳐 현재의 방식으로 일하는 방법을 깨우쳤다. 하지만 이 진료소가 작은 시골 진료소인 이유는 그렇게 계획했기 때문이 아니라 이곳이 작은 시골이기 때문이다. 도시 의사들이 하는 것처럼 동료 의사 수십 명과 함께 5만 명에 이르는 환자 목록을 공유하며 하루에 40명, 50명, 심지어 60명의 환자를 보지 않아도 된다는 의미이다. 그 덕분에 의사는 여전히 늘 바쁘기는 해도, 현재 방식을 유지할 수 있고 환자들에게 충분한 시간을 할애할 수 있다. 가까운 소규모의 팀원들과 상대적으로 안정적인 환자 목록을 공유할 수 있다. 이 골짜기 사람들은 계속 이 골짜기에 머무는 경향이 있기 때문이다. 그리고 골짜기 의사와 안면을 튼 환자들은 아플 때마다 골짜기 의사를 찾는다. 마법은 아니지만 마법 같은 면이 없지 않다.

의사가 진료소에 부임한 이후로 지속적으로 확대된 근거중심의학evidence-based medicine은 질병의 치료에 놀라운 발전을 가져왔고 치료 결과를 알아볼 수 없을 만큼 획기적으로 개선했다. 최신 연구 결과를 바탕으로 정립된 틀에 따라 의료적인 결정을 내릴 수 있었기에 젊은 의사는 특히 부임 초기에 많은 도움을 받았다. 하지만 의사와 환자 간의 관계는 그 효율성을 측정하기가 훨씬 어렵다. 그리고 관계의 가치를 객관적이고 구체적인 수치로 나타내기 힘들기 때문에 성과를 나타내는 지표는 통계적으로 더 정의 내리기 쉬운 결과를 장려하는 쪽으로 기울게 된다. 개인적인 수준이 아니라 집단의 수준에서 더 성과가 높은 쪽으로 치우치게 되는 것이다. 이 자체가 나쁜 것은 아니지만, 흔한 질병에 표준화된 치료법을 적용하는 문화로 바뀌면서 1차 의료 영역 내에 의도치 않은 결과가 이어졌고, 그 영향으로 1차 의료 체계의 바탕이 되어준 의사와 환자 사이의 관계도 서서히 허물어졌다.

먼저 업무가 늘어났다. 진료소와 의료진의 규모도 커졌다. 기술의 역할도 늘어났다. 시간제 근무가 일반화되었다. 일부 언론은 주기적으로 시간제 근무를 꼬투리 잡아 치솟는 여성 일반의 숫자를 질타하지만 사실상 젠더와 상관없이 시간제 근무를 하지 않으면 의사라는 직업의 압박을 견디기가 힘든 실정이다. 한편 표준화된 지침에 따라 위험을 관리하는 천편일률적인 방식은 의사 개인의 판단에 우선한다. 그로써 중점은 서서히 환자에게서 질병으로, 소통에서 거래로 옮겨간다. 게다가 환자의 숫자가 치솟으면서 어떤 의사라도 일단 만나는 것이 최우선이 되고 개인적인 관계는 변두리로 밀려난다. 의료의 지속성에 대해서 말은 많지만 실제로 달성되는 경우는 훨씬 적고, 측정이 매우 까다롭기 때문에 일반의들에게 주는 특별 수당 체계에 포함되지 않는다. 어느 잣대로 보나 의사와 환자 간의 관계는 연이은 칼질을 당하며 죽어가고 있는 것이다. 그래서 《행운아》의 존 사샬 이야기도 아주아주 오랜 옛날의 쓸쓸한 동화처럼 멀게 느껴지는 것이다.

일반 의료 영역 전반에는 이 모든 것이 다름 아닌 실존적 위기를 의미한다는 생각이 퍼지고 있다. 무언가 중요한 것이 사라지고 있다는 우려로 인해 본격적인 연구가 이어졌다. 너무 늦기 전에 의료 체계 안에서 인간관계의 가치를 이해하고 강조하며, 정량화해야 한다는 생각에서다. 정책 변화를 이끌어내려면 실질적인 근거가 필요하다. 실제로 점점 더 많은 연구에서, 오랫동안 같은 의사를 만났을 때 의료적, 그리고 경제적 이익이 늘어난다는 결론이 나오고 있다. 의학적 조언을 더 잘 따르기도 하고, 백신을 더 잘 맞는 결과로 이어지기도 한다. 그 밖에도 시간 외 의료 서비스 사용 감소, 상급 종합 병원 의뢰율 감소, 의료진 근속 증가, 환자 만족도 증가, 응급 입원 감소 등의 결과도 있다. 게다가 2018년《영국의학저널》과 2021년《영국일반의학저널》에 게재되어 파급력이 컸던 논문 두 편에 따르면, 의료 지속성이 사망률 감소로 이어진다는 강력한 근거가 늘어나고 있다.[6] 실제로 의사와 환자와의 관계가 오래 지속될수록 사망률이 낮아지고, 같은 의사를 1년 봤을 때보다 15년 이상 봤을 경우에는 사망률이 25퍼센트 감소한다고 한다. 영국 왕립일반의과대학 총장은 이렇게 설명했다.

"만약 의사와 환자 간의 관계가 약물이었다면 의료 지침을 만드는 사람들은 그 약물의 사용을 의무화했을 것입니다."

하지만 가족 주치의는 멸종 위기에 처해 있다. 차가운 골짜기 바람을 맞으며 뒤꼍에 서서 행운아 사샬의 옛집을 우두커니 바라보는 시골 의사도 마찬가지이다. 2019년의 막바지에 다다른 의사는 지역의 환자들, 자신이 사랑하는 직업의 앞날에 어떤 새로운 위험이 도사리고 있는지 알 리 없다. 언제나 그렇듯 의사의 머릿속은 온갖 계획으로 가득 차 윙윙 돌아가고 있다. 지역의 취약 계층 어른과 아이들을 위한 풀뿌리 조직을 구상하고 있다. 활기와 희망이 가득한 마음으로 다가올 한 해를 기다린다.

의사의 집 아래로 흐르는 강은 미래를 향하고 있지도, 과거를 향하고 있지도 않다. 헤아릴 수 없는 수천 년 동안 강은 빠르게 흐르는 현재 속에 존재하며 매일 다른 기분을 보여준다. 강물은 조용한 은빛일 때도 있고 짙은 초록으로 합창을 할 때도 있으며 폭풍우가 지나간 뒤에는, 세찬 비와 함께 기슭에서 쓸려 내려온 흙으로 인해 강렬한 핏빛 진홍색으로 흘러가며 울부짖을 때도 있고, 위쪽 숲에서 뜯겨 나온 수목으로 물결이 뒤끓을 때도 있다. 골짜기가 워낙 깊어서 강물과 하늘을 한눈에 담기에 불가능한 곳이 많지만 그런데도 물결의 빛깔은 날빛을 품고 있다. 하늘의 기분을 반영하며 흐르고 있다. 이런 만화경 같은 다채로움 때문에 아마도 이곳 사람들은 거의 모두가 강을 바라보며 나보다 더 훌륭한 어른이라고, 만물의 중심이라고 생각하는 것일지도 모른다. 강물이 높이 넘실대거나 낮게 줄어들 때, 파랗게 빛날 때, 혹은 갈색일 때, 투명할 때나 탁할 때, 거울처럼 잔잔하거나 지옥 불처럼 성이 났을 때도 사람들은 서로에게 "오늘 강물 보셨어요?"라고 묻는다. 예측할 수는 없지만 그래도 사랑하는 제 식구처럼 이야기한다.

그런데도 그해 2월 벌어진 일은 많은 사람들을 놀라게 했다. 강물이 주민들의 사랑을 돌려주려고 했는지 둑을 넘어 골짜기 이쪽에서부터 저쪽 집까지 가리지 않고 밀려들었기 때문이다. 엄청났던 한 해로 기록될 2020년은 이렇게 시작됐다.

인간적이거나 비인간적이거나

골짜기의 2월은 힘겹다. 며칠씩 햇빛도 비치지 않는다. 짙은 콘크리트 색 하늘은 고지대를 짓누르고 아래에 있는 모든 것들을 침울한 어둠 속에 가둔다. 몇 주 동안 줄기차게 비가 내린다. 뇌우가 동반된 짜릿한 카타르시스 같은 비가 오는 것도 아니고 평평한 하늘에서 밤낮을 가리지 않고 찬물이 떨어지며 기운을 빼앗아간다. 강물은 수위가 높고 웅덩이의 흙탕물 같다. 위에서 비추는 빈약한 빛은 강의 표면을 뚫지 못한다. 울퉁불퉁하고 고랑을 이룬 표면 때문에 마치 갈아놓은 밭이 움직이는 듯하다. 땅은 질펀하고 어두워서 걷기가 힘들다. 걷는 게 아니라 가라앉고 미끄러지며 진창을 건너는 연습을 하는 것 같다. 의사는 자전거를 타고 출근할 시도조차 않는다. 1차 세계 대전에서 가까스로 살아 나온 패잔병의 모습으로 환자를 보고 싶지는 않다. 집에서는 하루 종일 전깃불을 켜둔다. 축축한 신문지 위에 놓인 젖은 신발과 장화가 복도에 줄지어 있다. 벽에 걸어둔 젖은 코트에서 물이 떨어진다. 봄이 될 때까지 결코 마르지 않겠다고 장담하는 것 같다. 오래된 돌 틈으로 비바람이 스며든 벽에는 습기 찬 얼룩이 퍼져나간다. 뻐꾸기가 도둑질을 일삼는 골짜기 봄의 기쁨, 여름의 달콤 상냥한 목초지, 그리고 가을의 기품 있는 장관의 대가는 2월 한 달 이자까지 쳐서 치러야 한다. 이 땅에 사는 사람들은 다 아는 사실이다. 한 달 동안 사람들은 이를 악문다.

때는 주말이고 의사는 집 안 서재에서 글을 쓰고 있다. 의료 웹사이트에 게재될 '세이프가딩' 정책(영국에서 시민의 건강, 복지, 인권의 보호를 위해 실시 중인 정책을 의미한다—옮긴이)에 관한 글이다. 뼈아픈 한 주를 마무리한 뒤였다. 불어난 강의 범람으로 여러 환자들이 집에 피해를 입었다. 수재민들은 가족이나 친구들의 집에 잠시 머물면서 젖은 소파를 폐기하거나 토사로 얼룩진 벽에 대고 고성능 건조기를 돌린다. 골짜기 마을 두 곳 중 저지대에 사는 사람들은 대피를 해야 했고 근처 시내로 통하는 길 세 곳이 끊겼으며 양쪽 진료소로 접근하는 것도 어려워졌다. 의사와 팀원들은 위기가 닥치면 언제나 그래왔듯이 똘똘 뭉쳤다. 현재로서 팀은 전원 여성인데, 하나같이 허튼 구석이 없는 진지한 사람들이다. 눈 깜짝할 새, 팀은 힘을 합쳐 사륜구동 자동차를 빌리고, 차가 다닐 수 있는 길을 조사해서 타고 내릴 수 있는 지점을 확보했다. 물이 빠질 때까지 마냥 기다릴 수 없는 중요한 진료 예약을 위해 진료소를 지켜야 했기 때문이다.

의사는 종종 이 대단한 여성들이 없었다면 어떻게 살았을지 생각한다. 날마다 이 여성들은 의사를 탄탄하게 뒷받침해 준다. 팀원들이 의사와 진료소에 얼마나 귀중한 존재들인지 바쁘다는 핑계로 충분히 표현하지 못하는 점이 자못 걱정이다. 새해 결심을 세우는 데 늘 열심인 의사는 2020년 목표를 이렇게 설정했다. 첫째, 진료 시간을 항상 잘 지키려고 노력하자(의사는 매년 이렇게 다짐하고 매년 실패한다). 둘째, 팀원들을 위해 더 많은 시간을 내자.

의사가 웹사이트에 쓰고 있는 글은 일기 형식의 블로

그다. 실제로 자신의 일기에서 발췌한 내용을 짜깁기하는 중이다. 앞으로 몇 주간 여유가 생길 때마다 내용을 덧붙일 생각이지만 무얼 써야 할지 감이 잘 오지 않는다. 주제는 직업적 관심사 중 하나인 '세이프가딩'인데, 뉴스가 자꾸 신경에 거슬린다. 중국에서 모습을 드러냈고 지난주 영국에 상륙한 바이러스에 대해서 온 세계가 떠들고 있는 와중에 세이프가딩에 대해서 글을 쓴다는 것은 시대를 거스르는, 심지어 편협한 일처럼 여겨진다. 하지만 영국에는 오늘로써 아직 확진자가 9명밖에 없으므로 의사는 거북하지만 두 주제를 모두 다뤄보고자 한다. 매끄럽게 이어지는 주제는 아니다.

사태 초기에는 이렇게 썼다. "2월 12일, 뉴스에는 코로나바이러스에 대해 별말이 없다. 그냥 지나갈지도 모르는 일이다. 성인 세이프가딩에 대한 발표 내용을 쓰는 중이다. 1차 의료는 성인 세이프가딩에서 핵심적인 역할을 한다." 하지만 날이 갈수록 두 주제를 아우른다는 편집 방향은 지켜내기가 어렵다. 세이프가딩에 대한 통찰은 점점 무대 가장자리로 이동하고 그 자리를 바이러스가 차지한다. "의사들로 이루어진 소셜 미디어 그룹에서는 유언장의 내용 변경에 대해 논의하고 있다(2월 22일)." "영국에서 첫 사망자가 나왔다(2월 25일)." "머릿속이 온통 코로나19 생각뿐이다. 우리 환자 중에는 한 명만 검사를 받았고 결과는 음성이었다(3월 1일)."

의사는 새벽 5시에 잠에서 깨어 어둠 속을 응시하기 시작한다. 앞으로 어떤 일이 벌어질지, 어떻게 해야 환자들과 진료소 팀원들을 안전하게 보호할 수 있을지 고민한다. 식구들이 격리 생활을 해야 할지 모르니 파스타를 쟁여둘 생각을 한다. 틈날 때마다 초등 교사처럼 유쾌하게 외친다. "다들 손 깨끗이 씻어요!" 하지만 사실은 전혀 유쾌하지 않다.

"재택근무, 학교 폐쇄, 노인들의 자가 격리가 논의되고 있다. 말도 안 되는 조치 같지만 이 사태가 아주 심각해질 것인지, 밀레니엄 버그처럼 사라져 버릴지는 알기 힘들다(3월 8일)."

일주일쯤 전에 의사는 방수 기능이 있는 휴대폰을 주문했다. 계속해서 비가 내리는 날씨에도 음악이나 오디오북을 듣고 싶었다. 매일 집 안에 있을 수는 없다. 미쳐버릴 것이다. 어제 휴대폰이 도착했고 밤에 샤워를 하면서 레너드 코언Leonard Cohen이 부르는 〈페이머스 블루 레인코트Famous Blue Raincoat〉를 들었다. 기분이 좀 나아졌지만 그다지 많이는 아니었다. "보리스 존슨은 경제적 타격을 최소화하기 위해 코로나바이러스가 퍼지도록 내버려두자고 했다(3월 9일)." "내가 신뢰하는 사람들이 조용히 인공호흡기 부족을 걱정하기 시작했다. 우리는 기침이나 목 아픔, 고열이 있는 사람들이 대기실에 출입하지 않도록 조치했다(3월 10일)." "개인 보호 장비가 지급되었다. 좀 어설퍼 보인다. 뉴스에서 보는 흰색 방어복과는 다르다(3월 11일)."

블로그 글은 며칠 더 이어지지만 세이프가딩에 대한 언급은 더 이상 없다. 죄다 바이러스에 대한 글이다. 진

료소에서 매일 열리는 대책 회의, 연중 최대 규모의 경마 대회를 보기 위해 빽빽하게 선 관중을 보면서 뱃속 깊이 느끼는 불안감, 울부짖는 바람과 싸라기눈에 맞서 주차장의 허술한 천막 안에서 환자들을 봐야 하는 어려움, 전화로 할 수 있는 상담의 경우 대면 진료를 삼가라는 상부의 지시, 상태가 심각한 환자들이 건물 전체를 오염시키지 않고 도움을 받을 수 있도록 진료소 뒷문 쪽에 새로 마련된 치료실, 수화기 너머로 그리스 신화를 읽는 십대 청소년과 그걸 듣고 호흡 상태를 진단하려고 애쓰는

의사가 있는 비현실적인 상황. 의사는 세상이 변하는 모습을 목도하고 있다.

의사의 남편은 의사가 일터에서 쓰는 가벼운 종이 마스크와 플라스틱 고글이 탐탁지 않았는지 시내 건축 자재 상점에 가서 석면 가루와 유독 가스를 차단하도록 설계되고, 얼굴 전체를 덮는 공업용 마스크를 사 왔다. 의사는 주방에서 이를 착용해 본다. 재난 영화 같기도 하고 파티용 의상 같기도 하다. 그 어느 쪽도 환자들을 안심시키지는 못할 것이다. 의사가 썩 내키지 않는 마음으로 블로그에 마지막 글을 올린 것이 3월 15일이다. 그 이후로는 쓰지 않는다. 이제 다른 일들에 집중해야 한다.

마지막 블로그를 쓴 지 두 달밖에 지나지 않았지만 2년은 족히 지난 것 같은 느낌이다. 진료소는 이상하리만치 조용하고 전화기만 울려댈 뿐이다. 대기실은 텅 비어 있고 의자에는 띄엄띄엄 검은색과 노란색이 섞인 테이프가 붙어 있다. 바깥은 때아니게 덥다. 나무에 잎이 돋기도 전에 수은이 여름 온도로 훌쩍 상승했다.

팬데믹의 시작과 함께 모든 일반의는 진료소에서 수술복을 입어야 한다는 규정이 만들어졌다. 하지만 지역 보건위원회에서는 수술복이 부족하다는 사실을 깨달았다. 그러자 이 지역 여성들은 재봉틀 앞에 앉아 낡은 이불보로 하의와 상의를 만들어 지역 의사들에게 입혔다. 처음에는 이런 '스크럽'복을 만드는 자칭 '스크러버

scrubber'가 열여덟 명 있었는데 두 주 후에는 3백 명으로 늘어났다.

얼굴을 온통 플라스틱으로 가린 의사는 이런 이유에서 40년 된 이불보로 만든 파란 소용돌이무늬의 수술복을 입고 진료실에서 땀을 흘리고 있다. 그다지 품격 있는 모습이 아니라는 것은 의사도 안다. 하지만 옷감이 부드러워 일과 사망자 수가 동시에 늘어나는 와중에 묘하게 위로가 된다. 이런 평화로운 시골로 바이러스가 들어올 리 없다고 생각하는 사람들도 있었지만 당연히 들어왔다. 이 지역의 감염자, 사망자, 초과 사망자 수를 나타낸 그래프가 전국적인 수치를 어느 정도 따라잡고 있다. 초록 숲, 파란 하늘, 맑은 공기, 물거품을 일으키며 굽이치는 강물 그 어떤 것도 결국 바이러스를 막지 못했다.

신뢰가 점점 약해지고 있고 의사도 그걸 느낀다. 다른 결과에 대한 희망을 주기보다 현실을 인정하도록 설득해야 할 때 그 사이를 줄타기하는 일은 의사에게 아주 익숙한 일이다. 의사는 죽음과 죽어가는 과정에 대한 까다로운 대화를 친근하고 솔직하며 상냥한 태도로, 충분한 시간을 가지고 함으로써 좀 더 수월하게 만드는 것이 자기 일의 핵심이라고 오래도록 생각해 왔다. 하지만 이처럼 복잡하고 헤아리기 힘든 일을 얼굴을 마주 보는 상태가 아니라 전화로 의논하기란 힘들다. 게다가 이제는 만나본 적 없는 환자, 보호자와 이런 대화를 나누어야 한다. 큰 병원에서는 고령의 환자들을 서둘러 마을과 지역 요양원으로 옮기려고 애쓰고 있다. 의사가 전화로 이 사실을 알려야 하는 사람들의 목록에는 군데군데 모르는 이름들이 보인다. 이런 이름에는 얼굴도, 맥락도, 사연도 연결시킬 수 없다. 의사는 친밀감을 형성하고자 종종 한 시간 가까이 통화를 하기도 하지만 그게 충분치 않을 때도 있다. 오늘 아침만 해도 한 여성이 이렇게 쏘아붙였다.

"그냥 있는 그대로 말씀하세요. 결국 엄마가 나이도 많고 다른 사람들보다 덜 중요하니까 엄마를 치워버리고 싶다는 말 아니에요?"

의사는 설명을 이어가며 여자를 다독여 벼랑 끝에서 데리고 왔지만 그 결과 머리가 지끈지끈 아프다. 오늘 이런 전화만 다섯 통을 더 해야 한다. 지난 8주간 의사가 서명한 사망 진단서 중에 80퍼센트는 코로나19에 취약한 고령 환자의 사망이었다. 의사가 된 이후로 올봄처럼 힘든 적은 없다. 두려움과 슬픔, 모든 게 뒤죽박죽인 상태도 힘들지만 지금이야말로 실수해서는 안 된다는 생각이 크다. 한 발, 한 발, 한 발 더 나아가는 노력을 해야 한다. 그게 무슨 뜻인지 의사도 잘은 모르지만 말이다.

몇 시간 동안 수화기를 붙잡고 죽음에 대해 이야기하고 이메일로 받은 두드러기, 사마귀, 티눈 사진을 뚫어져라 보며 상담을 한 의사는 그날 오후 드디어 첫 대면 환자를 맞이한다. 젊은 엄마가 남자 아기를 데리고 온 것이다. 귀가 아프다고 했다. 평소였다면 이런 증상은 먼저 간호사가 확인할 테지만 간호사는 자가 격리 중이고 이런 촌구석에서는 갑자기 대체 인력을 찾기가 힘들다. 그

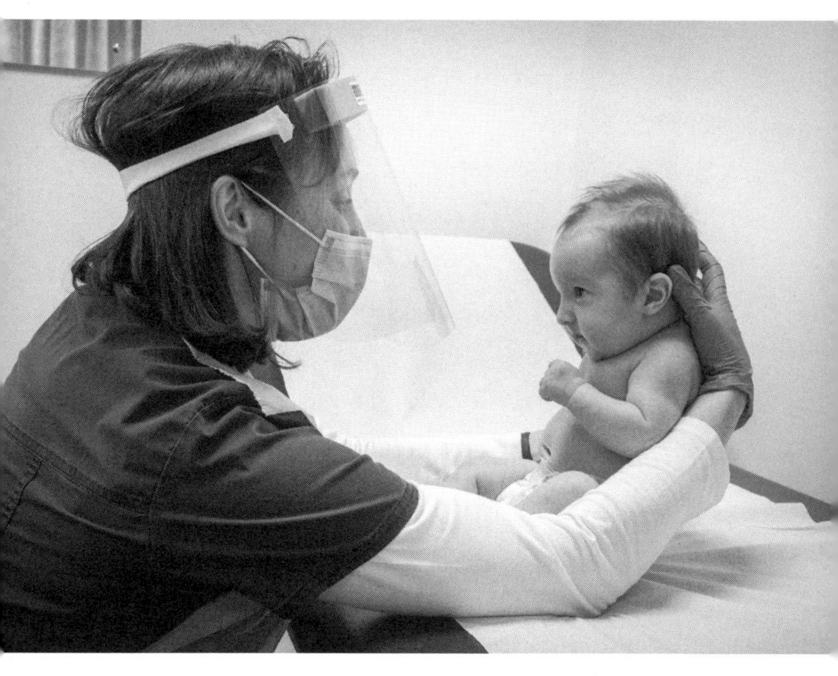

래서 엄마와 아기는 의사의 진료실로 안내를 받는다. 지난 10년에 걸쳐 임신부 검진이 지역 조산사와 방문 간호사의 영역으로 옮겨간 뒤로 의사는 갓난아기를 보는 일이 전에 비해 드물다. 그게 아쉬운 의사였기에 끔찍했던 한 주의 끝에 아기를 보게 되어 무엇보다 기쁘다.

접촉, 눈빛, 손짓, 표정 등을 통해 환자들과 단순한 인간적 교류를 하는 것조차 힘들다는 사실이 팬데믹의 어려움 중에 하나다. 골짜기 의사는 환자들을 오래 봐온 탓에 지난 몇 년간은 진료를 시작할 때 자기소개를 할 필요가 없었다. 하지만 최근에는 개인 보호 장비로 꽁꽁 싸

매고 환자들을 보았더니 늘 보던 환자도 늘 보던 의사를 만났다는 사실을 깨닫지 못했다. 의사는 왠지 이 사실이 특히 마음에 걸렸다. 그래서 이제는 유쾌한 목소리로 이름을 말한 뒤 이렇게 이야기한다.

"잘 안 보이시겠지만 안에 있는 거 저 맞아요!"

이따금 어느 공손한 노신사가 팔을 내밀며 팔꿈치 인사를 시도하기라도 하면 환자와 의사는 이 모든 게 참 별난 일이라는 듯 마스크 뒤로 너털웃음을 터뜨린다.

아픈 쪽 머리를 통통한 어깨 위로 기울인 남자 아기를 보며 의사는 환한 미소를 짓는다. 마스크에 안면 보호대까지 착용하고 활짝 웃어봤자 소용이 없다는 걸 안다. 하지만 입과 치아가 미소의 전부는 아니다. 역시 그렇다. 아기의 두 눈이 반짝 빛나고 커다란 미소가 아이의 얼굴에도 서서히 번지기 시작한다. 뜨는 해처럼. 순간의 휴식처럼. 엄마와 아기를 배웅하고 복도를 되돌아오던 의사는 문득 몇 주 만에 처음으로 마음이 가벼워진 것을 느낀다.

의사와 환자가 더욱 효과적으로 소통하고 관계를 다질 수 있는 비언어적인 방법에는 미소와 눈 맞춤만 있는 것이 아니다. 의학 서적에서는 접촉의 효과를 그다지 중요하게 다루지 않지만 많은 사람이 접촉에 상당한 치유의 힘이 있다는 사실에 동의한다. 접촉은 신뢰와 공감, 협력을 증진한다. 이뿐만 아니라 불안, 공포, 통증, 혹은 상실의 시기에 환자를 위로할 때 결정적인 역할을 한다. 아마도 놀라운 사실은 아닐 수 있다. 접촉은 거의 모든 인간관계에서 중요한 역할을 하기 때문이다. 의사와 환자가 상호 작용을 할 때 티 나지 않는 접촉이 어떤 역할을 하는지 살펴보면 더욱 흥미롭다. 골짜기 의사는 진료 중에 언제나 환자와 접촉하려고 애쓴다. 의사는 이 행동이 다리를 놓아준다고 말한다. 이것은 '표현적 접촉expressive touch'일 수도 있다. 즉흥적으로 어깨에 손을 얹거나 팔을 가볍게 건드리거나, 심지어 겉옷을 받아서 문에 거는 행위일 수 있다. 혹은 '절차적 접촉procedural touch'일 수도 있다. 맥박을 재거나 흉부에 귀를 기울이는 등 신체 일부를 진찰하면서 행하는 접촉을 말한다. 의사는 이러한 접촉의 가치가 진찰 결과에서 나오는 의학적 정보의 가치를 넘어선다고 말한다. 접촉은 중요하다. 문을 열어주기 때문이다.

하지만 올해 의사는 접촉 자체를 거의 하지 않고, 접촉을 하더라도 장갑 낀 손으로 한다. 거기에서 느껴지는 미묘한 차이는 한두 가지가 아니다.

2020년에 세상은 정말 많이 바뀌었다.

한때 존 사샬의 동료이기도 했던 선배 의사는 선을 넘는 환자들에 대해 우스운 이야기들을 들려주곤 했다. 환자들은 종종 말 그대로 선을 넘었다. 의사가 일요일 아침에 집에서 식사하는 중인데도 부엌 창문 너머로 아픈 곳에 대해 질문을 한다든가, 새벽 4시에 집으로 전화해서

변비를 호소한다든가 하는 식이었다. 이 모든 것은 일반의의 24시간 진료 의무 폐지와 함께 거의 다 사라졌다. 하지만 새로 부임한 골짜기 의사 역시 일을 시작한 지 얼마 안 됐을 때 누군가 문을 두드리는 소리에 식탁 밑으로 몸을 숨겼다. 그 사람은 의사가 알기로는 몸이 멀쩡한 사람이었고 의사에게는 방해를 받지 않고 시급히 끝내야 하는 일이 있었다. 자기 집 부엌에서 몸을 숨기는 일이 얼마나 황당한 일인지 자각한 의사는 좀 더 단호해지기로 결심했다. 그 후 개를 산책시키거나 세차를 할 때 느닷없이 누군가가 나타나 병에 대해 모호한 질문을 던지면, 의사는 정말 중요한 문제 같지만 컴퓨터가 없으면 일을 못 한다고 대답한다.

"월요일 아침에 바로 전화 주시면 어때요? 제가 정신이 말똥말똥할 때 병원 기록을 보면서 얘기해야 제대로 봐드릴 수 있을 테니까요."

반대로 환자에게 심각한 병이 있고 의사의 도움으로 집에서 좀 더 편히 증상을 관리할 수 있는 경우라면 의사는 개인 휴대폰 번호를 주면서 시간 외 의료 서비스가 아니라 자신에게 직접 전화하라고 한다. 이런 호의를 남용하는 사람은 거의 없다. 대개의 환자는 의사의 자유 시간과 개인 공간을 존중해 준다. 대문을 걸어 잠그는 사람도 없는 동네에서 요새 안에 자기를 가둘 수는 없다고 의사는 말한다.

몇 년 전 어느 날, 의사가 점심시간을 이용해 잠깐 집에 왔는데, 1층 부엌에서 무언가 요란한 소리가 났다. 내려갔더니 의사의 환자이기도 한 이웃 남자가 부엌 식탁 옆에서 상체를 굽힌 채 숨을 헐떡이며 몹시 허둥대고 있었다. 심근 경색 같았다. 의사가 구급차를 부르려고 수화기를 드는데 남자가 손사래를 쳤다. 마침내 숨을 가다듬은 남자의 말을 들어보니 남자 집에 들러 소시지를 얻어먹곤 했던 의사의 개 한 마리가 남자의 차고에 있던 쥐약을 먹었다는 것이다. 개를 안아 들고 뛰어오느라 이웃 남자는 거의 죽을 뻔했지만 결국 남자도 개도 무사했다. 이 재미있는 사연은 이웃끼리 동네 잔디밭에 모여 바비큐 파티를 하거나 성탄절 아침 셰리를 나누어 먹을 때 단골로 등장하는 사연이다.

그런 날들은 이제 아득한 옛날얘기 같다. 코로나19 사태가 심화될수록 의사는 환자들과의 일상적인 만남이 끊긴 기분이 든다. 즉흥적인 만남과 생사가 달리지 않은 진료가 그립다. 진료소에서 함께 일하던 동료 의사는 몇 달 동안 일을 나오지 못했고 지금은 격리 중이라서 의사 혼자 환자들을 감당해야 하기 때문에 그 어느 때보다 근무량이 많다. 한 번에 여러 시간씩 이어지는 진료를 일주일에 9, 10차례 도맡아야 하는 경우가 흔하다. 팀원들과 더 많은 시간을 보내려던 새해 결심이 무색해진다. 의사는 해가 뜰 때부터 질 때까지 팀원들과 한 지붕 아래 머물면서 의사가 상상할 수 있는 한 최고의 의료 지원을 제공하지만 아무리 빨리 달려도 제자리걸음이다. 팀원들 모두가 같은 처지다.

사태 초기에는 마을 전체가 힘을 모아 일어섰다. 전국,

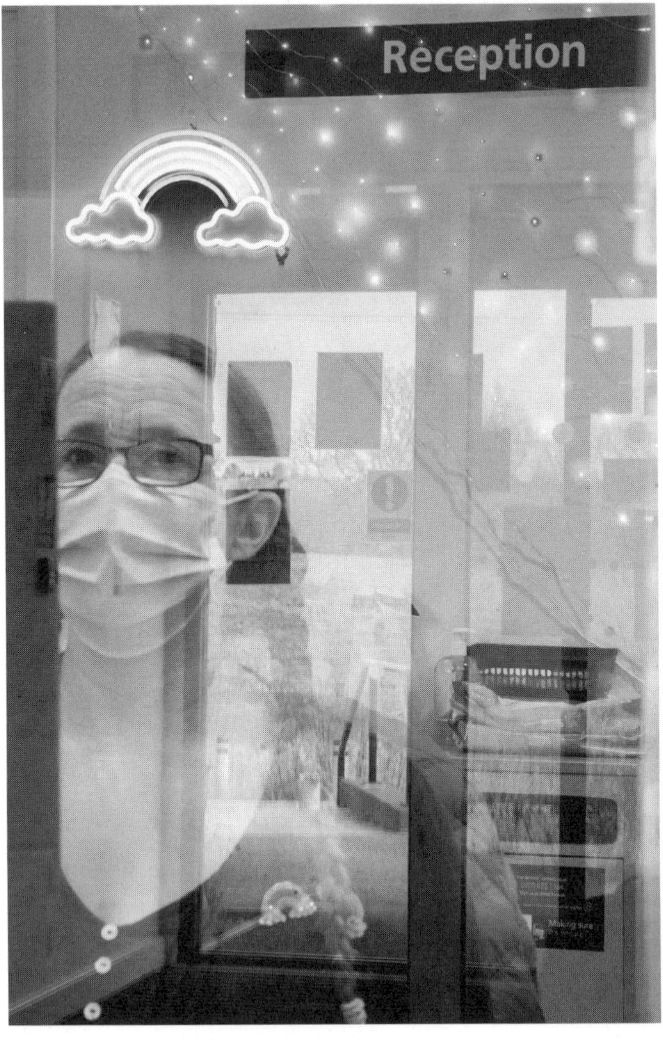

Reception

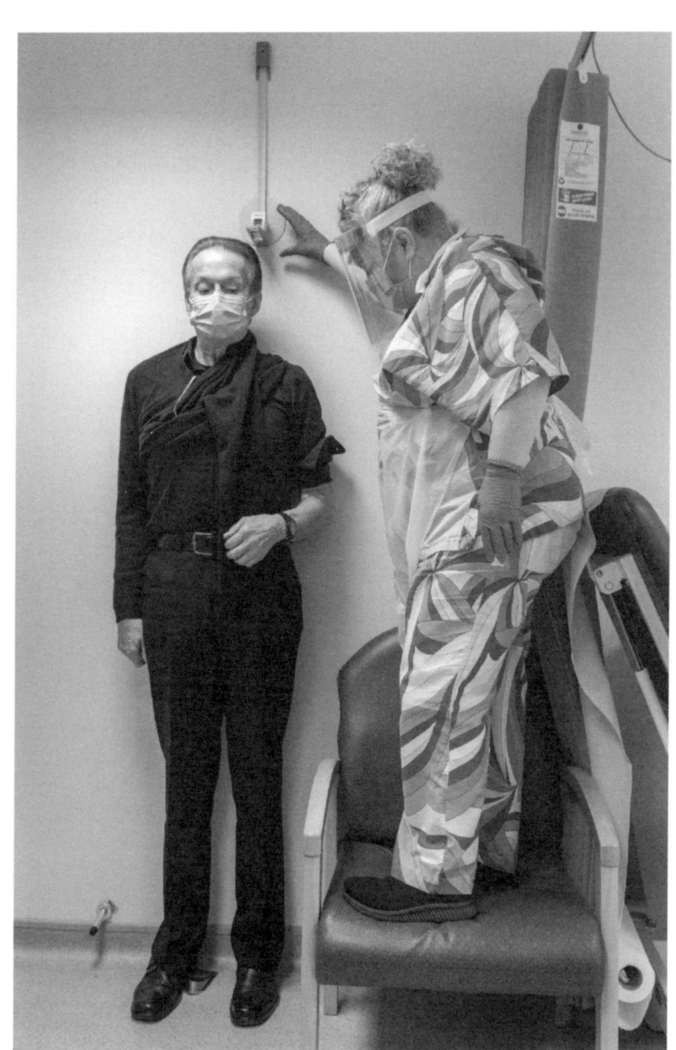

아니 세계의 모든 지역 공동체가 마찬가지였다. 마을 사람들로 이루어진 한 단체는 진료소에서 약을 받아 집에서 격리 중인 고령의 주민들에게 배달하는 일을 맡았다. 이 사람들은 의사의 이름에다가 "군대army"를 붙여 단체명으로 삼았다. 손발이 오그라드는 이름이지만, 이 단체가 고맙고 자랑스럽다.

몇 달이 지나면서 의사는 직함과 성을 불러달라고 말하는 일이 거의 없어졌다. 의식적이라기보다 직관적인 결정이다. 개인 보호 장비를 착용하고 있거나 전화 통화 중이어서 상대방에게 얼굴을 보일 수 없는 상황에서 이름은 무게를 가지기 때문일 것이다. 그저 비대면 진료라는 차가운 업무를 좀 더 따뜻하게 만들어보려는 시도, 관계를 계속해서 이어가려는 시도일 것이다. 환자가 의사의 성이 아닌 이름을 부르며 의사를 찾으면 팀원들은 불편해하는 경우도 있다. 심지어 가족이나 가까운 친구만 부르는 경쾌한 애칭을 사용하는 환자도 있다. 팀원들은 이렇게 불평한다.

"여기가 술집도 아니고, 어디 구멍가게도 아니잖아요. 맥주 한 잔, 사탕 한 봉지 사러 온 게 아니잖아요, 지금."

하지만 의사는 상관하지 않는다.

"무의식적으로 그렇게 된 것 같아요. 굳이 형식을 갖출 필요가 저한테는 없어요. 사람들이 전통적인 방식으로 절 존중해야 한다고 생각하지 않아요. 진료는 협업이에요. 그래서 환자들과 나누는 대화가 편안하고 환자에게 가능한 도움이 되어야 하죠. 하지만 환자가 예의를 차리는 걸 원해서 저를 누구누구 선생님이라고 깍듯이 부르고 싶어 한다면 저도 그렇게 해요. 예의를 차려요."

의사에게는 아주 틀린 이름을 부르며 따뜻하게 인사를 건네는 환자도 한 명 있는데, "이제는 틀린 이름으로 부르지 않으면 서운할 것 같아요"라고 말한다.

수화기 너머 남자의 목소리는 가볍고 소년 같았다. 눈앞의 화면에 적힌 나이보다 훨씬 젊게 들리는 목소리였다. 남자는 의사의 연락에 안도하는 것 같았다. 그러면서도 자꾸만 시간을 빼앗아서 미안하다고 했다. 마치 이 모든 것이 자기 잘못인 것처럼. 의사는 검사 결과가 양성으로 나온 날에도 남자에게 전화를 걸었다. 그게 일주일도 더 됐다. 그리고 그 후 이틀에 한 번씩 전화를 했다. 잘 지내는지, 상태는 좀 어떤지 볼 겸 연락했다고 의사는 말하곤 했다. 남자는 사실 누구든 통화할 상대가 있어서 기쁘다고 했다. 남자의 여자 친구는 아래층 응접실에 틀어박혀 "거리두기를 하고 있어요"라고 했다. 좋다고, 잘했다고 의사가 말한다. 여자 친구가 이따금 라자냐를 전자레인지에 데워 침실 문밖에 둔다고 남자는 말했다. 잠깐 대화를 나눌 때도 있다고 했다. 남자는 문 뒤에 몸을 절반 정도 숨기고, 여자 친구는 계단 아래 보이지 않는 곳에 앉은 채. 그런데 도통 먹을 수가 없다고, TV도 못 보겠다고 말했다. 계속 누워 있다고 했다. 절반쯤 잠든 채로. "엉망진창인 상태"로. 고열도 있었는데, 오한이 약하게 있다가, 심해졌다가, 몸이 얼음장처럼 차가웠다가, 펄펄 끓다가, 다시 얼음장처럼 차가워진다고 했다.

"그런데 이 얘기는 벌써 했죠. 죄송해요."

의사는 아직도 기침이 나는지 물었다. 남자는 "별로 안 나요"라고 말했다.

"숨 가쁨은요?"

"숨은 잘 쉬어요." 남자가 말했다.

의사는 확인을 위해 옆에 책이나 신문이 있으면 한두 단락 정도 읽어줄 수 있는지 물었다. 남자는 침대 옆에 있던 자동차 잡지에서 2019년형 콜벳 ZR1에 대한 기사를 읽었다. "괴물 같은 힘과 성능" "전면에 장착된 V8" "탄소 섬유 스포일러는 옵션" 등에 대한 문장들을 읽어 내려갔다.

"제 차랑 똑같네요." 남자가 싱거운 농담을 던졌다.

일반의들이 전화로 숨 가쁨을 측정하기 위해 도입한 이 새로운 방식은 결코 최첨단 의학 기술이라고 할 수는 없지만 의사는 남자가 적어도 문장을 다 읽기도 전에 숨이 차서 멈추지 않았다는 데 만족했다. 문장을 읽는 도중 헐떡거렸던 일부 다른 환자들은 구급차로 이송되었기 때문이다.

"물을 계속 드셔야 해요. 그러실 거죠?" 의사가 물을 아주 많이 마셔야 한다고 당부한다.

"해야 할 일들을 다 잘하고 계시는 것 같아요. 아마 고비는 넘겼을 거예요. 그런데 있잖아요. 오한이 살짝 걱정스럽네요. 며칠 동안 계속되고 있는 것 같아서요. 아무래도 진료소에 오셔서 항생제 처방이 필요 없는지 제대로 확인해 봐야 할 것 같아요. 코로나바이러스와 겹쳐서 기관지나 폐에 세균성 염증이 없는지 확실히 해두자고요. 어떻게 생각하세요? 오실 수 있겠어요?"

남자는 물론 갈 수 있다고 했다. 옷을 입어야 하지만 오래 걸리지 않을 것이라고 했다. 걸어서 3분 거리였지만 "양쪽 이웃이 다 나이 드신 분들이라" 마주치기는 싫으니, 차를 가져온다고 했다.

30분 후 허름한 파란색 해치백 자동차 한 대가 텅 빈 주차장으로 들어온다. 남자는 차에 앉은 채 접수대로 전화를 걸고 의사가 완전 무장을 하고 밖으로 나올 때까지 기다린다. 남자는 삼십 대 후반이고 덩치가 크다. 가는 목소리와는 완전 딴판이다. 의사는 남자에게 와줘서 고맙다고 하면서 마스크를 건넨다. 그리고 남자가 내민 손에 소독제를 뿌린 뒤 따라오라고 한다. 두 사람은 정문으로 향하는 계단을 지나쳐 건물 뒤쪽으로 향한다. 키가 큰 나무 대문을 지나면 뒤뜰로 가는 길이 나온다. 길가에는 환자가 감사 의미로 선물한 토마토가 그로우백 안에서 크고 있다. 두 사람은 직원 식당으로 향하는 유리문도 지나친다. 의사는 거의 다 왔다고 하면서 남자와 함께 건물 벽을 따라 뒤쪽 방화문으로 향한다. 의사는 남자의 아주 느린 걸음걸이에 주목한다. 남자는 세 번이나 걸음을 멈추었는데, 처음에는 문기둥에 손을 대고 나중에는 어깨를 진료실 벽에 기댔다.

"죄송해요, 선생님. 금방 갈게요."

의사는 흉부에 감염이 있는 게 확실하다고 생각하면서 남자를 결국 큰 병원에 보내야 할지 고민한다. 코로나바이러스 때문에 지친 것일 수도 있고 탈수 증세에다 혈압이 매우 낮을 수도 있다. 의사는 서두르지 말라고 하며 겹쳐 쓴 마스크 뒤로 의미 없는 미소를 짓는다. 안으로 들어가면 뭘 만지지 않도록 조심하라고 덧붙이고는 문을 열어준다.

'코로나 방'이라고 이름 붙인 이곳에는 작은 창문이 두 개 있다. 풀이 무성한 강둑과 그 너머 울창한 산울타리를 향해 나 있는 창은 열어둔 상태다. 세로형 블라인드의 날개가 바람에 흔들린다. 은은한 햇살은 방의 한가운데 우두커니 놓인 좁은 소파 위로 떨어지며 죄수복 같은 줄무늬를 만든다. 소파 옆에는 플라스틱 의자 두 개가 놓여 있고, 그 위 천장에는 기계 팔처럼 관절이 꺾이는 진료용 조명이 볼트로 고정되어 있다. 한쪽 벽을 따라 늘어선 작업대 위는 한때 의료 물품이 즐비했지만 이제는 소독용 티슈 한 장, 주삿바늘 폐기 용기 두 개, 의료용 장갑 한 통을 제외하고 텅 비어 있다. 창밖에서 작디작은 상모솔새가 목청을 높여 지저귄다. 꼭 이동식 침대의 바퀴가 삐걱거리는 소리 같다.

남자는 플라스틱 의자에 앉아 체온을 재는 의사와 의사의 각종 보호 장비를 살핀다. 체온이 꽤 높다고 의사가 말한다.

"네, 저도 딱히 편치는 않지만 선생님도 그거 다 입고 계시려면 푹푹 찌겠어요."

의사는 일단 산소 포화도를 재고 흉부의 소리를 들어 본 다음 어떻게 하는 것이 최선일지 생각해 보자고 말한다. 의사가 산소 포화도 측정기를 남자의 손가락에 끼운다. 혈중 산소 포화도는 95에서 100퍼센트 사이가 정상 수치이다. 그보다 낮으면 우려할 만하고 92퍼센트 이하로 떨어지면 응급 사태이다.

의사가 측정 수치를 확인한다. 58퍼센트라고 되어 있다. 오류인 게 틀림없다. 의사는 다른 손가락을 확인한다. 58퍼센트다. 의사는 장갑을 낀 자신의 손으로 남자의 손가락을 부드럽게 어루만져 따뜻하게 한 다음 다시 측정한다. 58퍼센트. 기계에 문제가 있는 것 같다고 의사가 말한다. 그리고 자신의 손가락에 끼워 측정한다. 99퍼센트다. 젠장.

의사는 몇 주 전, 이에 관한 논문을 읽은 기억이 있다. 소리 없는 혈중 산소 감소. 어떤 의사들은 "행복한 저산소증happy hypoxia"이라고 칭하기도 한다. 팬데믹 초반 몇 주에 걸쳐 전방에 있는 의사들이 관찰한 코로나19의 극악한 장난이었다. 의학적으로 불가능한 일이다. 환자의 혈중 산소가 곤두박질치는데도 겉으로는 호흡 곤란이나 숨 가쁨 등 산소가 부족하다는 신호가 전혀 나타나지 않는 것이다. 이런 경우 환자는 멀쩡하게 의사와 수다를 떨거나 잡지를 읽다가도 어느 순간 사망한다.

엄청난 양의 아드레날린이 왈칵 쏟아져 몸속을 흐르는 기분이다. 의사는 남자가 바로 여기서 죽을 수도 있겠다고 생각한다. 창밖에서는 상모솔새가 마치 사냥개를 부르는 호각처럼 울고 있고 의사의 머릿속에서 시간은 매초가 가늘고 투명한 실 가닥으로 갈라져 미세한 거미줄처럼 펼쳐진다.

산소통을 가져온 의사는 남자의 얼굴에 산소마스크를 씌우며 남자를 안심시킬 말을 건넨다. 그리고 애써 침착한 목소리로 접수대에 있는 동료에게 구급차를 부르라고 지시한다. 구급 대원에게 전달할 정확한 수치도 알려준다. 동료 직원도 환자도 의사의 공포를 눈치채지 못하는 게 중요하다. 모든 것이 통제되고 있고, 다 괜찮으며, 우리가 할 일을 하고 있고, 구급차도 오는 중이라고 의사는 말한다. 남자는 집에서 챙겨올 게 없는지 묻는다. 필요한 건 거기 다 있으니 가만히 있는 게 최선이라고 의사는 말한다.

남자는 즉시 중환자실에 입원하여 며칠을 머문다. 결국 살았지만 이 일은 그 후로도 몇 주 동안 의사를 괴롭힌다. 주차장에 있는 남자의 파란색 해치백을 볼 때마다 몸서리가 쳐진다. 어떤 직감 덕분에 좋은 결과를 거둔 경우와는 천지 차이였다. 이번에는 어떤 예감도 느끼지 못했다는 점이 의사에게는 아주 커다란 경종을 울린다. 어떻게 모를 수 있었을까? 무얼 놓친 걸까? 무언가 보지 못하고 지나친 게 있을 터였다. 어떤 신호라든가, 숨소리가 잠깐 끊어졌다든가. 의사는 남자를 만나서 진료할 엄중한 이유가 없었고 하마터면 남자를 병원으로 부르지 않을 뻔했다. 의사가 보기에 남자의 상태는 분명히 왕진이 필요한 정도는 아니었으므로 하마터면 남자를 그냥 집에 내버려둘 뻔했다. 남자는 어쩌면 여자 친구가 아래층에서 TV를 보는 동안 잠에 든 후, 죽었을 수도 있다.

의사는 남자와의 마지막 진료 통화 기록을 여러 번 다시 들어본다(모든 통화는 관리와 훈련 목적으로 녹음된다). 헤드폰을 쓰고 볼륨을 최고로 높인다. 남자가 콜벳에 대한 기사를 읽을 때 어떤 결정적인 단서가 떡하니 드러날지 모른다. 의사가 너무 바빠서, 너무 정신이 팔려서 미처 발견하지 못한 숨소리나 머뭇거림이 들릴 수도 있다. 그렇다면 적어도 거기서 배우고 발전할 수 있을 것이다. 다시는 같은 실수를 하지 않을 것이다. 오류를 범했다면 차라리 인정이 쉬울 것이다. 하지만 진실은《이상한 나라의 앨리스》를 연상시킨다. 그 남자가 그 미국산 슈퍼카의 장점을 읽어 내려가는 소리를 듣고, 또 듣고, 또 들

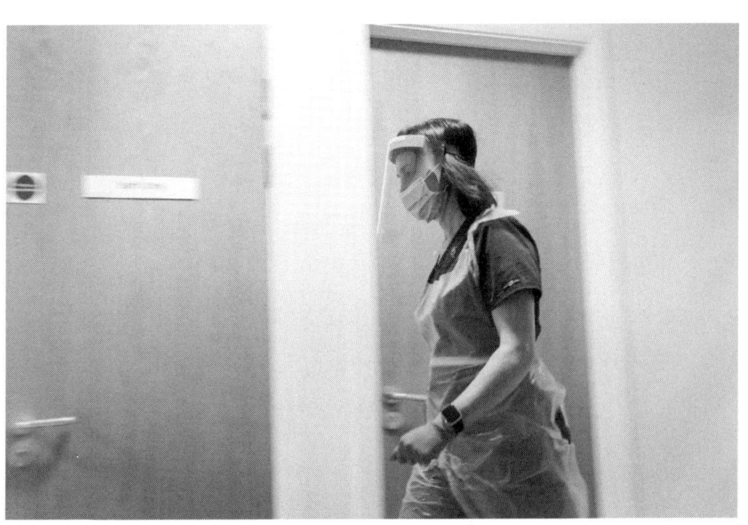

는다고 해도 매번 같은 결정을 내릴 것 같다.

의사는 이 사실을 깨닫고는 어쩔 줄을 모른다. 자꾸 신경이 쓰인다. 마침내 동료들은 약간 흥분해서 말한다.

"근데 결국 안 놓쳤잖아요? 남자가 여기 왔고 덕분에 살았잖아요."

하지만 무작정 행운을 빌며 최선의 결과를 기대하는 의사를 원하는 사람도 있을까? 좋은 의사는 신중한 의사, 걱정이 많은 의사이다. 의사는 자꾸만 그 일을 곱씹는다.

골짜기에서 하늘을 보는 일은 이곳에 얽힌 또 다른 사연을 읽는 일이다. 올해 같은 때 조금이라도 해방감을 누릴 수 있는 방법이기도 하다. 따뜻한 여름 저녁에는 칼새 떼가 강가 고택의 지붕 위를 날아다니며 재잘대는 하늘 위로 복잡한 동그라미를 그린다. 한겨울에는 대기가 장난을 친다. 손을 뻗어 나무 꼭대기를 만질 수 있을 만큼 건너편 언덕 기슭이 선명하고 가깝게 보이다가도 어느 순간에는 기억 속에마저 희미하게 남아 있는 오래된 곳처럼 멀어진다. 완연한 가을의 맑은 날에는 숲 위에서 빛이 쏟아져 들어온다. 마치 앞으로 다가올 겨울에 대비해 거대한 스테인드글라스 지붕으로 숲을 덮은 것 같다. 늦봄 오후, 목초지에 누워 하늘을 보면 눈앞의 파랑은 코를 스치고 지나가는 나비들과 상승 기류를 가르며 솟구치는 맹금류에게 공평하게 나누어져 있는 것을 볼 수 있다. 평소에는 저 멀리, 저 너머로 여객기들이 고공비행을 한 흔적이 상공을 가로지르지만 올해는 그렇지 않다. 벌써 몇 달간 수증기의 자취는 보이지 않고 하늘은 자연의 비행사들이 차지했다.

새벽에 커튼 밖으로 깜빡이는 푸른 경광등, 병원 부지 내 거대한 냉동고가 마치 죽은 자를 위한 야외 결혼식용 천막처럼 늘어선 암울한 모습, 텅 빈 거리, 판자로 막은 가게 창문, 자택 격리하라는 내용을 담은 도로 전광판. 국내 대다수 지역에서 코로나 사태는 이런 얼굴을 하고 있다. 하지만 이곳에서 자연은 어깨를 으쓱하고 침착하게 일상을 유지했다. 사라진 여객기 궤적과 따뜻한 계절에 당일치기 관광객이 줄어든 것을 제외하면 풍경은 전과 다름없는 모습, 향기, 소리, 느낌을 유지하고 있다. 전과 다름없는 일을 한다. 다른 골짜기 주민들도 그렇겠지만 의사는 이것이 위로가 된다. 여기 있는 모든 것은 예전에도 있었고 앞으로도, 위기가 지나고 오랜 뒤에도, 그렇게 남아 있으리라는 사실을 알려주기 때문이다. 우리가 작고 사소한 존재라는 사실을 기억하는 것이 도움이 될 때도 있다.

골짜기의 일상 속 코로나바이러스가 지저분한 손자국을 남기는 데 성공한 자리에는 공백이 생겼다. 마을 회관은 더 이상 영화의 밤이나 화요일 데비 선생님과 함께하는 필라테스 수업을 열지 않는다. 진료소 대기실이나 동네 술집에서 사과주와 땅콩을 먹으며 우연히 마주치는 일도 없다. 카레와 잼을 파는 토요일 시장도 없고, 놀이터에는 아이도, 부모도 없다. 누구나 참여할 수 있는 코미디 쇼, 숲길 함께 걷기, 쓰레기를 활용한 만들기, 춤으로 짜릿한 감각 깨우기 등의 프로그램도 없어졌다. 연례행사인 뗏목 경기, 봄 축제, 마을 크리켓 시합, 모닥불의 밤, 성탄절 기념 마라톤도 없어졌다. 푸딩 먹는 모임, 독서 모임, 달리기 모임도 없어졌고 지나가다 들르는 일도 없어졌다. 골짜기 사람들이 교류하는 수많은 방법이 다 없어지고 말았다. 그리고 이 책에 실린 사진에도 그런 모습이 전혀 없다. 모두 코로나 사태 중에 찍은 사진이기 때문이다.

더 마음 아린 공백도 있다. 떨어져 있어야 하는 가족, 사랑하는 사람의 죽음, 견뎌내야 하는 이별. 그런데 알고 보면 나무와 하늘에도 이를 위한 언어가 있다. 따라 해보자. 숲속에서 고개를 젖혀 올려다보자. 잎사귀와 나뭇가지 사이에 아무것도 없는 공간을 찾아 응시하면 음陰의 공간으로 빨려 들어가는 느낌을 받을 수 있다. 겨울에는 고대 문명의 가장 아름다운 바닥 장식을 능가하는 공기의 모자이크가 머리 위로 펼쳐진다. 검은 가지로 짜인 틀 안에는 하늘색 유리나 유백색 대리석 또는 잿빛 납덩이가 복잡한 기하학적 무늬를 그리고 있다. 여름이 되어 숲이 울창해지면 이 모자이크는 작은 별로 뒤덮인 창공으로 바뀐다. 하늘에 난 무수한 바늘구멍이 바람과 함께 흔들리고, 반짝이는 가지각색의 별자리를 만든다. 여름이든 겨울이든 우리 머리 위에 있는 이 빛의 풍경은 다양한 숲의 모습 중에서 가장 주관적인 모습이다. 오로지 보

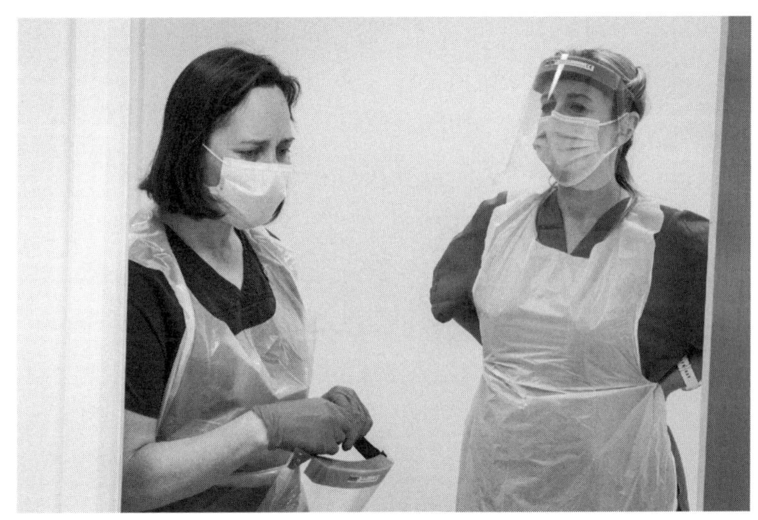

는 사람의 눈에 달려 있기 때문이다. 좌우로 움직이거나, 고개를 젖히거나 기울이면 모자이크가 움직이고 별들이 재배치된다. 인간이 겪는 상실의 경험과 크게 다르지 않다. 눈에 보이는 것이 텅 빈 사이 공간이 전부일 때 그 경험은 개별적이고 변화무쌍하며 공유가 불가능하다.

나이 든 남자는 물에 빠진 생쥐 꼴이었다. 젖은 옷이 남자의 마른 몸에 달라붙어 남자는 더 말라 보였고 좀 불쌍해 보였다. 갑자기 폭우를 만난 듯 보였다. 노인은 정기 검진을 받으러 진료소에 온 터였다. 약을 처방받고 혈압도 확인하기 위해서였다. 아내가 운전을 했고 긴 결혼 생활 동안 언제나 그래왔듯 남자는 진료소의 좁은 주차 공간에 아내가 차를 잘 세울 수 있도록 내려서 뒤를 봐줬다. 그동안 2월 아침의 궂은 날씨는 한껏 심술을 부렸다. 의사는 창문 너머로 남자의 모습을 지켜보았다. 남자는 빗속에서 미동도 없이 서서 차를 봐주고 있었다.

"남편이 고집을 피웠어요. 날씨가 이렇게 지독한데 말이에요. 안 봐줘도 잘할 수 있다는데 자기가 내 말 안 들었지?" 진료실로 향하는 남자의 아내가 소리 내어 웃으며 말했다.

남자는 미소를 지으며 고개를 끄덕이더니 이내 머리를 흔들었다. 숱이 성긴 백발 위에 앉아 있던 빗방울이 둥그런 궤적을 그리며 외투 어깨로 떨어졌다.

자리에 앉은 의사는 바뀐 혈압 약이 어떤지 물었다. 어지러운 느낌이 들거나 발목이 붓지는 않았는지. 남자는 의사를 보고 있었지만 답을 하지 않았고 회색 눈동자 저편은 이상하게 텅 비어 있는 것 같았다. 의사가 모르는 언어로 말을 건넨 듯 행동했다. 의사는 순간 가벼운 뇌졸중도 의심했지만 아내가 몸을 기울여 남자의 무릎을 가볍게 흔들었더니 남자는 금방 정신을 차렸다.

"미안합니다. 언젠가 '왓츠 업 독What's Up Doc?'(〈어이, 의사 양반〉에서 애니메이션 캐릭터 벅스 버니Bugs Bunny의 인사법이다—옮긴이) 하려고 벼르고 있었거든요. 오늘 하려고 했는데 용기가 없었어요."

세 사람은 함께 웃음을 터뜨렸고 남자는 보이지 않는 당근을 들고 벅스 버니 흉내를 냈다. 의사는 이것을 별나지만 지극히 무해한 행동으로 치부하고 더 이상 고민하지 않았다. 하지만 뒤이은 2년 동안 남자의 알츠하이머병이 진행되었고 의사는 초기 증상 중 하나로 비가 오던 그 2월 아침을 떠올리게 되었다.

알츠하이머병은 뇌세포 안팎에 쌓인 단백질이 자아가 위치한 바로 그 자리에 여러 장애물과 엉킴을 만들어 발생한다. 이 병은 초기에는 발견이 어렵고 시간이 지날수록 치료도 어려운 상태가 된다. 몇 달, 몇 년이 흐르면서 뇌의 내부 신호 체계인 신경 전달 물질의 흐름이 방해를 받고 뇌 일부분이 퇴화한다. 기억 문제와 특이 행동이 나타나다가 판단력, 기분, 행동, 시력, 언어, 동작에 문제가 생기고 결국 가장 기초적인 신체 기능도 어렵게 된다. 모든 질병은 그 나름대로 잔인하다. 알츠하이머병이 잔인한 이유는 사람과 관계를 해체하기 때문이다. 마치 작은 톱처럼 인간의 영혼을 한 조각씩 잘라낸다. 알츠하이머병에 걸린 가족을 돌보다가 한계에 부딪힌 남편이나 아내, 자식들에게 사람들은 환자가 그러는 게 아니라 병이 그러는 거라고 말한다. 하지만 별다른 위로가 되지 못한다. 바로 그 사실이 가족이 느끼는 상실감의 본질이기 때문이다.

남자의 아내는 남편의 인지 능력이 여러 달에 걸쳐 퇴화하는 동안 훌륭하게 대처했다. 의사는 그동안 부부를 자주 만났고 서로에 대한 헌신적인 태도에 감동했다. 아내는 이렇게 말하기도 했다.

"저는 어렸을 때 전쟁을 겪었지요. 그래서 묵묵히 살아나가는 데 익숙해요. 대단한 일이 아니에요. 그냥 할 일을 하는 것 뿐이에요."

남편은 날씨가 급변하듯 또렷한 정신을 되찾을 때가 드물게 있었는데, 그럴 때마다 아내에게 "사소한 것까지 다 도와줘서" 얼마나 고마운지, 힘들게 해서 얼마나 죄스러운지 이야기했다.

"꼭 그럴 의무는 없으니까요. 아내한테 짐이 돼서 면목이 없어요."

여러 달이 더 지나자 남자의 아내는 편하고 수수한 차림으로 말쑥해 보였던 전과 달리 이제는 흐트러지고 초췌한 모습으로 진료소에 왔다. 눈은 부어 있었고 뒷머리는 가르마를 따라 눌려 있었다. 빗질같이 하찮은 일에는 신경 쓸 새 없다는 듯 침대에서 일어나자마자 고된 일과를 시작한 사람의 모습이었다. 평소에는 감정을 밖으로 드러내지 않는 여자였지만 최근 진료실에서 눈물이 고인 적이 있었다. 이를 눈치챈 의사는 걱정스러운 마음이 들었다.

하루는 의사가 동네 가게에서 나와 주차해 둔 차로 가는데 여자의 이웃이 따라 나와 속삭였다.

"아주 탈진하기 직전이에요, 선생님. 선생님이 뭐라도 하셔야 해요. 이대로는 더 이상 못 버텨요. 매일 빨래를 네댓 번은 널고 있다니까요. 선생님이 뭐든 해줄 수 있는 게 있을 거 아니에요."

의사는 숨겨진 메시지의 의미를 파악할 수 있었다. 이미 환자의 아내에게 들어 환자가 대소변을 가리지 못한다는 사실을 알고 있었다. 대소변을 가리지 못하게 되는 최후의 일격이 오면 잘 버티던 알츠하이머병 환자의 가족도 갑자기 버티지 못하게 된다. 의사는 경험으로 이를 잘 알고 있었다. 의사는 토요일 오후 주차장으로 따라 나온 환자의 이웃이 우물거리며 내뱉은 요청이 어떤 의미인지도 잘 이해하고 있었다. 요양원에 보내야 한다는 뜻이었다. 하지만 그것은 그때도, 그 이후에도 의사가 내릴 수 있는 결정이 아니었다. 사람들은 곧잘 의사에게 굉장한 힘이 있을 것이라고 착각하곤 하는데, 의사가 감탄할 정도다.

"감사합니다. 이렇게 이야기해 주셔서 도움이 됩니다. 물론 비밀을 유지해야 해서 제가 말씀드릴 수 있는 것은 없지만 저한테 하실 말씀이 있으면 하셔도 됩니다. 다 듣고 있어요. 고맙습니다."

의사는 인지 능력에 대한 오해가 많다는 사실도 안다. 환자 자신도 그렇고 선한 의도를 가진 친구나 가족도 곧잘 오해한다. 실제로 인지 능력이 있느냐 없느냐의 문제는 많은 사람의 생각과는 달리 훨씬 더 복잡하다. 인지 능력은 하루하루 달라질 수도 있을뿐더러 오전과 오후가 다를 수도 있으며, 나아가 법적으로는 특정 상황에 따라 달라지기도 한다. 어떤 종류의 의사 결정은 할 수 없을지라도 모든 종류의 의사 결정이 불가능한 상태는 아닐 수 있다. 의사는 넓은 바다에 표류 중인 환자들을 위해 어떻게든 능력의 섬을 찾아내야 할 중요한 의무가 있다. 환자가 결정의 본질을 파악할 수 있다면 환자 스스로 결정을 내려야 한다. 그 결정이 현명한 결정이든 아니든 말이다. 몸이 아프다고 해서 자유 의지를 내팽개쳐서는 안 된다. 이것을 중심으로 의사가 어디까지 개입할 것인지에 대한 역학 관계, 더 중요하게는 그 한계를 논해야 한다.

이 환자와 아내의 경우 마을 가장자리에 있는 작은 너도밤나무 숲속, 50년 결혼 생활을 함께해 온 슬레이트 지붕 아래에서 가능한 오랫동안 머물고 싶어 했고 의사도 이를 알고 있었다. 두 사람 모두 신중해서 말은 하지 않았지만 환자를 다른 곳에 보내는 일은 곧 막다른 길을 의미한다고 확신했다. 그걸 미룰 수 있다면 빨래 정도는 아무리 많이 해도 괜찮다고 생각할 것이 분명했다. 하지만 의사는 아내까지 병에 걸리거나 넘어지는 일이 일어날까 봐 마음이 편치 않았다. 그렇게 되면 환자는 또 어떻게 되겠는가? 의사는 부부의 이웃이 곁을 맴도는 동안 이런 생각을 했지만 단 한마디도 입 밖으로 내지는 않았다. 그저 가게에서 구입한 식료품을 트렁크에 싣고 다시 한번 고맙다는 말을 전하며 서둘러 빠져나온다.

그런데 코로나 사태 초기에 환자가 집에서 낙상을 당하고 고관절 골절로 병원에 입원한다. 아내는 병동에서 그를 면회할 수 없었고, 남자는 눈에 띄게 병세가 악화된다. 병원에 입원한 치매 환자들에게서 흔히 볼 수 있는 현상이다. 특히 요즘처럼 환자의 자아를 붙잡아 주는 모든 닻줄이 끊어진 끔찍한 날들에는 더 심하다. 몇 주 뒤 의사는 병원의 연락을 받는다. 환자가 거동하기 힘들어하고 인지 능력이 감소한 탓에 집으로 돌려보내는 것은 안전하지 않다는 소견이다. 자유 의지는 여기서 끝나고 환자는 요양 시설로 들어간다. 환자가 가게 될 시설은 오랫동안 환자를 보아온 주치의가 일반의로 있는 골짜기

꼭대기의 폭포 옆 요양원이 아니다. 가까운 시내에 있는 다른 시설이다. 의사는 아마도 환자를 다시 보지 못할 것이다.

보통 때(의사는 지금과 구분하기 위해 자꾸만 '보통 때'라는 표현을 쓴다.) 같으면 의사는 환자의 아내와 진료 약속을 잡았을 것이다. 얼굴을 맞대고 이야기했을 것이다. 책상 위에 있는 티슈를 건넸을지도 모른다. 아내의 손을 잡았을 것이고 얼마나 오래 애썼는지 안다고 이야기했을 것이다. 하지만 '보통 때'가 아닌 지금은 수화기를 들고 전화를 하는 수밖에 없다.

"일주일에 30분밖에 면회가 안 돼요." 환자의 아내가 말한다.

"그것도 비닐 벽을 사이에 두고 만나요. 남편은 절 알아보지도 못해요. 제가 누군지 몰라요. 제가 이야기를 해줘도 바로 잊어버려요. 우리 딸도 못 알아보고요. 우리 동네 사는 여자가 저한테 다정하게 묻더라고요. 이제 좀 안심이 되는지. 저는 도대체 뭐가 안심인지 알 수가 없었어요. 그 여자는 남편이 이제 안전하니까 안심이 되지 않냐고 해요. 하지만 집에서는 안전하지 않았나요? 모르겠어요. 솔직히 뭘 하면서 시간을 보내야 할지 모르겠어요. 어제 오후에는 켜지도 않은 TV를 쳐다보고 있더라고요. 그래도 면회를 할 수 있다는 것만으로도 감사해요. 정말 감사해요. 이미 청소할 게 너무 많은데, 제가 한 번 다녀가면 또 청소해야 돼요. 그쪽에서 굉장한 친절을 베푸는 거예요. 아무튼 저한테는 큰 변화지만 적응해야지 어쩌겠어요."

알츠하이머병 환자의 아내와의 통화는 오전 원격 진료의 시작일 뿐이다. 근무는 이미 한 시간 전에 시작되었고 의사는 평소와 다름없이 밤새 나온 혈액 검사 결과와 병원에서 온 연락을 확인했다. 이제는 물론 코로나 검사 결과도 확인한다. 오늘 아침에는 네 명이 확진되었다. 의사는 이들 모두에게 연락을 취해야 한다. 오늘 혼자서 두 진료소의 일을 도맡아야 하는 의사는 이른바 '생존 모드'에 돌입했다.

책상 위 큼직한 머그잔에는 묽게 탄 차가 들어 있다. 진한 차에 대한 사랑은 아이들이 생기면서 사라졌고, 이제는 티백을 물에 담그자마자 꺼내서 마신다. 우유는 듬뿍 넣는다. 의사는 차를 홀짝이며 어젯밤 죽어가는 환자의 집에 왕진하러 가서 남긴 음성 메모를 받아 적고 있다.

"오후 9시 방문 마침표 의식이 명료한 상태로 침대에 앉아 있음 마침표 혈압 142에 80 쉼표 심박수 82 쉼표 산소 포화도 94 쉼표 체온 36.1 마침표 복부 팽창 마침표 보통 때라면 이 시점에 입원을 시킬 것 마침표 환자는 현재 상황에서 입원을 원치 않음 마침표 가정에서는 불가능하지만 병원에서 증상을 관리할 수 있는 방법이 있음을 이해시킴 마침표 사전의료계획(건강 상태의 악화로 임종을 앞두게 될 경우를 대비해서 사전에 세우는 치료 계획을 말한다—옮긴이) 설명 마침표 환자는 위험한 순간이 오기 전에는 고민하고 싶어 하지 않음 마침표 아내는 환자의 뜻을 따르기로 함."

음성 기록 소프트웨어는 몇 년 전부터 쓰기 시작했다. 기록을 남길 때 몇 초 정도는 아낄 수 있다. 하지만 늘 다시 읽어봐야 한다. 다소 민감한 어휘의 경우에는 프로그램이 어려워하기 때문이다. '프로클로르페라진prochlorperazine'은 잘 받아 적지만 '항문anus'은 꾸준히 "간호사a nurse"로 기록한다. 지난주에는 '사정하다ejaculate'를 "재클린Jacqueline"이라고 적었다. '이 기술의 가장 중요한 역할은 우울한 날의 나에게 큰 웃음을 주는 것일까' 하고 의사는 종종 생각한다.

어느새 전화 진료 시간이 엄습한다. 의사가 머리에 쓴 헤드셋은 탁상전화기의 수화기와 연결되어 있다. 콜센터에 근무하는 기분이 드는 날도 있다. 의사가 상상했던 시골 의사의 삶이 아니다.《행운아》속 사진에 담긴 사샤의 모습, 코듀로이 재킷에 넥타이를 맨 모습은 이런 날에는 정말 아득하게 느껴지지만 의사는 알츠하이머병 환자의 아내가 했던 말에 집중한다. '그냥 할 일을 할 뿐이다.' 의사는 다음 번호로 전화를 걸며 아침 진료를 시작한다.

불규칙한 생리 때문에 걱정인 여성 환자는 통화하는 내내 시내 슈퍼마켓에서 사재기를 한다는 의심을 받았다고 푸념한다. 이 여성은 원래 애가 셋인데 여동생의 아이들까지 집에 머물고 있다고 한다. 여동생은 암 병동 간호사이고 바이러스 전파 위험을 막고자 병원에서 지내고 있기 때문에 여성은 이제 여덟 식구를 먹여야 한다고 호소한다. 카트 가득 식료품을 사서 차에 넣은 뒤 삼십 분 후 가게로 돌아가 다시 물건을 사야 한다. 여자는 급기야 이렇게 묻는다.

"제가 거짓말을 하는 게 아니라고 의사 선생님이 편지를 한 장 써주실 수 없을까요?"

젊은 남자 환자는 기분이 우울하다. 잠을 잘 못 자고 여자 친구가 '놀아나고' 있는 것 같다는 의심을 멈출 수 없다. 이 환자를 잘 알고 있는 의사는 엄마 같은 어조로, 계속 대마초를 피우면 정신 건강에 도움이 되지 않는다고 말한다.

"외출 제한 기간인데 대마초는 대체 어디서 사는 거니?"

"그건 별문제 안 돼요. 딜러는 격리 지원금이 안 나오니까 계속 일을 해야 되거든요."

다음으로 의사의 든든한 동지인 지역 완화 치료 간호사에게 전화를 건다. 어젯밤 왕진을 하러 갔던 집 환자 때문이다.

"환자가 병원에 가고 싶어 하지 않아요. 한번 가서 들여다봐 줄래요? 아내분은 아주 지쳤어요. 잠을 한숨도 못 주무셨대요."

다음은 요양원의 수간호사와 오래된 환자의 사전의료계획을 논의한다. 환자가 밤새 뇌졸중 의심 증상을 보였기 때문이다. 이 환자는 요양원 근처에도 가기 훨씬 전부터, 정신이 온전했던 시절에도 병원에 깊은 반감을 보였던 환자이기 때문에 결정이 쉽지 않다. 의사는 이곳에서 일한 지난 20년간 이 환자를 봐왔다. 부임 초기에는 여자가 살고 있는 작은 경작지를 여러 번 찾아갔다. 골짜기 위쪽 낙농 목초지 사이로 바퀴에 팬 길을 따라가면 나오는 집에서 여자는 혼자, 성질 나쁜 갖은 동물들을 데리고 살았다. 의사의 정강이를 공격하는 거위, 의사의 가방을 할퀴는, 털이 지저분한 고양이 서너 마리, 그리고 의사가 집을 나설 때까지 항의하듯 울음을 멈추지 않던 당나귀 등이 있었다. 의사가 방문할 때마다 여성은 큰 병원을 소개시켜 주겠다는 의사의 말을 딱 잘라 거절했다. 위암 증상이 의심되는 상황이건 한쪽 눈의 시력이 갑자기 상실된 상황이건 마찬가지였다. 의사는 여자가 잘못된다면 동물들은 어떻게 하냐고 구슬려 보기도 했지만 아무 소용 없었다. 전문의를 포함한 모든 형태의 권위에 대해 여자는 깊은 반감을 보였다. 젊은 의사만이 예외였는데, 왕진을 하러 와달라는 데 동의했기 때문이기도 하고 '잘난 체하지 않는' 데다 동물을 좋아했기 때문이다. 하지만 상황은 위태롭게 불어나다 결국 터져버렸다. 심각한 기억력 문제와 다리 궤양으로 사회 복지 서비스가 개입했는데, 방문 간호가 처참하게 실패하게 되면서 결국 여자는 요양 시설에 들어가게 되었다. 거기서 지금 여자는 황혼의 세상에 갇혀 있으며, 의사는 여자가 그걸 원치 않는다는 것도 안다. 그래서 의사는 간호사에게 환자의 배경을 이야기해 주고 병원 입원을 원치 않는 환자의 의견을 입증할 기록을 전달한다. 환자의 뜻을 확실히 알고 있으며, 이처럼 확실한 적이 없었다고, 사회복지사에게는 직접 설명하겠다고 의사는 말한다.

오전이 절반쯤 지난 시각, 의사는 시계를 흘끗 보고는 빠르게 번호를 누른다. 아무도 받지 않는다. 한숨을 쉰 의사는 다시 시도한다. 그리고 다시. 또다시. 이번에는 누군가 전화를 받는다.

"전화 되게 안 받네. 다른 거 하기 전에 식기세척기 비우고 다시 채워. 그리고 카약 세트도 정리해, 알았지? 아빠는 오후 되면 온다고 했어."

의사는 곧이어 다음 전화 진료를 시작하고 따뜻하고 호의적인 음색으로 되돌아온다. 십 대 청소년인 두 아들에게는 그다지 효과적이지 못한 목소리이지만 환자들을 대할 때는 필수적이다. 이번 환자는 삼십 대 후반의 변호사로 오랫동안 코로나바이러스로 인한 후유증을 보이고 있다. 의사도 무엇보다 이 후유증 때문에 바이러스 전염이 두렵다. 여자는 어떻게든 일을 계속하는 중이지만 일과가 끝나면 곧바로 침대로 향한다. 예전에는 철인 3종 경기를 했지만 이제는 10분만 걸어도 숨이 찬다.

"그리고 선생님은 눈치채지 못하셨을지 몰라도 뇌가 둔탁해진 느낌이에요. 회사에서 머리가 잘 안 돌아가요. 기능을 못 하는 건 아니지만 그 전과는 굉장히 다른 삶이에요."

뒤이어 불안과 우울 증상을 호소하는 환자 네 명과 잇따라 통화한다. 날이 갈수록 이런 증상으로 진료 예약을 잡는 사람들이 많아지고 있다. 한 남자는 까다로운 아버지와 집에 갇혀 있는 게 힘들다. 한 십 대 소녀는 부모님이 사회적 거리두기를 너무 엄격하게 지키는 바람에 남자 친구와 헤어지게 될까 두렵다. 결혼이 위기에 처한 여성도 있고 외로움을 참기 힘든 노년 남성도 있다. 이 가운데 두 사람이 자살을 생각해 봤다고 말한다. 이 사람들은 모두 정신 건강 문제를 처음 겪어보는 사람들이다. 그 밖에도 봉와직염, 고환 부어오름, 전에 없었던 숨 가쁨 증상을 호소하는 환자들이 있고 어지러움, 허리 통증, 류머티즘 관절염이 있는 환자들이 있다. 새로운 환자 한 명은 고혈압을, 기존 환자 한 명은 팔꿈치 점액낭염을 호소한다. 이 모든 진료가 전화로 이루어진다.

오전 진료의 마지막은 유일한 대면 진료이다. 한 엄마가 여섯 살 딸을 데리고 들어온다. 두 자매 중 언니이다. 동생은 꾸중을 듣고 시무룩한 얼굴로 진료실 문밖에 서 있다.

"사실 제 잘못이에요." 엄마가 말한다.

엄마는 컴퓨터 앞에 앉아 일을 하고 있었고 자매는 위층에 있었다고 한다. 면봉을 찾아낸 자매는 괴물 놀이를 하기로 했다. 콧구멍에 각각 하나씩, 귀에도 각각 하나를 꽂고 입에는 여러 개를 물었다.

"애들이 자지러지듯 웃는 소리가 들렸는데 미처 몰랐어요." 엄마가 속상한 얼굴로 말한다.

동생이 두 손으로 언니의 두 귀를 막는 시늉을 했는데, 그때 면봉이 끝까지 들어갔고 귀에서 피가 나기 시작했다고 한다. 이경으로 살펴보니 고막이 있어야 할 곳에 찢어진 흔적이 보였고 의사는 큰 병원의 이비인후과 의사에게 보낼 소견서를 작성한다.

"안타깝지만 고막을 새로 해 넣어줘야 되겠는걸요."

엄마가 신음 소리를 낸다.

"우리 집에서는 면봉을 금지했어요." 의사가 말한다.

"저는 면봉 정말 싫어해요. 괴물 놀이를 하지 않더라도 면봉은 귀에 온갖 문제를 일으키거든요. 그런데 우리 남편은 아직도 그걸 너무 좋아하는 거 있죠. 면봉을 사서 가방에 숨겨놓는다니까요. 애들한테는 엄마한테 얘기하지 말라고 한대요."

암울하게 시작했던 오전의 끝자락에는 함께 소리 내어 웃는 두 여성, 두 엄마가 있다. 지켜보는 두 아이의 표정은 침울하다.

나뭇잎이 물들고 울긋불긋한 눈보라가 우수수 쏟아지기 시작할 무렵, 의사는 이 사태가 쉽게 끝나지 않으리라는 사실을 분명하게 깨닫는다. 코로나 확진자 수가 다시 올라가고 있다. 외출 제한 조치가 추가될 것이라는 소문도 있다. 몸과 마음이 모두 기진맥진되어 가고 있다. 환자들은 불평이 늘었다. 심각한 정도는 아니지만 인내심이 바닥을 드러내고 있다. 몇 달 전, 마을 여성들은 유럽 전승 기념일을 맞아 거리에서 잔치를 여는 대신 대공습 시절을 방불케 하는 용감한 정신으로 정갈한 원피스를 차려입고 산울타리를 따라 긴 깃발 장식을 늘어뜨렸다. 그 용기도 이제 바닥을 쳤다. 같은 여성들이 이제는 길에서 낯선 얼굴을 보면 의심의 눈길을 보내고 여기서 무얼 하는지, 외출 허락을 받았는지 묻는다. 마을 사람들이 모인 메신저에 누군가 값비싸 보이는 차량의 사진을 올린다.

"누구 차인지 아시는 분?"

다리 근처에 주차되어 있는 차는 너무 깨끗해서 더욱 수상해 보인다. 한동안 토요일마다 독감 백신 접종이 이루어지면서 분위기가 밝아진 것은 사실이다. 환자들과 직접 마주 볼 수 있다니 축복 같았다. 하지만 의사는 피로가 극에 달한 진료소 팀원들이 걱정이다. 다들 그렇다. 그때 코로나 백신 소식이 들려온다. 생산 중이고, 효과가 있다는 소식이다. 라디오에 등장한 옥스퍼드의 한 과학자는 '봄까지 정상화'가 가능하다고 한다. 의사의 가슴이 두근거리기 시작한다. 그러나 즉시 백신 수급에 대한 불안감이 몰려든다. 지금부터 그때까지 벌어져야 하는 일과 벌어질 수 있는 일들을 생각하니 머리가 복잡하다.

의사는 잠을 설치고 있다. 주니어 의사 때 2분 안에 잠들고 언제든 잠에서 깨 할 일을 할 수 있는 거의 초인적인 능력을 얻게 되었다고 말하고 다녔는데 이제는 아니다. 팬데믹 초기의 병적인 불안감과는 다르다. 그런 불안에는 이미 무감각해졌다. 하지만 의사는 개인 보호 장비의 효능이 드러난 지금에도 전반적인 상황은 여전히 우려스럽다는 사실을 알고 있다. 이런 걱정이 잠을 자야 할 시간에 돌풍처럼 휘몰아치곤 하는 것이다.

지난주, 13시간 근무를 마친 의사는 여느 때처럼 차가 한 대밖에 다닐 수 없는 도로를 따라 집으로 향하다가 집을 1마일 정도 남겨두고 멈추어 섰다. 나무가 넘어져 길을 막고 있었다. 거대한 나무줄기는 푸른 이끼로 덮여 있었고 가지들도 포장된 도로 위로 널브러져 있었다. 집에 있던 남편이 구조를 하러 왔다. 의사에게 자기 차를 주고 남편은 어둠 속에서 의사의 차를 후진해서 반 마일쯤 갔다. 그리고 다음 날 아침 집에서 나올 수 있도록 전기톱을 구해 왔다. 그 일이 있고 나서 의사는 신경이 곤두서서 잠을 이룰 수 없다. 시계가 한 시에서 두 시, 세 시를 가리키는 동안 의사는 잠들지 못한 채 몇 마일 안에 있는 모든 나무가 바람에 흔들리는 소리에 귀 기울인다. 분지 형태의 골짜기는 소리를 증폭시킨다. 집 근처의 참나무와 물푸레나무에 바람이 스치는 소리에 수십만 그루의 합창이 더해진다. 죽어가는 모든 이파리가 목청을 높인다. 바닷소리 같기도 하다. 의사는 새벽에 몰려드는 잡생각을 머릿속에서 떠나지 않는 노래에 견주어 말하지만 사실 숲의 노래보다는 TV 뉴스 등에 나오는 장면들이 의사를 더욱 잠들지 못하게 한다. 군중이 우르르 열차에 올라타는 장면이나 월급날에 시내의 대형 할인 상점에 줄을 서는 장면 같은 것이다. 이 질병은 남보다 형편이 어렵거나 늙은 사람, 약한 사람에게 더욱 가혹한데, 의사는 바로 이런 사실이 마음에 들지 않는다. 온 사방에서 숲이 울부짖는다.

"가슴이 아파서 죽을 수도 있나요? 그럴 수 있다고 들었어요. 가능한가요?"

질문을 던지는 나이 든 여자의 목소리는 또렷하고 명확하다. 옛날 라디오 아나운서의 목소리를 연상시킨다. 슬픔은 사람을 죽게 만들 수 있지만 늘 그런 것은 아니라고, 절대 아니라고 의사는 대답한다. 그리고 여자의 이름을 불러준다. 만약 같은 방에 있다면 의사는 이때 여자의 손을 잡아주었을 것이다. 수십 년을 함께 한 오랜 동반자의 경우 한 사람이 죽으면 다른 한 사람이 12개월 이내에 사망할 확률이 현저히 높다. 심부전이나 심근 경색이 발생한 사례도 있다. 그저 스스로를 돌보지 않는 사람들도 있다. 잘 먹지 않거나 두문불출해서 건강이 급격히 나빠지는 사람들도 있다. 하지만 상실감 때문이라고 할 수 있을까? 의사는 말할 수 없다. 복잡한 문제이며 길

은 슬픔을 아직 추스르지 못한 환자 앞에서 답할 수 있는 물음이 아니다.

의사는 이 커플을 20년 전부터 보아왔다. 처음에는 진료소에 잘 오지 않아서 두 사람이 커플인 줄도 몰랐다. 두 사람이 골짜기 능선 쪽 넓은 숲길을 걷는 모습은 자주 보았다. 스패니얼 한 마리가 둘 사이를 오갔으므로 일행이라는 것은 알 수 있었지만 한 사람이 언제나 다른 사람보다 몇 걸음 앞서 걸었다. 의사는 두 사람이 친구이거나 티격태격하며 함께 늙어가는 자매라고 생각했다. 하지만 두 사람이 점점 나이가 들어 의사를 더 자주 찾아오면서 의사는 두 사람이 40년 이상을 함께, 서로에게 만족하며 살아왔다는 사실을 알게 되었다.

"우리 둘로 충분했어요." 한 사람은 의사에게 이렇게 말하기도 했다.

지난 몇 년간 의사는 종종 두 사람의 집을 방문했다. 집으로 가는 길은 습지라서 밀물 수위가 특히 높을 때 범람하는 강물에 잠기곤 한다. 그래서 이 집에 왕진을 하러 갈 때는 차에 고무장화를 싣거나 신고 간 자전거용 신발을 벗고 들어가는 법을 터득하게 되었다.

두 사람 중 나이가 많은 여성이 팔십 대에 들어섰을 때 하루에 한 번 보호사가 집을 방문했다. 하지만 팬데믹의 첫 물결이 밀어닥쳤을 때 두 사람은 외부의 도움을 모두 취소했다. 더 젊고 힘 있는 쪽이 반려인을 돌보는 차선책을 선택한 것이다. 두 사람의 삶은 전에 없이 축소되었다. 더 이상 숲에서 긴 산책을 할 수는 없었지만 그런데도 살아나갈 가치가 충분한 삶이었다. 그 점에 한해서는 두 사람 모두 확고한 생각을 갖고 있었다. 그래서 외부인을 들이는 위험을 감수하고 싶지 않았던 것이다.

그러다 늦가을쯤 낙상 사고가 있었다. 두 사람 중 젊은 쪽이 쇄골 골절로 병원에 잠시 입원했다. 무사히 퇴원하는 날이 되었을 때 두 사람은 다행이다 싶은 마음에 골짜기 집으로 가는 택시 안에서 조용히 두 손을 맞잡았다. 다음 날, 병원에서 전화가 왔다. 여자가 입원했던 병실의 환자 네 명 중 세 명이 코로나 양성 판정을 받았으니 다시 검사를 받아야 한다고 했다.

"우린 정말 조심했거든요. 사소한 것까지도요. 집 밖으로도 거의 안 나갔어요."

여자가 믿을 수 없다는 듯 의사에게 말했다.

"다른 데도 아니고 병원에서 이렇게 됐다니 정말 믿기지가 않아요."

검사 결과 두 사람 모두 양성이었다. 젊은 쪽은 증상이 없었지만 더 나이 든 쪽은 몸져누웠고 시간이 흐르자 매우 심각한 섬망 증상을 보였다. 의사가 강기슭의 집을 마지막으로 방문했을 때 상황은 아주 심각했다. 고함이 오가고 난리가 났다. 의사는 온갖 개인 보호 장비를 잔뜩 착용하고 있었고 나이 든 여성은 공격적인 모습을 보이며 어찌할 바를 모르고 있었다. 결국 의사는 구급차를 불렀고 사흘 후, 평생을 함께해 온 동반자와 한참 떨어진 곳에서 여자는 세상을 떠났다. 의사는 병원에서 알림이 왔을 때 눈물을 흘렸다. 20년을 해온 일이지만 그런데도 가끔가다 속이 철렁 내려앉는 일이 일어난다. 워낙 잘 알고 있던 두 사람의 일이었기에 이번에도 의사의 마음은 내려앉았다.

"같이 산책을 하다가 갑자기 벼락을 맞아서 가면 좋겠다고 늘 생각했어요."

여자가 수화기 저편에서 말했다.

"그런데 그렇게 안 됐네요."

크리스마스를 몇 주 앞둔 시점에 병원 내 코로나19 감염자 수는 영국 내 총 감염자 수의 25퍼센트에 달했다. 이 같은 사실로 인해 1차 병원에서의 진료는 아주, 아주 까다로워진다. 환자를 큰 병원으로 보내는 기준이 평소와 달라지고 위험도를 나타내는 곡선도 다시 그려진다. 물론 아직 통계 자료가 나온 것은 아니지만 최근 의사가 본 취약 환자 다섯 명의 경우를 살펴보자. 평소 같으면 모두 병원에 입원시켰을 환자들이다. 의사는 이 가운데 세 명을 집에서 완화 치료를 하면서 지켜보기로 결정했고 그 세 명은 무사했다. 병원에 입원시킨 두 명은 사망했다. 그중 한 명만 코로나바이러스 때문에 사망했지만 두 경우 모두 가족은 임종을 지키지 못했다.

이런 입원 결정은 가벼이 내릴 수 없고 일방적으로 내릴 수도 없다. 물론 동료나 가족과 상의하고 위험 부담을 나눠 갖는다. 그러나 의사는 팬데믹의 두 번째 물결 속에서 절박한 필요에 따라 취약한 환자들을 입원시키지 않

는 결정을 내리는 일이 많다. 게다가 나이를 불문하고 모든 환자가 병원 근처에도 가고 싶어 하지 않는다. 최근 오전 진료 결과 두 명은 큰 병원으로의 전원이 지연되고 대기가 길어지는 것에 대해 불안감을 토로한 반면 긴급히 엑스레이 등의 영상 촬영이 필요한 환자 여섯 명은 병원을 딱 잘라 거부했다. 이런 모든 이유에서 의사는 위험성을 평가할 때 평소와 상당히 달라진 기준을 적용해야 한다. 의사의 마음은 조금도 편치가 않다.

이날 오후 저녁 진료를 앞둔 의사는 긴장을 풀기 위해 산책을 한다. 차갑고 축축한 공기 속에 혼자 있는 시간이 필요하다. 이 또한 어떤 의미에서 발 빠른 대응을 가능하게 한다. 하늘은 곧 폭풍우가 몰아칠 기색이다. 구름은 재즈 클럽의 담배 연기처럼 노랗고 불그스름하다. 지면은 어둡지만 가을이 두고 간 금빛 이파리 몇 장이 얼마 남지 않은 석양빛을 붙잡고 버틴다. 강물은 골짜기 바닥에 하늘을 칠한다.

숲 저편에 있는 요양원 생각이 의사의 머릿속을 떠나지 않는다. 아직은 코로나 환자가 없지만 의사는 이날 아침 다른 요양원에서 나온 수치를 접했고 등골이 오싹하다. 침상 25개의 요양원에서 확진자 12명이 나왔고 환자 16명 중에 10명이 양성인 곳도 있었다. 옆 주에 사는 일반의도 검사 결과 양성이 나왔는데 감염 예방 절차를 철저히 따랐는데도 소용이 없었다고 한다. 그리고 의사는 금요일에 요양원에 가서 상태가 특히 좋지 않은 환자들을 만나야 한다. 월요일인 이날 전화로 회진을 한 결과 세 명이 불편감과 피로를 호소했으며 의식이 혼탁했다. 코로나 증상인지 확인되지 않은 상태이지만 고령의 취약 환자에게 코로나바이러스 감염은 흔히 이런 증상으로 나타난다. 점심시간 현재 세 명 모두 방에서 격리 간호를 받고 있다. 하지만 만에 하나? 만에 하나 감염이라면? 백신 접종이 몇 주 안 남은 지금 가슴이 찢어질 것 같다는 생각이 든다. 의사는 요양원을 안전하게 보호하려는 자신의 노력이 거의 종교적인 수준임을 인정한다. 하지만 그보다 해야 할 일이 훨씬 많다고 스스로에게 엄하게 말하며 지나치게 걱정하지 말자고 다짐한다. 그런데 갑자기, 느닷없이 하늘에서 깨지는 소리가 나고 폭우가 쏟아진다. 머리에 후드를 뒤집어쓴 의사는 진료소로 뛰어간다. 몸을 말리고 저녁 전화 진료를 준비해야 한다.

의사의 아버지는 49세라는 이른 나이에 파킨슨병 진단을 받았다. 그리고 60세가 되기도 전에 이 병으로 인해 요양원에 입소하게 되었다. 딸의 진료소가 있는 곳에서 강을 거슬러 굽이굽이 10마일 정도 가면 나오는 요양원이었다. 몇 년 전부터 이 병은 아버지의 몸과 마음을 엉망으로 만들어놓았고, 아버지는 30년 동안 함께 살았던 아내와 헤어지겠다는, 이해하기 힘든 결정을 내렸다. 의사는 이렇게 말할 뿐이다.

"그건 불쌍한 우리 아버지 실수였어요. 아버지도 실수인 걸 인정했어요."

상류 쪽 요양원에서 몇 년을 보낸 뒤, 아주 취약한 상태가 된 의사의 아버지는 딸이 관리하고 있는 요양원으로 옮겼다. 아버지의 진료는 다른 일반의가 담당하기로 했지만 딸은 병동 회진이 끝나고 나면 잠깐 아버지를 보러 갔다. 과거 응접실로 쓰던 방으로, 가면 언제나 아버지를 찾을 수 있었다. 가장자리를 조각 띠 장식으로 두른 높은 천장과 빅토리아식 창틀로 마감한 웅장한 창문이 있는 방이었다. 두 사람은 함께 골짜기의 숲 지붕을 내려다보기도 하고 햇볕이 좋은 날이면 의사는 아버지의 휠체어를 밀고 외부 테라스로 나가 발아래 기슭을 가로지르는 구름의 그림자를 감상하기도 했다. 3주도 지나지 않아 아버지는 세상을 떠났다.

"아버지가 요양원을 옮기셨을 때 그렇게 빨리 돌아가

실 거라고 생각 못 했어요. 하지만 아버지의 삶은 아주 오랫동안 계속해서 작아지고 있었어요. 이전 요양원에서 8년을 있었고 이전에는 엄마와 이혼하고 나서 시내의 작은 집에서 1년을, 그전에는 엄마와 큰 농장에서 살았지요. 이사를 할 때마다 짐이 차츰차츰 줄어들었어요. 하지만 저는 아버지가 갖고 있던 오래된 참나무 책장과 책만은 꼭 전부 이 요양원으로 옮기고 싶었어요. 물론 아버지가 다시는 그 책을 읽을 수는 없었겠지만 저는 다른 사람들이 아버지를 그런 책에 관심을 가졌던 사람으로 봐주길 바랐어요. 아버지 사진도 좀 걸어두었죠. 아버지의 예전 모습을 보여주고 싶었어요. 그때 이미 다른 사람이 되어 있었으니까요. 제가 아버지 방에서 있었던 시간은 그 짐을 정리하는 동안이 유일했어요. 그래서 아버지가 돌아가시고 곧바로 그 방으로 가서 세 시간을 앉아 있었어요. 건물의 오래된 부분 아래층에 있는 아주 예쁜 방이에요. 전망이 아주 좋아요. 아버지가 돌아가신 날이 목요일이었을 거예요. 저는 월요일에 다시 요양원으로 돌아와 회진을 돌았는데, 그 방에는 벌써 새로운 환자가 들어와 있었고 제가 진찰을 해야 했지요. 기분이 이상했어요. 누가 이렇게 말하는 것 같았어요. '계속 징징대고 있을 거니, 아니면 이겨낼 거니? 물론 이겨내야지.' 그래서 들어갔어요. 새 환자와의 만남에 영향을 미치지는 않았지만 정말 혼란스러운 기분이었던 건 틀림없어요. 지금도 병동을 돌다가 '저기가 아버지 방이었지' 생각해요. 구부러진 통로에 있는 방인데 그 방은 저한테 언제나 아버지 방일 거예요. 거기에 3주밖에 안 계셨지만 말이에요. 비어 있을 때도 슬쩍 들여다보고 잠깐 아버지 생각을 해요. 아버지와 앉아 있었던 생각을요. 부모님을 보내드리는 건 참 힘든 일이에요. 그렇죠?"

의사의 아버지는 딸에게 인생에 관한 여러 중요한 가르침을 주었다. 낙관의 힘, 현재에 충실한 데서 오는 보람, 개와 말에 대한 깊은 애정, 백개먼(놀이판과 주사위를 가지고 하는 놀이다—옮긴이) 비밀 공략법, 슈퍼트램프Supertramp의 노래 〈드리머Dreamer〉를 틀 때 알맞은 음량(매우 커야 함), 매우 날카로운 칼끝에 꽂아 건네는 사과 조각이 주는 사소한 행복 등. 그러나 무엇보다도 사람들에게 말을 건네는 법을 가르쳐준 사람이 바로 아버지였다. 의사가 요양원에 가지는 애착에도 아버지에 대한 정이 어려 있지만 무엇보다도 의사가 환자와 나누는 모든 대화 속에서 아버지는 살아 숨 쉰다.

"아버지는 사람들의 말을 들어줬어요. 정말 귀담아 들어줬어요. 말이 끊어질 때까지 기다렸다가 자기 말을 하는 게 아니라요. 말이 끊어지면 질문을 해서 대화를 이어나갔어요. 아버지는 그 이유를 이렇게 설명했어요. 내가 할 말은 내가 이미 알고 있으니까. 이런 식으로 하면 새로운 걸 배울 수 있지. 재미있는 사실은 사람들이 아버지와 대화를 한 뒤에 짐은 정말 괜찮은 사람이라고, 정말 재미있는 사람이라고 말했다는 거예요. 아버지에 대해 아는 게 별로 없는데도요. 그 사람들이 좋아한 건 아버지가 보여준 관심이었죠."

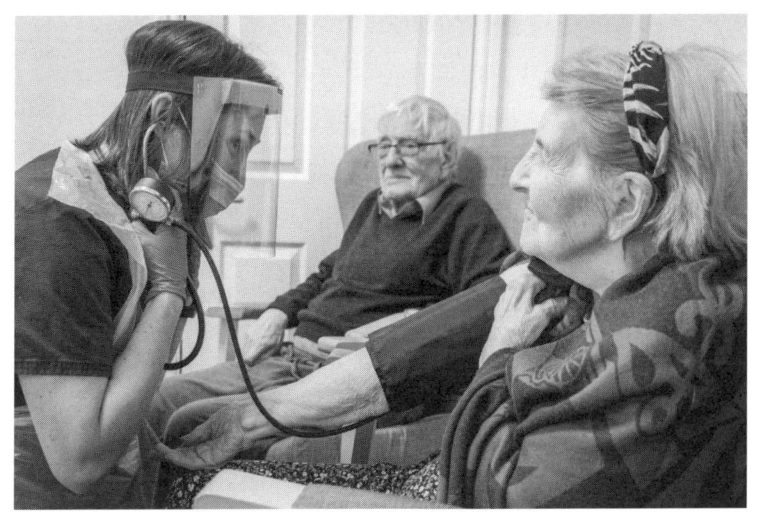

이 의사가 환자들과 관계를 맺을 때 어떤 철학을 갖고 있는지 궁금하다면, 왜 이 의사가 자기 일을 이처럼 사랑하고, 잘할 수 있으며, 왜 환자들이 의사를 믿고 따르는지 궁금하다면 답은 바로 여기에 있다. 아버지는 의사도 아니었고 딸이 의사가 되리라는 사실도 처음에는 몰랐다. 그의 철학은 교과서에 나오는 것도 아니다. 다만 인간으로서 도리를 다하는 데 있으며 다른 인간에게 온기와 친절을 베푸는 데 있었다.

매년 12월이 되면 골짜기 진료소에서는 "산타 할아버지처럼" 무언가를 한다고 의사는 말한다. 마을 사람들에게 옷과 장난감, 책 등을 기증받아서 연령별로 분류해

산타 주머니에 넣고 시내에 있는 여성 보호소나 도움이 필요한 지역 가정에 전달한다. 크리스마스를 열흘쯤 앞둔 시점에는 접수대 뒤편 창고가 선물로 그득하곤 했지만 올해는 다르다. 감염 관리 지침에 어긋나기 때문이다. 진료소 관리 실장이 아침 일찍부터 의사의 책상을 포함한 모든 책상에 아기자기한 조명을 달아놓았지만 올해는 침울한 크리스마스가 될 것 같다. 다행히 의사의 친구에게 걸려온 전화에 조금 숨통이 트이는 것 같다. 친구는 아이들과 집 청소를 하는 중인데 아주 괜찮은 물건이 부끄러울 정도로 많다고, 심지어 포장을 뜯지 않은 것도 있다고 말한다. 어디 보낼 데 없을지 친구가 묻는다. 의사는 떠오르는 사람이 있다. 홀로 아이를 키우는 엄마인데 대로변 공공 임대 주택에 산다. 아이는 다섯이고 일을 세 개나 하지만 늘 빠듯하다. 의사는 즉시 이 엄마에게 문자를 보낸다. 상대방은 문자를 확인하지만 그날 밤에도, 다음 날 아침에도 답이 없다. 의사는 무례를 범한 것은 아닌지 안절부절 어쩔 줄을 모른다. 하지만 점심시간에 마침내 답변이 온다. 보내주면 정말 좋겠다고, 크리스마스 선물 고민이 해결됐다고 말한다. 고맙다는 말과 함께 느낌표 여러 개와 크리스마스트리 이모티콘을 보냈다.

작은 온정이지만 왠지 의사의 기분이 새로워진다. 엄마도 기분이 좋다. 성탄절이 되면 아이들도 기분이 좋을 것이다. 선물을 준 가족도 기분이 좋고 헤펐던 과거에 대한 죄책감도 복을 나누면서 줄어들 것이다. 의사도 사랑해 마지않는 마을 안에서 이처럼 간단하게 다리를 놓아

줄 수 있어서 기분이 좋다. 2020년에 낙관적인 시각을 유지하기란 망상에 가까운 일이지만 희망은 그렇지 않다. 희망은 다르다. 의사에게 희망은 아직도 많이 남아 있다.

성탄절 아침, 골짜기 의사는 마침내 휴가를 얻었다. 채소를 다듬어두었고 요리는 남편이 하기로 되어 있으니 의사는 헤드폰을 쓰고 오디오북을 재생한다. 그리고 휘파람으로 개들을 불러 모아 점심 전 산책을 시작한다. 날씨가 아주 좋다. 대기가 선명하고 밝으며 차갑다. 골짜기 정상 부근 숲의 가장자리, 나지막한 수풀로 뒤덮인 축축한 들판에서 의사는 환자와 마주친다. 환자도 개를 산책시키고 있다.

"어머, 방해 안 할게요. 다른 날도 아니고 크리스마스인데. 쉬셔야지요. 저하고 이야기 나누실 필요 없어요."

하지만 의사는 멈추어 서서 대화를 한다. 두 사람은 물론 코로나바이러스와 백신 접종에 대해서 이야기한다. 의사는 접종이 '곧' 시작될 거라고 말한다. 새해에 접종이 시작된다는 소식이 자신에게 더없는 크리스마스 선물이라고, 요양원도 안전하게 지킬 수 있고 다들 안전하게 보호할 수 있을 거라고 이야기하는데 여자가 의사의 말을 자른다.

"선생님은 사샬 선생님이랑 닮은 구석이 많아요. 물론 선생님과 방식은 다르지만요. 사샬 선생님은 제가 근무

하던 약국에 와서는 매번 고함을 치고 열변을 토하고 욕을 하고 그랬지요. 그렇지만 다 용서할 수 있었어요. 속내가 아주 투명했거든요. 사샬 선생님의 경우에는 아내가 정말 중요한 버팀목이었어요. 아내 없이는 아무것도 못 했어요. 재미있는 건, 남편과 바로 지난주에 이 얘기를 했거든요. 선생님처럼, 그리고 사샬 선생님처럼 환자를 사랑하는 의사를, 살면서 두 분이나 만난다는 게 정말 큰 행운이라고요. 사샬 선생님에 대해서는 누가 책도 썼대요. 알고 계셨어요?"

잠시 후 들판에서 의사와 환자는 성탄 인사를 건네며

서로 가던 길을 간다.

"메리 크리스마스."

"……사람들을 시험에 들게 할 만큼 국가적으로 혹은 사회적으로 질서가 흔들리는 위기가 있다."

존 버거는《행운아》에서 이렇게 썼다.

"그런 위기 상황은 개인이나 계급, 기관 그리고 지도자들의, 모든 것은 아니더라도, 많은 면이 드러나는 진실의 순간이다."

버거는 물론 팬데믹을 염두에 두고 이 글을 쓴 것은 아니다. 버거는 개인과 권력 구조, 그리고 전진하는 역사 간의 불편한 관계에 관심이 있었고, 존 사샬이 미래에 일어날지도 모를 어떤 대격변의 상황에서 하게 될 선택을 상상해 보고 있었다. 오늘날의 독자에게 이 부분은 다소 불명료할 수 있고 버거가 과연 코로나19 사태를 그런 사회적 위기로 인정할지 명확히 알기는 힘들다. 그런데도 위의 두 문장은 2020년과 그 이후의 엄청난 사태를 기괴하리만큼 정확하게 예측하고 있는 울림처럼 들린다. 경고나 냉정한 호소, 혹은 비탄의 노래 같다.

의사도 여기까지는 인정했다. 그렇다. 코로나 사태는 전에 없는 시험이었다. 개인적으로도, 직업적으로도 그랬다. 그렇다. 코로나는 일반 의료 영역에서 무엇이 중요한지 극명하게 드러냈다. 그렇다. 앞으로 더 험난한 선택을 해야 할 것이다. 이제 '보통 때'로 돌아가는 선택지가 더 이상

유효하지 않다는 사실을 모두가 알게 되었기 때문이다.

"코로나19는 지난 200년을 통틀어 영국 일반 의료 체계에 가장 큰 변화를 가져왔다."

2020년 하반기 《영국의학저널》에 실린 한 사설의 저자들은 이렇게 썼다. 사설에 따르면 코로나 사태로 "일반 의료는 갈림길에 섰다."[7] 사태 초기 대면 진료가 이전 수준의 약 10퍼센트로 떨어졌음에도 당시 국내와 해외의 정책 입안자들은 팬데믹이 1차 의료에 끼친 영향을 대체로 무시했다. 가령 영국 비상대책과학자문단Scientific Advisory Group for Emergencies, SAGE의 그 어떤 위원회에도 현직 일반의가 포함되지 않았다는 사실은 의미심장하다. 그해 가을에 이르러 대면 진료는 늘어났지만 팬데믹은 의사와 환자 간의 관계 전반에 참혹한 영향을 끼쳤다. 이미 위태로운 상태였던 의료 지속성이 혼란에 빠졌고 의사는 공감 능력을 발휘할 방법이 없었으며, 대형 병원 의사와 지역 일반의가 대립하게 됐다. 이는 공공과 개인에 대한 신뢰를 모두 무너뜨리고 가족 주치의와 환자 간의 거리를 점점 더 벌어지게 했다. 《영국의학저널》 사설의 저자들은 이제 일반 의료 영역이 "인간적인 미래와 비인간적인 미래 사이에서 선택해야 하는 상황에 직면했다"라고 결론 지었다.

의사는 어느 날, 오전 진료가 시작하기 전 책상 앞에서 이 사설을 읽었고 자신의 선택이 어느 쪽이 될지 잘 알고 있었다. 사실상 이미 내린 선택이었다. 2020년의 일들은 그 선택을 거듭 다짐하게 만들었을 뿐이다.

우리가 가야 하는 곳

가뭄에 콩 나듯 드문 일이기는 해도 쓰러진 나무가 스스로 일어나는 경우가 있다. 가지들이 다시 하늘을 향하는 것이다. 폭풍우가 지나가고 바람이 방향을 바꾸었을 때, 혹은 어느 친절한 인간이 쓰러진 가지를 톱으로 잘라냈을 때, 무게 중심에 어떤 미세한 변화가 일어나는 것이다. 제게 닥친 종말을 거부하듯, 누워 있던 나무는 삐걱 소리를 내며 수직으로 일어선다. 원반 모양으로 얽히고설킨 뿌리는 나무가 넘어지며 생긴 빈 공간을 다시금 채운다. 숲에 사는 사람은 이런 작고 다양한 기적에 익숙하다. 나무 의사들도 이 현상에 대해 잘 알고 있으며 숲의 천장으로 내던져지지 않도록 예방 조치를 취한다. 부모는 아이들에게, 쓰러진 지 얼마 안 된 밤나무나 너도밤나무, 포플러가 있으면 근처에도 가서는 안 된다고 말한다. 하지만 쓰러진 나무가 다시 일어설 수 있다는 짜릿한 가능성은 누구도 부인하지 않는다. 창조의 순간이 아닌 구원의 순간을 볼 기회는 흔치 않다.

사람에게도 구원의 순간이 찾아온다. 의사들은 이런 순간이 낯설지 않다. 생의 마지막을 지켜보는 것도 일상이지만 의사들은 소생의 기적도 목도한다. 오늘 아침에 골짜기 의사는 바로 그런 기적을 겪었던 환자와 통화를 하고 있다. 여자는 지난주에 76세 생일을 맞이했고 손주들이 케이크를 만들어 문 앞에 놓은 뒤 얼어붙은 정원을 사이에 두고 축하 노래를 불러주었다고 의사에게 말한다.

팬데믹이 닥치기 약 1년 전, 여자는 상당히 진행된 위암으로 인해 대수술을 받아야 했다. 이런 수술은 언제나 위험하다는 사실을 여자도 여자의 남편도 잘 알았다. 여자는 수술 후 중환자실에서 회복하기로 되어 있었다. 그러나 틀어질 수 있는 모든 상황이 틀어졌다. 신부전, 간부전, 호흡 부전 등으로 여자는 중환자실 침상에 누워 며칠이 아닌 3개월을 죽음의 문턱에서 보냈다. 어느 금요일 오후, 남편은 아내의 예후가 매우 좋지 않으며 연명 의료의 중단을 생각해 볼 때라는 말을 들었다. 이해가 안 되는 것은 아니었지만 남편은 마음이 몹시 어지러웠고 주말 동안 생각하고 아이들과 상의할 시간이 필요하다고 대답했다. 월요일이 되자 환자의 생리학적 균형에 눈에 보이지 않는 변화가 일어났다. 담당 전문의의 예상과 달리 환자의 상태는 안정되었을뿐더러 향상되었다. 냉혹한 결정을 내릴 필요가 없게 되었고 여자는 곧 중환자실에서 나올 수 있었다. 일반 병실에서 6주를 더 보내고 좀 야위었으나 회복한 여성은 계곡 지붕에서 컴컴한 서쪽 산지가 바라보이는 산등성이에 있는 작은 집으로 돌아왔다.

의사는 병원 퇴원 기록이 아니라 (기록에는 연명 의료 중단 논의와 이후의 회복에 대한 언급이 없었다) 진료소에서 정기적인 후속 진료를 진행하면서 부부가 그동안 고생한 사연을 듣게 됐다. 의사는 병원에서 오랜 시간을 보낸 환자가 있을 경우 늘 퇴원 후 진료를 잡는다. 환자 쪽 이야기를 들으면 도움이 된다. 늘 귀중한 배움을 얻는다. 남편과 아내는 주거니 받거니 하면서 이야기를 풀어나갔다.

반년이 채 지나지 않아 여자는 완전히 건강을 되찾았다. 넘어진 나무가 어느 날 똑바로 서는 것처럼 불가능해 보이는 일이었다. 남편은 아내를 "도망친 사람"이라고 부른다.

"정말 익살을 부리고 싶을 때는 라스푸틴Rasputin(청산가리를 먹는 형을 당하고도 좀처럼 죽지 않았다고 전해지는 러시아 제정 시대의 인물이다—옮긴이)이라고 하지요."

여자가 의사에게 이렇게 말한다. 하지만 의사가 본 남편의 얼굴은 조금도 익살스럽지 않았다.

지난 11월 여자는 코로나바이러스에 감염되었다. 굉장히 조심했는데 어디서 전염되었는지 모르겠다고 여자는 말했다. 그러자 부부는 최악의 사태에 대비했다. 여자는 오늘 오전에 의사와 통화하면서 재기에도 한계가 있으며, 이미 충분한 기회를 누렸다는 게 당시 생각이었다고 말한다. 여자는 일주일을 줄곧 누워 있었고 그 이후로도 두 주 동안 피로감과 약간의 불편감을 느꼈지만 병원에 가지 않았고 남편도 전염되지 않았다. 1월이 된 지금 여자는 전과 다름없는 몸 상태로 돌아왔다.

"이상하게 들릴지 몰라도 죄책감이 들 정도예요." 여자가 말한다.

"순전히 운이 좋아 이렇게 된 게 아니라면 죄책감이 들어야 맞지요. 다른 사람들을 생각하면…… 이 동네만 해도 얼마나 많아요. 공평하지 않잖아요?"

코로나19 예방 접종이 곧 시작될 것이라는 약속은 그런 불확실성, 누구는 아무렇지도 않게 병을 물리치고 누구는 굴복하는 끝없는 룰렛의 종결을 의미했다. 하지만 현실적으로 백신 자체가 골짜기에 도착하려면 몇 주가 걸릴 터였다. 의사는 새해가 얼마 지나지 않아 진료소에 첫 배송이 도착하리라고 생각했지만 날이 가도 소식이 없었다. 옥스퍼드의 아스트라제네카 백신 제조에 문제가 생기면서 공급에도 차질이 생겼다. 진료소에는 환자들의 전화가 빗발친다. 다른 지역에 사는 친척이나 친구는 이미 백신을 맞으러 오라는 전화를 받았다는데 어떻게 된 것이냐고 묻는 전화다. 2021년이 시작되고 한 주가 지나자 팬데믹의 2차 유행이 본격화되고 의사가 사는 주 내에서 코로나19 확진자가 나오지 않은 요양원은 골짜기 기슭 요양원이 유일하다. 하지만 언제든 바뀔 수 있다는 사실을 의사도 알고 있다. 의사와 진료소 관리 실장은 백신의 배송을 앞당기기 위해 오후마다 회의를 하고 전화를 돌리고 이메일을 보내지만 아무 소용이 없다. 답답한 마음도 있지만 아무리 노력해도 배송을 앞당길 수 없다는 사실을 깨닫자 아주 미묘한 안도감이 들기도 한다. 이곳에 살며 의료 활동을 하는 한 능력의 한계를 깨달아서 나쁠 것은 없다. 어찌 되었건 의사는 이런 식으로 자기 위안을 한다. 때로는 존 사샬의 유령이 창문을 흔들며 이렇게 외치는 것 같다.

"뭐라도 좀 해보라고, 젠장."

의사는 마을에 사는 어느 고령 환자의 집을 방문한다.

남자는 83년 평생을 이곳 계곡 기슭에서 보냈다. 존 사샬이 주치의였음은 물론 아주 어릴 때는 존 사샬의 전임자도 알았다. 하지만 이날 대화의 주제는 옛날 의사가 아니라 옛날 예방 접종이다. 골짜기 의사와 환자들이 요즘 자주 이야기 나누는 주제다.

노인은 지금은 마을 중심에 있는 현대식 방갈로에 살지만 어릴 때는 옛 교회 아래 가파른 길가에서 살았다고 이야기한다. 옛 교회라 함은 중세 시대에 지어진 작은 교회와 종탑으로, 지금은 인가에서 어중간하게 떨어진 채 협곡의 북쪽 끝 빽빽한 숲 아래 매달리다시피 자리하고 있다. 마을 안에 있는 옛 우체국 옆 진료소까지는 어린아이가 걷기에 먼 길이었다. 숲을 따라 터벅터벅 4마일 이상 걸어야 했다. 하지만 겨우 다섯 살이었던 아이는 터벅터벅 그 거리를 걸었다. 영국 역사상 최초의 대규모 예방 접종에 참여하기 위해서였다. 디프테리아 예방 접종이었는데 남자가 태어난 시절 아이들의 사망 원인 1위가 바로 디프테리아였다. 아이의 엄마는 "먼 길 가는 게 하나도 아깝지 않다"라고 했다. 남자는 이렇게 회상한다.

"아침 내내 걸어서 도착했어요. 주사를 맞은 다음에 다시 집까지 걸어서 왔죠. 전 그렇게 기억해요."

1월 중순, 보건청의 순회 예방 접종 팀이 폭포 근처 요양원을 방문해 첫 번째 접종을 한다. 잠깐 마음을 놓은 의사는 하늘을 바라보고 중얼거린다.

"됐어."

얼마 안 가 의사의 어머니, 그리고 의사의 진료소 직

원들은 최전선에 있는 NHS 의료 인력으로서 주사를 맞으라는 연락을 받는다. 접종은 20마일 떨어진 시내 종합경기장에 설치된 거대한 접종 센터에서 이루어진다. 그동안 그 고생을 한 데 비해 접종 과정은 그저 단순한 행정 절차 같다. 구원의 순간에 있을 법한 수사나 극적인 효과는 없다. 하지만 '뭐, 이제 끝났군' 하는 덤덤한 반응과 '정말 다행이다' 하는 속삭임에서 안도감이 드러난다. 마을의 취약 계층이 아직 예방 접종을 받지 못했다는 생각에 약간의 죄책감을 느낀 의사는 이렇게 말한다.

"자신이 아닌 타인을 위해 기쁨과 안도감을 느낄 때 왠지 모르게 더 좋고 깨끗한 마음이 들어요."

그런데도 의사는 두 청소년 아들의 변화를 눈치채지 않을 수 없다. 두 아들은 일터에서 엄마의 안전이 걱정이라고 말한 적은 없었지만 엄마가 처음 주사를 맞고 온 날 저녁, "정말 잘됐어요, 엄마"라고 말하며 엄마를 꼭 안아주었다.

의사는 두 아들도 부담을 나누어 지고 있었음을 깨닫는다.

골짜기의 두 개 진료소 중 더 큰 진료소에서 처음으로 문을 열게 될 예방 접종실은 1월 넷째 주 토요일에 처음 환자를 받고 그 이후에도 몇 달 동안 일주일에 두 번씩 열릴 예정이다. 의사와 관리 실장을 비롯한 소수의 팀원들은 오랜 시간 고민하고 또 조율한다. 어떻게 주민들을 모두 안전하게 불러들이고 또 귀가시킬지, 동의서를 작성하고 내용을 입력하고 접종실을 청소할 시간을 충분히 확보하면서도 하루 접종 횟수를 최대로 유지하기 위해 어떻게 예약을 잡을지 등을 논의한다. 처음에는 환자당 8분을 할애하고 적응이 되면 5분으로 줄일 예정이다. 팀원 가운데 세 명이 주사를 놓고 다섯 명은 환자 기록을 입력하고 환자를 안내하는 역할을 맡는다. 이들의 안내에 따라 하루에 2백 명 이상이 주사를 맞고 건물 뒷문으로 나가서 진료소 뒤쪽 축축한 초지의 초록과 갈색을 마주하게 된다. 몇 주 후에는 새들의 합창과 새로 돋아나는 풀, 야생화의 풋풋한 향기가 이들을 맞이할 것이다. 하지만 아직은 아니다. 접종 첫날에는 눈 예보가 있다.

골짜기에는 혹독한 겨울에 얽힌 사연이 수도 없이 많다. 한 마을을 정의하고 서로가 공유하는 사연도 있다. 사람들을 하나로 묶어주는 추억들 말이다. 여러 해 전에는 두꺼운 얼음이 강의 표면을 모자이크처럼 뒤덮고 며칠 동안 꼼짝도 하지 않았던 적이 있다. 마침내 얼음 포장이 깨지고 강물이 움직였을 때 하류로 떠내려가는 얼음 소리가 구름이 스친 숲의 정수리까지 울려 퍼졌다. 정말 크고 시끄러운 소리였다고 한 나이 든 주민은 추억한다. 또 한 남자는 이런 기억을 떠올린다. 건너편 들판에서 불어온 눈보라에 골짜기 꼭대기의 좁은 길이 눈에 파묻혀 산울타리가 보이지 않을 정도였다. 그래서 남자의 아버지는 트랙터를 이용해서 눈 속에 터널을 만들었다. 그사이 남자와 남자의 형제는 꽁꽁 언 울타리 양쪽을 뛰어다니며 손을 뻗어 전화선을 튕겼다는 것이다. 오늘날에도 골짜기 지붕을 가로지르며 휘파람 소리, 병 피리 소리를 내는 바람은 높이 쌓인 눈을 환상적인 모더니즘 예술처럼 깎아놓는다. 헨리 무어Henry Moore의 새하얀 조각 같다. 겨울날 기슭에 있는 마을과 강가에 있는 마을은 자로 그린 듯이 곧게 뻗은 눈의 선으로 구분된다. 위쪽에서는 삽질을 해야 겨우 차가 지나갈 수 있거나 차를 아주 버릴 수밖에 없는 상황이지만 지척에 있는 계곡 아래 이웃집은 가루 설탕처럼 가볍게 흩뿌려진 눈 사이로 정원 잔디가 고개를 내밀고 있다.

눈이 쏟아져 오도 가도 못 하는 날이면 의사는 여러 특수한 난관에 봉착한다. 요양원에 가려면 얼어붙은 길 위로 걷고 미끄러지기를 수없이 반복해야 한다. 넘어지지 않으려면 머리 위 나뭇가지에 몸을 맡겨야 할 수도 있다. 몇 년 전, 어느 겨울에는 장화와 털모자를 쓰고 2마일을 걸어 환자의 집에 도착했는데, 환자가 듬뿍 따른 보르도 와인 한 잔을 곁들여 비프 웰링턴을 맛있게 먹고 있었다.

"훨씬 괜찮아 보이지 않나요, 선생님?"

90분 전만 해도 의사가 꼭 와서 봐주어야 하는 위급한 상황이라고 고집을 피웠던 환자의 아내가 말했다. 어느새 몰아치기 시작한 극심한 눈보라 속에서 다시 2마일을 걸어 진료소로 복귀하는 동안 의사는 자신의 환자 분류 능력을 재고해 볼 충분한 시간을 가질 수 있었다.

하지만 눈 예보가 있을 때면 언제나 의사의 머릿속에 맴도는 사건이 있다. 이런저런 삯일을 하는 이웃, 유지 보수 작업에 그 누구보다 열정적인 사람, 삼끈과 목재만 있으면 못 하는 게 없는 마법사 같은 사람이 진료소에 전화를 해서 "손을 좀 다쳤어요"라고 알려온 사건이다. 폭설이 내려서 소수의 환자들을 제외하고 모두 진료 예약을 취소한 날이었다. 당시 아직 어렸던 두 아들은 할머니와 썰매를 타고 있었고 의사도 짬을 내어 같이 시간을 보내기로 했다. 하지만 곧 둘째 아들이 춥다고 하는 바람에 일행은 썰매를 끌고 집으로 돌아와 핫초코 한 잔을 마시던 중이었는데 집 전화가 울렸다. 2분 후, 의사는 차를 끌고 언덕배기에 있는 이웃 남자의 경작지로 향하고 있었다. 남자가 어딜 심하게 베였거나 실수로 망치 같은 것에 어딜 찧었겠거니 했다. 이웃집 가족이 의사의 개입을 꺼리고 병원을 애써 멀리한다는 사실도 알고 있었다. 진료소에 들러 붕대와 수액 등 기본적인 응급 처치를 위한 도구를 챙겼다. 남자의 집으로 올라가는 가파른 길은 통행이 불가능한 상태였으므로 의사는 울타리 문 앞에 차를 세우고 울타리를 넘었다. 그리고 눈을 헤치며 걷기 시작했다. 작은 방목장 두 곳을 지나면 남자의 작업실이 있었다. 작업실보다 작은 창고나 헛간에 가까웠다. 의사는 맨 먼저 남자의 작업실 문이 열려 있는 것을 보았다. 거기서부터 시작된 핏자국이 첫 번째 방목장으로 이어졌고, 가로대 다섯 개짜리 울타리 문을 지나 두 번째 방목장을 가로지르고 있었다. 핏자국은 부엌문으로 이어졌다. 빨라지는 발걸음으로 핏자국을 따라가 부엌으로 들어서니 남자가 창백한 얼굴로 부엌 의자에 앉아 있었다. 무릎 위에 놓은 팔꿈치 위로 피 묻은 손이 보였다. 손에서는 흰 의료용 테이프로 보이는 지혈대가 대롱거리고 있었다. 반대편 손은 손바닥을 위로 가게 해서 활짝 펼치고 있었는데, 마치 그 위에 놓인 것과 최대한 거리를 두려는 것 같았다. 손바닥 위에는 엄지손가락 반쪽이 놓여 있었다. 의사가 남자의 이름을 부르자 남자는 "드릴 프레스"라고 말할 뿐이었다.

남자의 장성한 두 딸은 분주하게 부엌을 돌아다니고 있었다. 무얼 해야 할지, 어디에 있어야 할지 몰라서 안절부절못하고 있었다. 의사는 그중 한 명에게 구급차를 불러달라고 했다. 존 사샬이 있던 시절에는 진료소에서든, 숲속 작은 병원에서든 시골 의사가 직접 필요한 수술을 했을 것이다. 하지만 이제 그런 시절은 지나갔다. 남자는 시내에 있는 응급실에 입원을 해야 한다. 의사가 할 수 있는 일은 남자의 상태를 안정적으로 유지함으로써 시간을 버는 것이다.

붕대를 꺼내기 전, 의사는 난도질당한 손을 자세히 보았다. 흰 테이프는 지혈대가 아니었다. 드릴 프레스로 인해 8, 9인치 정도 뽑혀 나온 남자의 팔뚝 힘줄이었다. 남자는 쇼크 상태인 것이 분명했고 숨도 가빴다. 의사는 남자의 팔꿈치 안쪽에 관을 삽입하고 수액 연결관을 꽂았다. 그리고 식염수를 매달 수 있는 고리나 선반을 찾아 두리번거렸다. 결국 두 딸 중 하나에게 아버지 곁에 서서 식염수를 높이 들고 있으라고 시킨 뒤 남자의 손을 붕대로 감았다. 수액을 연결하고 손을 드레싱한 뒤 부엌 식탁에 쌓은 쿠션 위에 올려놓은 의사는 잘린 엄지손가락을 거즈 뭉치에 싸서 멀지 않은 곳에 놓았다. 이제 구급차를 기다리는 일만 남았다.

이런 상황에서 의사는 의사가 할 수 있는 다양한 행위들을 한다. 의학적으로 필수적인 행위는 아니지만 바쁘게 뭘 하고 있는 것처럼 보이면 시간이 잘 가기 때문이다. 의사는 맥박을 재고 체온을 확인한 다음 혈압을 재고 붕대를 고쳐 맨다. 그러면서 계속해서 말을 건넨다. 환자와 가족은 가능한 모든 조치가 취해지고 있다는 생각에 안심하게 된다. 그러지 않으면 다시금 공포와 통증에 사로잡힐 수도 있다.

그 눈 내리던 오후를 돌아보면서, 그리고 20년도 넘게 이곳에서 가진 수많은 환자와의 만남을 돌이켜 보면서 의사는 자신이 환자에게 제공할 수 있는 것 중 하나가 시간이라는 사실을 깨닫는다. 알고보면 우리에게는 시간밖에 없다. 여기서 시간은 효과적으로 관리해야 하는 그런 시간이 아니다. 회의 시간을 잘 지켜야 한다고 할 때 말하는 그 시간이 아니다. 삶을 연장하고 죽음을 지연시켜 확보하는 시간과도 다르다. 의사는 시간이 우리 인생에서 유한한 축을 구성하며 우리가 그것을 경험하는 방식이 중요하다는 깨달음을 갖고 일에 임한다. 생의 모든 순간이 동일한 무게를 가진 것은 아니기 때문이다. 때로는 몇 주, 몇 달, 몇 년이 거미줄처럼 가볍게 지나간다. 하지만 고통이나 두려움, 불안 속에서는 10분도 1년처럼 무거울 수 있다. 그 순간 사람을 대하는 방식에 많은 것

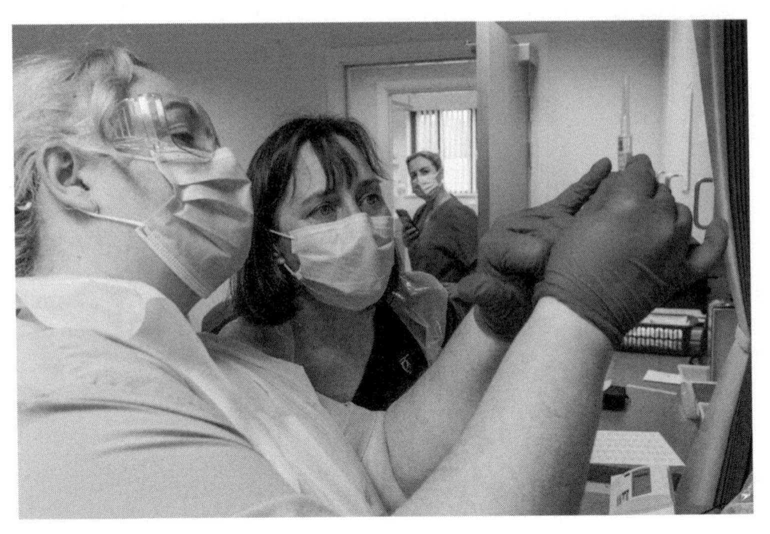

이 달려 있다는 사실을 의사는 안다. 의사는 무거운 시간을 맞들어 주기 위해 있다. 환자들이 다시금 가벼운 날들을 맞이할 수 있게 돕기 위해서 있다. 시간이 얼마 남지 않은 죽어가는 남자도, 우울감 때문에 힘든 젊은 여성도 의사의 도움이 필요하다. 뭐든 고쳐서 쓰는 데 익숙한 남자, 엄지손가락이 잘린 채 눈 속에서 구급차를 기다리고 있는 남자도 마찬가지이다.

코로나 예방 접종 첫날 눈이 예보되어 있다는 소식에 의사는 편히 잠을 이룰 수가 없다. 최고령의 환자들이 여러 달 만에 처음으로 집을 나와 골짜기 진료소로 향할 것이다. 소금과 모래주머니가 대거 진료소로 배달되었고 동이 트자마자 살포될 것이다. 그러나 의사는 도통 잠들지 못한다. 밤의 상당 부분을 어느 가여운 할머니가 살인적인 바이러스를 피해 보려고 왔다가 주차장에서 넘어져 고관절이 골절될까 걱정하며 보낸다. 의사는 새벽에도 여러 번 침대에서 내려와 침실 커튼을 젖히고 밖을 내다보며 눈이 내리는 건 아닌지 어스름한 밤하늘을 살펴본다.

아침이 오고 자연은 친절을 베풀었다. 아주 춥고 얼음이 꽁꽁 얼었지만 눈은 오지 않았다.

의사는 평소보다 일찍 진료소로 나온다. 팀원 모두가 일찍 나왔다. 모든 준비가 일찍 끝난다. 팀 내에 은은하게 긴장감이 감돈다. 모두가 말없이 정신을 집중하고 있다. 곧 시작이다. 첫 환자가 도착하기까지 아직 시간이 남아 있다. 전부 여성으로 이루어진 팀은 마치 경기를 앞둔 육상 선수들처럼 정신을 바짝 차리고 빈 대기실에 앉아 있다. 평소에 잘 나서지 않는 의사이지만 이날만큼은 자기도 모르게 말을 시작한다.

"정말, 여러분 모두……."

의사의 목소리에 가다듬지 않은 감정이 실려 있다.

"대단하고 그동안 대단히 잘해줬어요. 지난해 3월부터 말이에요. 제가 뭘 어떻게 하라고 지시하기도 전에 여러분은 하나도 빠짐없이 전부 다 해냈고 그러고도 절 찾아와 또 할 일이 없느냐고 물어주었죠. 정말 놀랍습니다.

감사합니다."

누구는 환호성을 지르고 누구는 눈물을 닦는다. 마스크 밑으로 코를 푸는 소리도 들린다. 의사도 마음속으로는 여기가 끝이 아니라는 사실, 길고 불확실한 또 다른 한 해의 시작일 뿐이라는 사실을 알고 있다. 그런데도 이곳, 이 사람들은 의사에게 희망을 안긴다. 의사가 마을 공동체 내에서 신뢰를 받을 수 있는 것도 팀원들이 받쳐주고 있기 때문이다. 의사가 환자와 맺은 관계는 팀원들이 맺은 관계이기도 하다. 누군가 손가락을 들어 귀를 가리킨다. 모래 위로 자동차 바퀴가 굴러가는 소리가 들리고 작은 회색 차가 유리문 너머 주차장으로 천천히 들어온다. 운전석에 얼핏 백발이 보인다. 출발이다.

전부 사오십 대로 이루어진 진료소 팀원들이 북받치는 감정을 누르지 못했다면 나이 든 환자들은 다르다. 이들은 크면서 전쟁을 겪은 세대다. 이따금 눈물을 글썽이는 사람은 있지만 대부분의 환자들은 태연하게 할 일을 하러 왔다는 태도를 보인다. 진료소에는 마치 축제 같은 활기찬 분위기가 맴돈다. 환자들이 다시 진료소로 돌아온 것은 유쾌한 일이지만 그 이면에는 시간이 귀한 사람들이 잃어버려야 했던 며칠, 몇 주, 몇 달의 시간이 도사리고 있다. 아무리 의사라도 그 시간을 되찾아 환자에게 돌려줄 힘은 없다.

"오랜만입니다, 선생님. 크루즈 여행 길게도 다녀오셨네요."

나이 든 남자 환자가 농담을 던지며 키득거린다. 한 여성은 의사에게 마멀레이드 병을 내민다. 백신 출시가 늦어진다고 보건청에 불만을 접수했지만 의사에게는 아무 감정이 없다는 것을 알리고 싶어 한다.

"세비야 오렌지로 만든 거예요. 매년 1월에 만들거든요."

또 다른 여성은 남편과 함께 왔다. 외출 제한 기간 동안 남자의 솜털 같은 흰 머리가 길게 자라 이제는 마치 후광처럼 보인다.

"우리 남편 머리 보기 좋지 않아요? 민들레 홀씨 같죠."

늦은 오전, 진료실 바닥에 떨어진 검은 진흙이 의사의 눈에 들어온다. 누군가의 신발에서 떨어진 것 같은 흙은 복도에도 흩어져 있다. 의사가 한 조각을 집어 들고 손가락으로 문질러본다. 진흙 같지는 않다. 복도 끝에서 관리

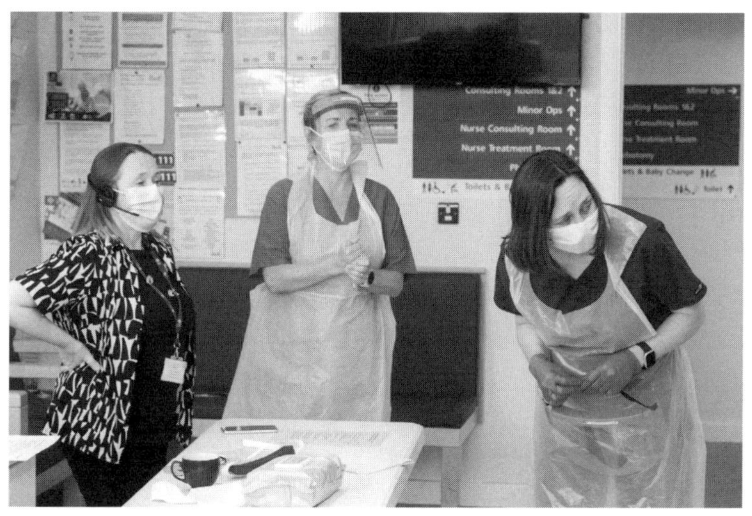

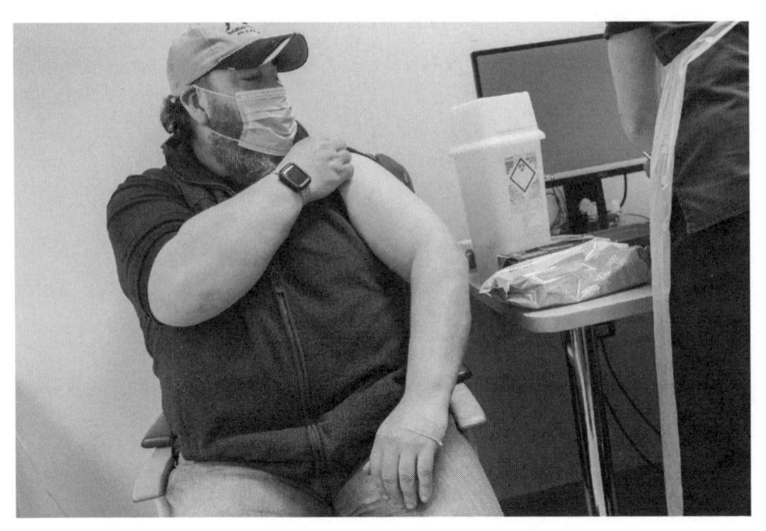

실장이 한 할머니에게 일단 휠체어에 탄 다음 아들이 기다리는 주차장으로 가자고 설득하는 중이지만 별 효과가 없다. 진흙 덩어리는 사실 할머니의 신발에서 떨어져 나온 고무 밑창이다. 거의 1년 동안 신지 않은 신발의 밑창이 할머니가 걸을 때마다 부서져 뭉텅이로 떨어져 나온다.

"안 넘어진다니까요."

할머니의 목소리가 복도에 또랑또랑하게 울려 퍼진다.

"고맙지만 휠체어 필요 없어요. 걷고 싶어요."

강 상류의 고원, 조각 이불처럼 자리 잡은 작은 농장들 사이에 영국 성공회 수녀원이 하나 있다. 거의 백 년이 넘은 공동체가 묵상의 삶을 살고 있는 이곳은 아무나 드나들 수 없다. 60에이커가 넘는 수녀원 부지에는 과수원과 너른 채소밭이 있고 예배당이 딸린 에드워드 양식의 아름다운 건물이 있다. 1970년대 사진을 보면 수녀 23명이 활기차고 자족적인 공동체를 이루고 살았음을 볼 수 있다. 사진 속의 수녀들은 꿀벌을 치고 닭을 키우고 소젖을 짜고 있다. 건초를 만들거나 감자를 캐는 모습도 있다. 직접 만든 버터와 빵, 치즈로 긴 식탁에서 말없이 검소한 식사를 하는 모습도 사진으로 남아 있다. 모든 자리에는 성경이 놓인 독서대가 놓여 있다. 이제 수녀원에는 입회 수녀 다섯 명만이 남아 있다. 두 사람은 건강이 안 좋고 한 명은 젊은 수련자이며 나머지 둘은 수련자가 되기 위해 대기 중이다. 요즘 수녀들의 식료품은 대형 마트의 온라인 주문과 시내 청과물 가게에서 매주 보내주는 채소 상자가 해결해 준다.

의사는 종교가 없지만 분위기로 보나 형이상학적으로 보나 평화로운 이곳의 분위기가 언제나 의사에게 놀라움을 안긴다. 조용한 수녀원에서는 다른 시대의 냄새가 나는 것 같다. 광택제, 오래되고 눅눅한 책의 향기가 코를 스치는 커다란 시골 저택 같다. 의사가 골짜기에서 가장 좋아하는 장소 가운데 하나이다. 얼마 전까지 수녀원의 수녀들은 대다수가 은퇴할 나이를 넘긴 상태였고 의사에게는 말 없는 할머니 수녀들의 지혜로움이 언제나 인상적이었다. 수녀원의 할머니 수녀들이 하나둘 병들어 세상을 떠나는 동안 아직 몸이 성한 수녀 한 명과 의사는 힘을 합쳐 그들을 돌보았다. 이제 그 수녀도 칠십대 초반이다.

“저는 훈련을 마친 간호사이지만 의사는 아니에요.” 수녀가 말한다.

“그래서 진단을 내릴 수는 없지만 의사 선생님이 도와주죠. 제가 갖추어놓을 게 있으면 그것도 선생님이 알려주세요. 우리가 어떻게 사는지 사람들은 대체로 잘 몰라요. 우리 같은 종교 공동체에서 사는 환자는 의료적인 관점에서 굉장히 달라요. 이곳 삶은 무척 고단하거든요.”

수녀는 묵언 수행이 자신의 결점 이외에도 타인의 결점을 직시하게 만든다고 이야기한다.

“어디 도망칠 데도 없어요. 그런데 의사 선생님은 그걸 다 이해하고 계시죠. 관심이 많고 남의 말을 아주 잘 들어주는 분이고 사람을 안심시킬 줄 알아요. 선생님 덕분에 저도 기운을 내는 것 같아요. 요즘 들어 꽤나 심각한 문제들이 많았거든요. 최근에는 선생님 덕분에 요리를 도와주러 오는 분이 예방 접종을 받을 수 있었어요. 우리는 다들 가까이 붙어 지내니까요.”

의사의 일을 어떤 의미에서는 종교적인 일이라고 할 수 있을지, 의사가 기독교인이 아니어도 상관없다고 생각하는지 묻자 수녀의 대답은 날카롭다.

“전혀 상관없어요. 저는 선생님의 사적인 생활에 대해서는 몰라요. 아들이 있고 자전거를 탄다는 정도만 알아요. 사람들은 팬데믹 중에 이렇게 얘기했죠. 서로 사랑하고 돌보는 법을 배웠다고요. 그런데 선생님은 이미 사랑

하고 돌보는 삶을 살고 계셨어요. 그것을 종교적이라고 해야 할지 모르겠어요. 요점은 선생님이 서비스가 아니라 사람이라는 거예요. 그래서 늘 진료가 지연되는 거예요. 앞 사람과 충분한 시간을 보냈기 때문이죠. 제가 볼 때 그건 정말 좋은 일이에요."

예방 접종을 실시한 다음 날 밤에 폭설이 내렸다.

월요일 아침에 걸어서 출근하는 의사의 눈에 숲은 흑백 사진 같다. 유일한 색깔은 의사가 입고 있는 고어텍스 재킷의 빨강이다. 의사는 눈이 내린 날이면 가능한 한 언제나 걸어서 출근한다. 길이 위험해서라기보다 겨울의 기쁨을 맛보기 위해서다. 골짜기가 가장 아름다울 때 그 아름다움을 한껏 들이마실 기회이며 2.5마일을 걷는 내내 순결한 눈에 자박자박 발자국을 찍으며 걷는 재미가 있다. 의사는 아무리 나이가 들어도 그 재미는 못 버릴 것 같다. 가을에 반들반들한 상수리 열매를 모으는 재미도 마찬가지다. 두 아들은 더 이상 관심이 없지만 의사는 여전히 열매를 모아 코트 주머니에 넣는다. 미나리아재비buttercup(미나리아재비를 턱 아래 놓았을 때 살갗에 노란 빛이 비치면 버터를 좋아하는 사람이라는 속설이 있다—옮긴이)를 턱 아래 놓고 빛이 비치는지 보는 재미도, 여름이면 사람 키 높이로 자라 길을 막는 초지의 고사리를 어깨로 스치고 지나가는 재미도 여전하다. 어린 시절부터 느꼈던 수많은 기쁨은 결코 사라지지 않았지만 그중 최고는 역시 눈이다. 전 세계적 감염병이 절정에 달한 시기, 월요일 오전의 진료 일정이 어떻게 펼쳐질지 짐작도 할 수 없지만 진료소에 도착한 의사의 코는 분홍색이고 얼굴에 미소를 띠고 있다. 그리고 의사는 10분 후 다시 복잡한 세상의 어른이 된다.

여러 달이 지나면서 전화 진료는 점점 더 수월해졌다. 열심히 노력한 덕에 더 잘할 수 있게 된 것이다. 의사는 여전히 미묘한 차이를 포착할 수 있는 대면 진료가 아쉽지만 그래도 잘 아는 환자라면, 환자의 목소리, 머뭇거림, 둘러대는 말, 그리고 거기에 담긴 감정에서 꽤 많은 내용을 읽어낼 수 있게 되었다. 하지만 오늘 오전 일정을 마무리하려면 아직 전화 두 통을 돌려야 한다. 둘 다 윤리적으로 민감할 수 있는 문제에 관한 통화인데, 먼저 지난해 자폐 스펙트럼 장애 진단을 받은 여학생과 관련해서 마을 초등학교 교사와 이야기를 나누어야 한다.

의사는 아이가 태어났을 때부터 가족과 아는 사이였지만 작년에 처음으로 아이의 부모와 이 문제에 대해 이야기했다. 아이가 학업을 힘들어하고 점점 등교를 거부하는 일이 잦아졌기 때문이다. 아이는 아주 총명했지만 얌전히 앉아 있거나 수업에 집중하지 못했다. 떠들썩한 운동장을 불편하게 생각했고 교내 화장실에 있는 핸드드라이어가 내는 소음이 너무 우렁차서 화장실을 가는 것조차 끔찍하게 두려워했다. 교실에서는 틀에 찍혀 나온 플라스틱 의자를 썼는데, 이 의자의 질감조차 아이를 불편하고 산만하게 만들었다. 아이가 선생님과 매일 보내는 6시간에 비해 10분의 진료는 너무 짧다는 사실을 염두에 두고 있었던 의사는 아이 부모의 허락을 받아 학교와 상황을 논의하기 시작했다. 먼저 간단한 비의료적 조치를 취하는 방법을 상의했다. 화장실을 조용히 혼자 다녀올 수 있게 허용하고 손을 닦을 수 있게 종이 타월을 준비했다. 그리고 질감이 있는 플라스틱 의자가 아니라 교직원 식당에 있는 나무 의자를 가져와 쓸 수 있게 했다. 이런 요청 사항은 가족이 아닌 의료 전문가가 요구할 때 더 큰 무게를 갖는 법이다. 나아가 특수 아동을 위한 통합 서비스 기관에도 의뢰서를 넣었다.

그 와중에 외출 제한이 시행됐고 학교도 폐쇄되었다.

핵심 근로 인력의 자녀만이 등교가 허락되었다. 아이의 부모는 모두 우체국 직원이었기 때문에 아이는 계속 학교에 다닐 수 있었다. 그러자 예상치 못한 일이 벌어졌다. 아이가 속한 학급의 학생 수가 서른 명이 아니라 대여섯 명으로 줄어든 덕택이었다. 건물은 조용했고 차분해진 아이는 눈에 띄게 좋아졌다. 다른 학생과 더 침착하게 교류했으며 학업 성적은 올랐다. 아침에도 즐거운 마음으로 머리를 땋고 교복을 입었다. 부모도 아이가 이처럼 학교에 만족한 적이 없었다고 했다. 그래서 지난 9월, 시내에 있는 종합 중등학교로의 진급을 1년 앞두고 학교 문이 다시 열렸을 때 충격은 더욱 심하게 다가왔다. 학생들이 많아지고 소음이 커졌을 뿐만 아니라 이제는 마스크 착용, 학급 간 격리, 사회적 거리두기와 관련된 온갖 규칙도 새로 생겼다. 아이는 내리막길로 곤두박질쳤고 부모는 아이를 매일 아침 학교에 보내기도 쉽지 않았다. 코로나 환자 수가 다시 치솟고, 크리스마스를 앞두고 두 번째 외출 제한이 시행되자 비로소 아이는 전처럼 숨이 트였다고 부모는 말했다. 백신 접종이 본격적으로 실시되면 학교 문을 다시 연다는 뉴스가 들려오자 의사와 부모, 그리고 아이의 선생님은 어떻게 하면 아이가 새로운 변화에 전처럼 당황하지 않고 잘 적응할 수 있을지 고민 중이다. 의사의 임무는 이번에도 시간의 흐름과 관련이 있다. 이 경우에는 아이의 학창 시절과 미래를 중심으로 이루어진다. 손쉬운 해결책은 없고 의사와 교사 간의 통화는 예정보다 두 배가 걸린다.

"부모님 마음을 선생님도 아시겠죠?" 의사가 말한다. "아이를 아끼는 마음에 지금 굉장히 불안해하고 계세요. 아이가 갑자기 몰라보게 성장했고 앞으로 어떤 어른으로 자라날 수 있을지 그 가능성을 보셨잖아요. 네, 쉽지 않겠지요. 그래서 계속 고민하고 애를 써야 할 것 같아요."

의사와 교사는 두 주 후에 다시 통화하기로 약속한다.

오전 일정의 열여섯 번째이자 마지막 통화 상대는 지난 몇 년간 의사가 맡은 가장 까다로운 환자로, 이날의 통화는 이미 수습된 사태에 대한 후속 조치라고 할 수 있다. 오르락내리락하는 전화벨 소리를 듣고 있던 의사는 이 사태가 어느 정도 수습된 뒤에 대면 진료가 중단된 것이 천만다행이라고 생각한다. 전화로 상담했다면 여자는 절대로 속에 있는 이야기를 풀어놓지 않았을 것이다. 반반한 얼굴로 폭력을 일삼는 남편과 한집에서 격리하고 있는 여자를 상상만 해도 의사는 등골이 오싹하다. 그래야 했다면 정말 위험했을 것이다. 2년 전, 약 한 달 동안 의사는 남자가 갑자기 이성을 잃고 무슨 일을 저지를까 봐 진심으로 두려웠다. 남자는 단정하고 잘생긴 외모에 느긋하면서도 자신감에 넘쳐 보였으며, 최고급 해안 리조트로 여름 휴가를 다니는 사람처럼 입고 다녔다. 지금 남자의 모습을 떠올리면 자꾸만 남자의 희고 반짝이던 치아가 어른거린다.

알고 지낸 지 몇 년 된 가족이었고 의사도 처음에는 남자를 아주 좋게 보았다. 모범적인 아빠처럼 보였다. 어린 두 아들 중 하나가 아프기라도 하면 아이를 한 팔에 가뿐하게 안고 자연스러운 모습으로 진료소에 나타났다. 의사가 청진기로 진찰할 수 있도록 아이의 상의를 올릴 때도 전혀 어색함이 없었다. 게다가 의사는 남자가 불안해 보이는 아내까지 잘 돌보고 있다고 생각했다. 여자가 진료소에 올 때는 언제나 약간의 소동이 일었다. 아이들은 대기실에 있는 화분에서 작은 강돌을 주워 서로에게 던지는 등 야단법석을 떨었고 아이들의 엄마는 점점 신경이 날카로워지는 것처럼 보였다. 항상 값비싼 옷을 입고 있었지만 립스틱이 이에 묻거나 블라우스 자락이 비어져 나와 있는 등, 마치 서둘러 집을 나온 것처럼 보였다. 여러 달에 걸쳐 여자는 의사의 진료실을 찾아 우울감, 두통, 어지러움, 그리고 무엇보다 만성적인 골반 통증을 호소했다. 의사는 모든 가능한 검사를 했지만 원인을 찾을 수 없었다. 여자는 상당한 물질적 여유를 누리면서도 그토록 힘겨워하는 자신을 종종 자책했다. 의사는 원인 불명의 골반 통증이 어린 시절의 부정적인 경험이나 성적 학대, 혹은 현재의 가정 폭력과 높은 연관성이 있다는 사실을 알고 있었다. 과민성 장 증후군이나 만성 편두통처럼 몸과 마음이 한데 뒤얽혀 격발할 때 신체에 생기는 증상이다. 하지만 돌이켜 보면 의사는 첫 번째 원인, 즉 어린 시절의 외상에 더 무게를 실었다. 남편이 워낙 믿음직스러워 보였기 때문이다. 그래서 10분간의 진료가 여러 차례 이어지는 동안 의사는 은근하게, 환자를 괴롭히는 과거의 기억이 있지는 않은지 캐내려고 했다.

그러나 없었다.

여자의 사연이 마치 끓는 용암처럼 터져 나온 날 의사는 자신도 속았다는 사실을 깨달았다. 강압적 통제의 교과서 같은 사례였다. 남자는 야금야금 여자의 자율성을 깎아내렸다. 생활비나 주유비를 제한하거나 고가의 옷을 남편이 대신 골라 입혔다. 매일 폭력적인 언어를 퍼부었고 근거 없이 불륜을 의심했으며 이를 빌미로 여자의 이동 범위를 한층 더 제한했다. 여자가 따르지 않으면 빈털터리로 만들겠다거나 아이들을 데리고 떠나겠다고 위협했다. 다툼도 잦았고 폭력도 있었다. 남자는 여자를 문틀에 밀치기도 하고 손목에 멍이 들 때까지 세게 쥐기도 했다. 심지어 진료가 있던 어느 날에는 아홉 살 아들마저 손등으로 엄마의 얼굴을 때리며 아빠의 말을 똑같이 흉내 냈다.

"엄마는 정말 구제 불능이야. 아주 공간 낭비라니까."

그날 이후 몇 달에 걸쳐 의사는 여자와 자주 만나며 현 상태에 머물 경우 여자 본인과 아이들에게 어떤 위험이 닥칠 수 있는지 줄기차게 설명했다. 그리고 여자가 안전하게 관계에서 나올 수 있는 몇 가지 방법을 알려주었다. 결국 두 사람은 이혼을 했고 남편은 멀리 떨어진 지역에 다른 직장을 (다른 여자도) 구했다. 그러자 여자의 건강이 좋아졌다. 이처럼 가정 폭력이 의심되는 경우 의사의 역할은 여기까지이다. 그 이후 환자가 어떻게 지내는지 관찰할 수 있는 제도적 장치는 없다. 일반의는 그저 환자가 다시 진료 예약을 잡기를 바라거나 만약 이 여자 환자처럼 약을 복용하고 있다면 6개월 후 정기 검진에 응하길 바랄 뿐이다.

이날 오전, 전화벨은 울리고 또 울린다. 의사는 전화를 끊었다가 다시 건다. 마침내 여자가 전화를 받는다. 의사는 미소를 지으며 여자의 이름을 부른 후, 자신의 이름을 말한다.

"전화 받으셔서 정말 다행이에요. 어떻게, 잘 지내고 계세요?"

윤리성을 따지는 것은 의사의 일에 매우 핵심적이기 때문에 의사는 이 과정을 희망을 잃지 않으려는 자신의 노력과 연관 지어 다음과 같이 이야기한다.

"무엇이 옳은 일일까? 우리가 어떻게, 내가 어떻게, 더 잘할 수 있을까? 결국 계속 시도하는 방법밖에는 없는 것 같아요."

의사는 이처럼 자기가 맡은 일의 실질적이고 의료적인 측면뿐만 아니라 윤리성을 고려하고 그 토대 위에서 일반 의료 행위 그리고 이곳 골짜기에 있는 환자들에 대해 고민한다. 의사의 질문에 손쉬운 대답은 없지만 핵심은 '의료 행위'이다. 의사의 평생 직업은 단지 어떤 지식 체계를 다양한 인간 대상에 적용시키는 일이 아니다. 그 지식을 보유하고 자격을 갖춘 의사로서 존재하는 그런 정적인 상태도 아니다. 반복적인 일이며 아리스토텔레스가 말한 진정한 의미의 덕德을 수행하는 일이다. 윤리적으로 그리고 관계적인 측면에서 그 자체로 유의미한 일이다. 알기보다는 되는 일이며 그 생명력은 신뢰에 있다. 이렇게 보면 모든 1차 진료는 긴 여정의 일부이지 의사와 환자가 시간에 맞추어 도착해야 하는 의학적 목적지가 아니다. 골짜기 의사의 경우 다수의 환자를 생의 마지막까지 돌볼 수 있는 운 좋은 위치에 있는 의사이다. 그런 의사에게 진정한 도착점은 냉정한 유물론적 관점에서 보면 죽음 그 자체이다. 그래서 "치료 결과"라는 말이 그런 여정에서 펼쳐지는 모든 일을, 의사가 조용히 매만지는 그 모든 시간을 충분히 포함할 수 있는지 묻는 것이 중요하다. 그 가치를 측정할 수 있는가?

코로나 사태가 벌어지고 두 번째 맞은 여름, 《영국일반의학저널》에는 영국 일반 의료 체계 내 의료의 지속성에 관한 종단 연구가 게재되었다.[8] 이 연구는 2012년에서 2017년 사이 의료 지속성이 꾸준히, 그리고 우려되는 방식으로 악화되었음을 드러냈다. 평소에 선호하는 일반의를 만날 수 있는 환자의 비율이 10퍼센트 하락했고 애초에 선호하는 일반의가 있는 환자의 비율(9퍼센트)도 줄었다. 의료 지속성의 악화가 건강 악화와 관련이 있음에도 정책 입안자들이 지속성을 우선시하지 않은 결과, 많은 환자가 가족 주치의에 대한 기대조차 접은 듯하다. 사람들은 건강이 나빠지기 전까지는 어떤 의사를 원하는지 별생각이 없고 그건 당연하다. 그래서 젊고 건강한 사람들이 선호하는 일반의를 만나는 것을 중요하게 여기지 않는다는 사실도 놀랍지 않다. 위기의 순간이 닥치기도 전에 미리 이런 데 신경을 쓰는 사람이 어디 있겠는가? 그러나 이런 경향이 좀 더 걱정스러운 것은 의사와 관계를 맺은 경험, 그 사이에 생기는 신뢰가 공동체의 기억에서 사라져 버리고 있다는 사실 때문이다. 만약 환자와 의사 간의 돈독한 관계가 무엇인지 느껴본 적 없다면 그걸 소중하게 여기거나 지키려고 애쓸 이유는 없을 것이다. 거래로서의 의료 이외에 대안이 필요하다고 생각지 않을 것이다. 코로나 사태 이전에도 상황이 이러했지만 이제 정치인들은 비대면 진료와 디지털 환자 분류를 기본으로 두자는 논의를 이어가고 있으니 의료 지속성의 가치 그리고 개인 간의 관계에서 쌓이는 신뢰는 점점 더 망각 속으로 빠질 것이다.

만약 이 책에 등장하는 의사가 어떤 박물관의 예스러운 전시품처럼 느껴진다면, 의사가 살고 있는 골짜기만큼이나 평화롭고 전원적인 시대를 연상시키는 오래된 유물처럼 느껴진다면 왜 그런지 생각해 보기를 바란다. 의사의 진료소가 구식이기 때문이 아니다. 오히려 정반대이다. 그것은 우리가 골짜기 의사 같은 의료인에 대한 기대나 필요조차 잊었기 때문이다.

이런 태도는 1차 의료 종사자들 사이에 경계심을 불러일으켰으며 코로나가 닥치면서 경계심은 더욱 긴급해졌다. 사람들은 이 문제에 대해서 좀 더 구체적이고 과학적인 데이터 수집을 요구했다. 일반 의료의 지속성에 관한 무작위 대조 연구가 필요하다는 목소리도 있다. "더 나은 결과"라는 겉만 번지르르한 말과 의료 지속성을 연결 짓는 메커니즘을 정량화해야 한다는 것이다. 의사와 환자 간의 관계가 단지 있으면 좋고 애틋한 어떤 것이 아니라 효과적인 의료 서비스의 핵심에 있는 것이며, 영국에서 NHS가 오래 생존하기 위해 필수적이라는 사실을 최종적으로 입증할 증거가 필요하다. 그래야 할 경제적 필요성도 그 어느 때보다 긴급하다. 잉글랜드 NHS에서 나온 수치에 따르면 일반 의료 영역에서는 매년 3억 건 이상의 진료가 이루어지는데 응급실 방문은 약 2300만 건이다. 그러나 1년 동안 환자가 일반의 진료를 받을 때 드는 비용은 큰 병원 응급실을 2회 방문했을 때 드는 비용보다 낮다. 다시 말해서, 2021년 5월《영국일반의학저널》에 실린 글에서 알 수 있듯, 만약 일반 의료 영역이 무너진다면 전체 의료 체계가 무너지는 것이다.[9]

의료 지속성 악화에 대한 연구와 같은 달에 발표된 또 다른 의료 연구에서는 의료 지속성과 치료 결과를 연결 짓는 것이 하나의 인과 관계가 아니라 여러 기제가 상호 작용하는 조직적 체계임을 드러냈다. 이 연구를 읽는 일반인이라면 연구 결과가 너무 당연하다는 사실이 신기할 것이다. 타인과 관계를 맺는 사람이라면, 그 관계가 사적이든 직업적이든, 관계가 어떤 의미를 갖는지 이미 직관적으로 알고 있다. 이 연구의 핵심은 의사와 환자가 어떻게 서로 원인과 결과, 그것도 유익한 결과로 작용하는지 보여주는 복잡한 흐름도이다. 이 흐름도는 그 형태도 말할 수 없이 아름답지만 무엇보다 오랜 세월에 걸쳐 맺은 관계가 신뢰의 핵심적인 바탕이 되는 친밀감, 공감, 이해, 상호의 책임감을 키운다는 사실을 보여준다. 그리고 신뢰는 나아가 숨김없는 대화로 이어지고 소통을 원활하게 하며 시간을 절약한다. 그 결과 협력과 자신감이 늘어나고 불안감과 실수가 줄어들어 함께 수행해야 하는 일들이 더 잘 실행된다(진단, 약물 처방, 의사의 지시에 따르는 일 등이 여기 속한다). 이 모든 것은 결국 "더 나은 결과"로 이어지고 입원율과 비용, 사망률의 감소로 나타난다. 매우 상식적인 결론으로 들린다. 그러나 보건 정책을 입안하는 사람들이 무시할 수 없도록 하려면 의료 과학 영역에서 이런 상식을 체계화하는 데 좀 더 애써야 한다.

예를 들자면, 의료 지속성을 더 나은 결과와 연결 짓는 기제의 하나인 '축적된 지식'의 개념이 1992년에야 비로소 정식으로 의학 논문에 등장했다는 사실은 놀랍다. 《행운아》가 출간된 지 25년이 족히 지난 시점이었다. 오랜 시간에 걸쳐 환자를 치료하고 환자와 소통하면 그 환자에 대한 지식이 축적되고 그 결과 신뢰가 형성되며, 그 신뢰는 더 나은 보건 의료를 가능하게 한다는 논리이다. 숲 마을 사람들을 30년 이상 집착적으로 돌보며 생긴 존 사샬의 "축적된 지식"을 생각해 보자. 오늘날의 골짜기 의사도 "축적된 지식" 덕분에 이 책에 나오는 수많은 사연 속에서 환자의 신체적, 사회적, 정신적 취약점을 알아보고 이해할 수 있었고 그 결과 환자 개개인을 질병이 아닌 사람으로 보고 보살필 수 있었다. 가정의학 현장에서 개인의 생리biology와 개인의 일대기biography는 서로 얽혀 있고 이에 대해서는 많은 저술이 남아 있다. 만약 이것을 정책 형성과 맞물리게 정량화, 체계화할 수 있다면 마침내 과학과 이야기는 힘을 합칠 수 있을 것이다.

트랙터 엔진의 삐걱거리는 소리와 타이어가 눈 위를 굴러가는 소리가 들린다. 의사의 남편이 진료실 블라인드 너머 차가운 파랑 줄이 그어진 주차장으로 진입한다. 남편은 의사의 퇴근을 도우러 왔지만 아직 방문 진료가 한 건 남아 있다. 두 사람은 트랙터를 타고 흑백의 숲속을 지나 언덕을 넘어 오래된 벽돌 창고 여럿이 가파른 언덕 기슭을 수놓은 곳으로 향한다. 몇 년 전에 이 창고 건물들은 여러 채의 현대식 주택으로 탈바꿈했다. 주택 바깥에는 눈 덮인 자동차와 관상용 화분이 반듯하게 줄지어 서 있고 화분의 잎에는 잎 모양 그대로 소복이 눈이 쌓여 있지만 아무래도 이곳에는 트랙터가 더 잘 어울리는 것 같다. 덮개가 없는 트랙터 좌석에서 바람을 맞은 직후여서 찬 공기는 미동도 없는 것처럼 느껴진다. 마치 자연이 숨을 참고 있는 것 같다고 의사는 생각한다. 2호에서는 한 남자가 죽어가고 있다. 죽어가는 속도가 딱히 빠르다고 할 수는 없다. 남자도 이 사실을 안다. 아내도 알고 있다. 초기에는 이렇게 물었다.

"얼마나 남았나요, 선생님? 얼마나 더 살까요?"

하지만 더 이상 그런 질문은 하지 않는다. 오늘 아침, 암 환자들을 전담하는 방문 간호사는 평소 긴밀히 협력해 온 의사에게 5주나 6주 정도 남은 것 같다고 말했다. 하지만 환자가 복부 통증을 호소하고 있으니 좀 봐달라고 한다. 위층 창문을 가린 커튼이 움직이고 의사는 환자의 아내에게 손을 흔들며 가방에 넣어온 개인 보호 장비를 착용하기 시작한다.

집은 가파른 언덕에서 종종 볼 수 있는 형태로 위아래가 반대로 되어 있다. 그러니까 입구는 1층이지만 뒤쪽으로 한 층 내려가면 현대식 증축 건물이 있고 이곳에 있는 침실 창밖으로는 도시 근교에서나 볼 법한, 아주 심하게 다듬은 정원이 있으며 그 너머로 울창한 야생의 숲이 펼쳐진다.

"오셨군요?"

남자가 아래층 침실에서 의사의 이름을, 그것도 애칭으로 부른다.

"발소리만큼은 코끼리 같아서 모를 수가 없어요."

"죄송해요, 살살 걸을게요. 제가 먼저 내려가도 될까요? 사모님은 차를 끓이고 계셔서."

의사는 자그마한 체구와 어울리지 않게 발소리가 묵직하다. 주니어 의사 시절, 심장 동맥 집중 치료실에서 밤 근무를 할 때, 간호사들은 의사가 복도에 들어서자마자 신발을 벗게 했다. 그러지 않으면 잠든 환자들을 절반

이상 깨울 것이 분명했기 때문이다. 의사는 침실 문간에 가방을 내려놓으면서 잿빛 얼굴로 침대에 앉아 있는 환자에게 이 이야기를 들려준다. 남자는 웃다가 기침을 하다가 또 웃으며 말한다.

“이렇게 몸집도 아담한 사람이.”

진찰을 마친 뒤 의사는 자리를 지키고 앉아 남자와 잠시 이야기를 나눈다. 의사가 지난번 방문했을 때에 비해 불안감이 줄어든 듯하다. 남자는 이렇게 털어놓는다.

“이제 마음이 좀 정리된 것 같아요. 그런데 집사람은…….” 남자가 뜸을 들인다.

“많이 심란해하기도 하고 그래요. 그래서 저도 할 일이 생겼죠. 집사람 기분을 띄워주는 일이요. 덕분에 남편 노릇을 다시 할 수 있게 됐어요. 침대에서 나오지도 못하고 집사람한테 모든 걸 맡기는 노인네가 아니라요.”

“정말 대단한 분이시죠? 어떻게 만나셨는지 얘기 못 들었어요.”

“시내 도서관에서 만났어요. 아내가 토요일마다 도서 대출을 담당했죠. 저는 두 주에 한 번 책을 반납하고 또 빌렸는데 아내가 정말 아름다웠어요. 그래서 꼭 토요일에 갔죠. 책을 좋아하게 된 것도 아내 덕분일 거예요.”

의사는 삶의 마지막을 앞둔 모든 환자와 가능하면 이런 대화를 나누려고 애를 쓴다. 뒤에 남겨진 배우자나 자녀들에게 힘든 시간이 남아 있다는 사실을 알기 때문이다. 환자가 사망하면 의사는 유족에게 언제나 위로의 말을 담은 카드를 보내는데, 이렇게 환자와 대화를 하면 종종 사적이고 의미심장한 사연을 들을 수 있다. 몇 년 전, 특히 잘 알고 지내던 환자와 이야기를 나누다가 우연히 시작된 일이지만 시간이 지날수록 남겨진 가족이 의사의 이 작은 친절을 굉장히 귀중하게 여긴다는 사실이 분명해졌다. 몇 년이 흐른 뒤에도 가족들은 "어머니가 돌아가셨을 때 선생님이 보내주신 그 따뜻한 카드"를 기억했고 이제는 진료소 전체가 이 일에 동참하고 있다. 진료보조 실장은 이따금 카드를 스무 장 묶음으로 사서 의사의 책상 왼쪽 맨 아래 서랍에 넣어두기도 하고 접수대 직원은 잊지 말고 누구누구에게 카드를 보내라고 말하기도 한다. 끔찍했던 지난 한 해에는 카드 서랍이 텅 비어 있는 상태가 몇 주간 이어지기도 했다. 하지만 이런 카드는 힘든 순간에만 빛을 발하는 것이 아니다. 진료소를 대표해 실천하는 이 작은 호의가 실은 모두에게 유익하다는 사실을 의사는 깨닫게 되었다. 환자와 가족들뿐만 아니라 진료소 직원들과 그 밖의 지역 주민들에게도 유익한 일이다. 진료소라는 시설에 보내는 신뢰를 공고히 다지고 유대감이 대대로 이어지게 돕는다.

"이곳 골짜기에서는 이것이 우리의 역할입니다. 이것이 우리 방식입니다."

이렇게 나지막이 선언하는 일이다.

의사는 이어서 죽음을 앞둔 환자의 침대 옆 탁자에 놓인 소설책을 언급한다. 종이 표지에는 격랑의 바다 위로 발톱을 구부린 독수리가 그려져 있다. 그 소설은 못 읽었지만 저자의 다른 소설은 읽어보았는데 재미있었다고 의사가 말한다.

"첫 번째 소설이었나요?" 남자가 묻는다.

의사가 고개를 끄덕인다.

"저도 여러 해 전에 그 책을 읽었어요. 그런데 이 책을 새로 시작하는 바람에 며칠 전에 집사람을 불편하게 만들었지요. 아내가 그러는 거예요. '그거 시작하면 안 돼. 못 끝내면 어떡해.' 아내는 곧 자기가 무슨 말을 했는지 깨닫고 아주 슬퍼했어요. 정말 안됐더라고요. 그래서 제가 말했죠. '걱정 마, 여보. 그 정도로 재미있는 소설은 아니야.'"

강 위로 높이 솟아오른 숲은 잘 모르는 사람의 눈에는 자연 그대로의 거친 모습으로 보일지 모르지만 겉모습을 믿어서는 안 된다. 이 숲은 인간이 수 세기에 걸쳐 가꾸어온 곳이다. 사실상 골짜기가 지금의 모습이 된 것은 사람과 자연이 그렇게 만들었기 때문이며 미래는 그 관계가 어떻게 지속되느냐에 달려 있다.

존 사샬이 이곳 환자들을 돌보았던 시절을 돌이켜 볼 때도 겉모습만 봐서는 안 된다. 존 사샬을 비롯해서 전통 방식의 교육을 받은 영국 전역의 일반의들이 살신성인의 정신으로 의료를 실천한 것은 의도된 것이 아니라 그것이 기본이었기 때문에, 말하자면 자연스러운 방식이었기 때문이다(이는 최근 한 일반의가 의학 저널에 보낸 편지[10]에 담긴 내용이다). 존 버거가 그린 사샬 같은 의사는 종종 혼자 힘으로 모든 걸 했고 하루 24시간, 공휴일을 제외하고 매일같이 환자를 책임져야 했다. 좋든 싫든 그럴 수밖에 없었다. 사샬의 경우 그의 인성과 주어진 상황이 우연히 맞아떨어진 덕택에 골짜기에 행운아로 있을 수 있게 되었다. 오늘날의 의료 담론에서 나타나는 일정한 체계, 가령 '관계를 바탕으로 한 돌봄' '치유하는 관계' '환자 중심 치료' '관계의 지속' 등을 적용시킨 결과가 아닌 것이다. 오늘날 이런 것들을 원한다면 단지 영웅을 기다리며 희망을 갖는 것으로 그쳐서는 안 된다. 이런 것들을 포괄할 제도를 설계해야 한다.

하지만 존 사샬과 동시대 의사들에게 지속성과 거기서 나온 신뢰 관계는 그의 집 아래 숲에서 자라던 개장미와 애기똥풀처럼 유기적인 것이었다. 이는 오늘날 골짜기 의사에게도 어느 정도 그렇다. 이 지역 공동체의 성격, 그리고 그것을 형성한 지형으로 인해 골짜기 의사는 다른 의사들에 비해 신뢰를 쌓고 유지할 기회도 더 많고, 오랜 세월에 걸쳐 대대로 이어져 온 환자들의 이야기에서 목적의식과 영감을 얻을 기회도 더 많다. 그리고 이 모든 것을 의사가 사랑하는 골짜기 안에서 할 수 있다. 의사는 이를 재료로 삼아 현재의 모습을 만들었다. 주어진 것과 의도한 것이 적절히 어우러졌다고 할 수도 있다. 이것이, 어떤 의미에서 본인을 행운아라고 생각하느냐는 질문에 대한 의사의 대답이다.

새소리.

그 어느 때보다 길었던 겨울이 지나고 봄이 온다. 새순을 돋우는 숲에서는 새들이 지저귀는 소리가 씨실과 날실처럼 엮인다. 멀리 또 가까이서 호로로, 구구구, 짹짹, 찌르륵, 휘휘 온갖 소리가 바쁘게 오간다. 그 울림이 얼마나 큰 공간을 만들어내는지 의사는 날개가 있다면 그 소리 안에서 날아다닐 수 있을 것이라고 생각한다. 마치 거대한 성당 속에 있는 참새처럼. 발밑의 골짜기가 다시 살아 움직이기 시작한다.

골짜기 의사가 살고 있는 희고 작은 돌집 바깥의 숲은 빛으로 가득하다. 의사는 정원 담장에 자전거를 기대어 놓고 시선을 바깥으로 옮긴다. 많은 환자가 예방 접종을 마쳤고 하루 진료의 절반 정도가 다시 대면 진료가 되었다. 동료 의사가 두 명 더 생겼고 둘 다 여성이다. 올해에는 진료소에서 일반의 수련도 시작할 예정이다. 앞날에 무엇이 도사리고 있을지 알 수 없지만 의사는 희망을 되찾고 있다. 의사는 자전거 옆에 쪼그리고 앉아 몇 주 전 돌담에 돌이 빠지면서 생긴 구멍 안을 들여다본다. 안에 작은 둥지가 생긴 걸 보고 생각한다. 새 생명이다.

아직 진행 중인 삶을 서술하는 경험, 끝나려면 아직 한참은 남은 생에 대해 이야기하는 경험은 아주 특별한 경험이다.《행운아》의 끝으로 가면서 존 버거는 존 사샬의 일이 가진 근본적 가치에 대해 답변하기 힘든 일련의 질문들을 던지면서 바로 이 점을 고민한다. 그는 이렇게 쓴다.

"……우리 사회가 일반적인 의사들의 기여를 인정하거나 평가하는 방법을 모르고 있다는 것을 깨달을 수 있게 안내해 보려는 노력에 따른 것이다. 여기서 평가라 함은 정해진 눈금에 따라 계산하는 것을 의미하는 것이 아니라, 차라리 인물의 역량을 살피는 것이라 하겠다."

숲과 물, 초원과 하늘이 어우러진 이 오목한 골짜기에서 일했던 또 다른 평범한 의사에 대해서 버거가 이런 글을 쓴 지도 반세기가 넘었다. 그러나 그가 던진 질문은 여전히 수수께끼로 남아 있다. 나로서는 이 질문에 대해 확정적인 대답을 찾기가 불가능하다는 사실이 불편하지 않다. 이 책에서 이야기하고 있는 의사의 일은 사샬의 일과 마찬가지로, 마치 두 사람의 집 사이로 흐르는 강물처럼 변화무쌍하다. 의료의 실천과 절차, 신뢰의 성격에 대한 이야기이고 그것을 유지하는 관계의 성쇠에 대한 이야기이다. 하지만 골짜기 의사의 이야기를 해야 하는 이유에 대해서 내가 깨달은 것이 있다. 이 일의 본질이 되는 인류애가 존 사샬의 시대에는 당연시되었지만 이제는 전처럼 영원한 가치라고 여겨지지 않는다는 사실이다. 우리가 그 가치를 평가하지 않는다면, 계산하고 또 측정하지 않는다면 영영 잃어버릴 위험에 처한다. 이 책 속의 이야기에는 우리가 싸워서 지켜야 하는 것이 담겨 있다.

골짜기 의사와 나를 연결시켜 준 것은 어쩌면 풍경일지 모른다. 이 골짜기와 이 숲, 강물, 우리가 사는 마을일지 모른다. 수년 전에 우리 가족 책장 뒤로 빠진 그 책, 펭귄 출판사에서 45뉴펜스, 즉 9실링에 판매한《행운아》일지도 모른다. 어쩌면 애초에 그 책을 샀다가 잊어버린 우리 엄마, 사랑하는 우리 엄마일지도 모른다. 엄마는 내가 의사와 작업을 시작한 지 몇 달 되지 않아 돌아가셨지만 엄마가 요양원에서 보낸 마지막 흐릿한 날들, 우리의 대화 주제는 존 버거의 작품이었다. 엄마는 존 버거의 작업을 높이 평가했고 그렇게 아픈 사람치고는 버거의 작업을 무서울 만큼 또렷하게 기억했다. 나는 이 책에 거는 기대가 크다고 엄마에게 이야기했다. 엄마는 버거를 능가하기는 어려울 것이라고 말했다. 엄마 말이 옳았다.

어쩌면 행운의 남자 그 자신일지도 모른다. 스스로는 괴로워하면서도 이 골짜기를 위해 반평생을 바친 그 문제적이고 뛰어난 의사가 무덤 너머에서 나를 그의 후계자, 행운의 여자에게 소개해 주었을지도 모른다.

그렇다면 여기서 끝맺음이 적절하겠다.

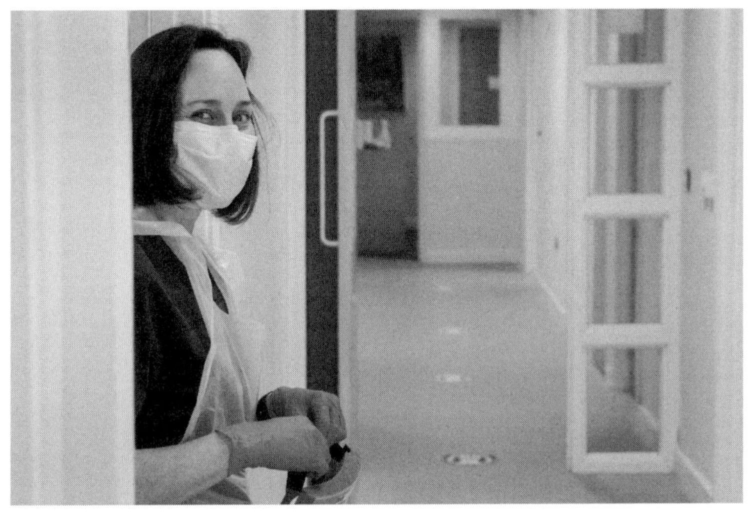

감사의 말

처음부터 이 작업을 믿어준 편집자 조지 몰리, 에이전트 패트릭 월시에게 깊은 감사의 마음을 표한다. 사진작가 리처드 베이커와 내지 및 표지의 디자인을 맡은 린지 내시, 루시 숄스에게도 고마움을 전한다. 덕분에 언어뿐만 아니라 사진으로 이야기를 풀어놓을 수 있었다. 피카도르 출판사의 팀원들, 사마 베굼, 케이트 베렌스, 로라 카, 마리사 콘스탄티누, 브라이어니 크로프트, 카밀라 엘워디, 필립 귀네스 존스, 사이먼 로즈 및 자코모 루소는 꾸준히 훌륭한 도움을 주었고 PEW 리터러리 에이전시의 존 애쉬, 마거릿 홀턴, 레베카 샌델에게도 고마움을 표한다. 왕립문학재단과 작가협회의 아낌없는 지원에도 깊은 감사를 전한다.

의학이나 예술, 삶에 관해 나와 대화를 나눠주었을 뿐만 아니라 (때로는 세 가지 모두를 한꺼번에 논해주었던) 초고에 대해 피드백을 주고 글쓰기 작업에서 불거진 윤리 문제나 민감한 사항, 기타 실무적인 일들에 도움을 준 사람들도 있다. 이 책이 만들어지는 데 여러 가지 방식으로 기여한 엘리자베스 앨런-윌리엄스, 조너선 액스, 세라 아스피널, 세라 바그널, 헬렌과 애슈턴 빌, 맨디와 스티브 베넷, 질 베리먼, 샌드라 비드미드, 로지 비숍, 앤디 브라운, 조앤 브라운, 캐스린 브라운, 루스 브라운, 토니 칼란드 박사, 마리아 처치, 조너선 코프, 빌 크레즈윅, 캐런 댁, 로저 디크스, 샌드라 다운, 리 엘머, 캐럴과 사이먼 에스켈, 개리 필드, 루이즈와 앤드류 프랭클, 해리 조세핀 자일스, 크리스틴 그린, 제이슨 그리피스, 캐스린 해그, 로이스 해리스 박사, 로빈 해리스, 로절린드 메리 호켄, 베스 호킨스, 마틴 휴잇 박사, 카롤린과 찰스 홉킨스, 케이트 험블, 짐 헌틀리 박사, 엘리자베스와 케빈 카니, 프랭크 켐프, 비비언 켄트 박사, 에이드리언 레비, 콜린 루이스, 시몬 매카트니, 존 미찬, 맥신 몰랜드, 캐런 뉴먼, 피오나 오설리번, 헬렌 페니 박사, 린지 프라이스, 캐시 스콧-클라크, 밸 스미스, 팀 스티븐스, 루시 탱, 존 토프, 어맨다 본, 니콜라스 웨브, 테사 윌리엄스, 어설라 윌리엄스, 제마 우드, 조지 우드워드 모두에게 많은 빚을 졌다.

옮긴이의 말

이 책을 번역하는 동안 이사 갈 집을 구하고 있었다. 아주 오랜만에 하는 이사여서 도통 어디에 집을 구해야 할지 알 수 없었다. 지역이나 주거 형태에 대한 편협한 사고에 갇히지 않고자 일단 기준을 느슨하게 잡고 굉장히 넓은 범위 내의 선택지를 살폈다. 당연한 말이지만 교통도 편하고 편의 시설도 다양하며, 자연이 가깝고 집값도 싼 곳은 없었다. 하나를 얻으려면 다른 하나를 포기해야 했다.

범위를 좁혀갈수록 나는 조용한 산책길이나 숲, 산이 가까운 집, 나무를 볼 수 있는 집을 위해서라면 그밖의 조건들을 어느 정도 포기할 수 있겠다는 생각이 들었다. 내가 처음부터 이런 생각을 했던 것은 아니다. 그런데 언젠가부터 변화무쌍한 자연을 내 삶의 배경으로 삼는 것이 무엇보다 중요해졌다. 아마도 나이를 제법 먹어오는 동안 이미 자연과 가까이 살면서 문득 코를 스치는 다디단 아까시나무 꽃향기나 짙푸른 숲속에서 울리는 검은등뻐꾸기 소리 같은 것들이 주는 기쁨을 알게 되었기 때문일 것이다.

그래서 이 책에서 의사가 살며 일하는 골짜기가 가진

비밀스러운 얼굴, "이곳에 사는 사람들의 눈에만 의미를 갖는" 봄의 부활의 상징, "숙련된 감각이 있어야 느낄 수 있는 보상"에 대해서 읽었을 때 나는 의사가 그 골짜기를 택한 이유에 절절히 공감했다. 그저 다녀가는 사람은 모르는, 그 지역에 사는 사람만이 느낄 수 있는 자연의 선물이 있다.

자연뿐 아니라 우리가 하는 일에도 비밀이 있다. 그것이 번역을 하는 일이든 병을 고치는 일이든 거대한 기업의 일원으로서 수행하는 일이든 그 일을 가까이서 지켜보거나 그 일을 해본 사람만이 알 수 있는 비밀들이 있다. 그리고 그 비밀 중에는 당해보지 않으면 모르는 뼈아픈 고통이 있는가 하면 고마운 선물 같은 짜릿한 기쁨도 있다.

이 책에 나오는 의사는 어려서부터 자연 속에서 살아서 그것이 주는 기쁨을 알 수 있었고 그래서 누릴 수 있게 되었듯이 짧지 않은 세월 동안 시골에서 의사로 살면서 그 일이 주는 기쁨을 깨닫게 되었고 이제 누릴 수 있게 되었다. 우리는 이 책을 통해 어렴풋이 시골 의사로 사는 일의 선물 같은 기쁨을 짐작만 할 뿐이지 그 의사처럼 그것을 온전히 누릴 수는 없다. 그 가치를 평가할 수도 없다.

집을 그 가격으로만 평가할 수 없듯 직업도 그렇다. 그 직업을 갖기 위해 얻어야 하는 시험 점수로도 평가할 수 없고, 그 직업을 가졌을 때 받을 수 있는 연봉이나 누릴 수 있는 사회적 지위로도 평가할 수 없다. 그래서 아무한테나 특정 직업을 추천하면서 이토록 보람찬 일을 왜 마다하느냐고 타박할 수 없다. 금전적인 인센티브를 주면서 회유할 수는 더더욱 없다.

시골에서 일반의로 사는 일은 누구나 선호하는 삶은 아니다. 그렇다고 해서 이 책의 시골 의사가 자신의 의지에 반해, 주체할 수 없는 이타심의 발로로서 이 일을 하면서 시골 생활이 주는 작은 기쁨을 단지 위안으로 삼고 있는 것도 아니다. 시골 의사의 이야기가 진료실에서 끝나지 않는 이유는 의사가 일과 삶의 경계를 의도적으로 그리고 주체적으로 흐려왔기 때문이다. 어찌 됐든 그가 시골에서 의사로 사는 삶의 비밀을 품고 등대처럼 거기 머물러 있다는 사실은 많은 사람들에게 또 다른 선물이면서 다행스러운 일이다. 숲과 골짜기, 에메랄드 빛깔의 이끼가 주는 기쁨을 알고, 병든 사람의 이야기에 귀 기울이는 보람을 아는 사람을 길러내는 사회는 또 얼마나 다행스러운 사회인가.

이뿐만 아니라 우리는 이 시골 의사의 일과 삶에 대한 이야기를 의사 스스로 풀어낸 것이 아니라는 점을 기억해야 한다. 이 책의 저자 폴리 몰랜드가 이 시골 의사의 이야기를 책으로 엮어, 우리에게 들려주어야겠다고 작정한 것은 또 얼마나 다행스러운 일인가. 몰랜드는 이야기가 진료실에서 끝나지 않는 의사에 대해서 말하고 있을 뿐만 아니라 이야기가 일터에서 끝나지 않는 축복 같은 삶에 대해 고민해본 적이 있는지 우리에게 넌지시 묻고 있다. 나아가 그런 축복 같은 삶을 가능하게 만드는 공동체와 공동체의 약속에 대해 생각해 보기를 권유한다.

나는 결국 동네 이름에도 '골'이 들어가는 산자락 골짜기 마을로 이사를 왔다. 코앞에서 전철과 버스를 탈 수 있는 곳도, 누구나 선호하는 아파트도 아니지만, 나에게 선물로 느껴지는 기쁨을 안겨줄 이 동네와 이 집에서 나만의 비밀스러운 즐거움이 있는 일을 하면서 그렇게 다행스럽게 나도 살아가려고 한다.

2024년 4월 이다희

참고문헌

1. Marshall, M. "The power of relationships: what is relationship-based care and why is it important." *Royal College of General Practitioners, London* (2021).

2. Smith, Claire Friedemann, Sarah Drew, Sue Ziebland, and Brian D. Nicholson. "Understanding the role of GPs' gut feelings in diagnosing cancer in primary care: a systematic review and meta-analysis of existing evidence." *British Journal of General Practice* 70, no. 698 (2020): e612-e621.

3. Cerel, Julie, Margaret M. Brown, Myfanwy Maple, Michael Singleton, Judy Van de Venne, Melinda Moore, and Chris Flaherty. "How many people are exposed to suicide? Not six." *Suicide and Life–Threatening Behavior* 49, no. 2 (2019): 529-534.

4. Gray, Denis Pereira, Molly Dineen, and Kate Sidaway-Lee. "The worried well." *British Journal of General Practice* 70, no. 691 (2020): 84-85

5. David, Lee. "Using CBT in general practice." *Bloxham: Scion Davidson, RJ*(2004),'What does the prefrontal cortex "do" in affect: Perspectives on frontal EEG asymmetry research', *Biological Psychology* (2006): 67-219.

6. Gray, Denis J. Pereira, Kate Sidaway-Lee, Eleanor White, Angus Thorne, and Philip H. Evans. "Continuity of care with doctors—a matter of life and death? A systematic review of continuity of care and mortality." *BMJ open*8, no. 6 (2018): e021161., Sandvik, Hogne, Øystein Hetlevik, Jesper Blinkenberg, and Steinar Hunskaar. "Continuity in general practice as predictor of mortal-

ity, acute hospitalisation, and use of out-of-hours care: a registry-based observational study in Norway." *British Journal of General Practice* 72, no. 715 (2022): e84-e90.

7. Gray, Denis Pereira, George Freeman, Catherine Johns, and Martin Roland. "Covid 19: a fork in the road for general practice." *BMJ*370 (2020).

8. Tammes, Peter, Richard W. Morris, Mairead Murphy, and Chris Salisbury. "Is continuity of primary care declining in England? Practice-level longitudinal study from 2012 to 2017." *British Journal of General Practice* 71, no. 707 (2021): e432-e440.

9. Hodes, S., S. Hussain, N. Jha, L. Toberty, and E. Welch. "If general practice fails, the NHS fails." *BMJ Opinion* (2021).

10. Varnam, Robert. "Changes in patient experience associated with growth and collaboration in general practice." (2023).

이 외 참고문헌은 다음과 같다.

Berger, John, Mohr, Jean. *A Fortunate Man*. Penguin Books. (1967)., 김현우 옮김,《행운아-어느 시골의사 이야기》, 눈빛, 2004.

Berger, John, Mohr, Jean. *Another Way of Telling*. Bloomsbury. (2016)., 이희재 옮김,《말하기의 다른 방법》, 눈빛, 2004.

Berger, John. *Photocopies*. Bloomsbury. (1997)., 김우룡 옮김,《존 버거의 글로 쓴 사진》, 열화당, 2005.

Berger, John. *The Shape of a Pocket*. Bloomsbury (2002).

Berger, John. *Understanding a Photograph*. Penguin UK. (2013)., 김현우 옮김,《사진의 이해》, 열화당, 2015.

Eby, Don. "Empathy in general practice: its meaning for patients and doctors." *British Journal of General Practice* 68, no. 674 (2018): 412-413.

Greenhalgh, Trisha, Jeremy Howick, and Neal Maskrey. "Evidence based medicine: a movement in crisis?." *BMJ*348 (2014).

Haslam, D. "Risky business: the challenge of being a GP." the blog of *National Institute for Health and Care Excellence* (15 December 2014).

Heath, Iona. *The mystery of general practice*. London: Nuffield Provincial Hospitals Trust (1995).

Jones, Roger. "General practice in the years ahead: relationships will matter more than ever." *British Journal of General Practice* 71, no. 702 (2021): 4-5.

Marshall, Martin. "The power of trusting relationships in general practice." *BMJ*374 (2021).

McWhinney, Ian R. "The importance of being different: William Pickles Lecture 1996." *British Journal of General Practice* 46, no. 408 (1996): 433-436.

Balint, M. "The Doctor, His Patient and the Illness. London: Churchill Livingstone." (1957): 00000441-195711000.

Pendleton, David, Theo Schofield, Peter Tate, and Peter Havelock. *The new consultation: developing doctor-patient communication*. Oxford University Press (2003).

Tate, Peter, *The Doctor's Communication Handbook*. Radcliffe Medical Press (1994).

Neighbour, Roger. *The Inner Consultation*. Petroc Press (1996).

Sidaway-Lee, Kate, Denis Pereira Gray, and Philip Evans. "A method for measuring continuity of care in day-to-day general practice: a quantitative analysis of appointment data." *British Journal of General Practice* 69, no. 682 (2019): e356-e362.

Warren, Ed. "Time for a little self-love?." *The British Journal of General Practice* 71, no. 703 (2021): 78.

옮긴이 이다희

펜실베이니아주립대학교에서 철학을, 서울대학교 대학원에서 서양고전학을 공부했다. 옮긴 책으로《타인의 기원》《보이지 않는 잉크》《거의 떠나온 상태에서 떠나오기》《남성은 여성에 대한 전쟁을 멈출 수 있다》《거실의 사자》《사막의 꽃》 등이 있다. 2023년 첫 에세이《사는 마음》을 출간했다.

이야기는 진료실에서 끝나지 않는다

초판 1쇄 발행 2024년 5월 3일

지은이 폴리 몰랜드
옮긴이 이다희
책임편집 김정하
디자인 주수현

펴낸곳 (주)바다출판사
주소 서울시 마포구 성지1길 30 3층
전화 02-322-3675(편집) 02-322-3575(마케팅)
팩스 02-322-3858
이메일 badabooks@daum.net
홈페이지 www.badabooks.co.kr

ISBN 979-11-6689-232-5 03840